KB165321

사이공 나이트

제9회
세계문학상
우수상

정민 장편소설

사이공 나이트

차례

1부 산 자들의 마지막 날

2부 세상의 끝, 세상의 기원

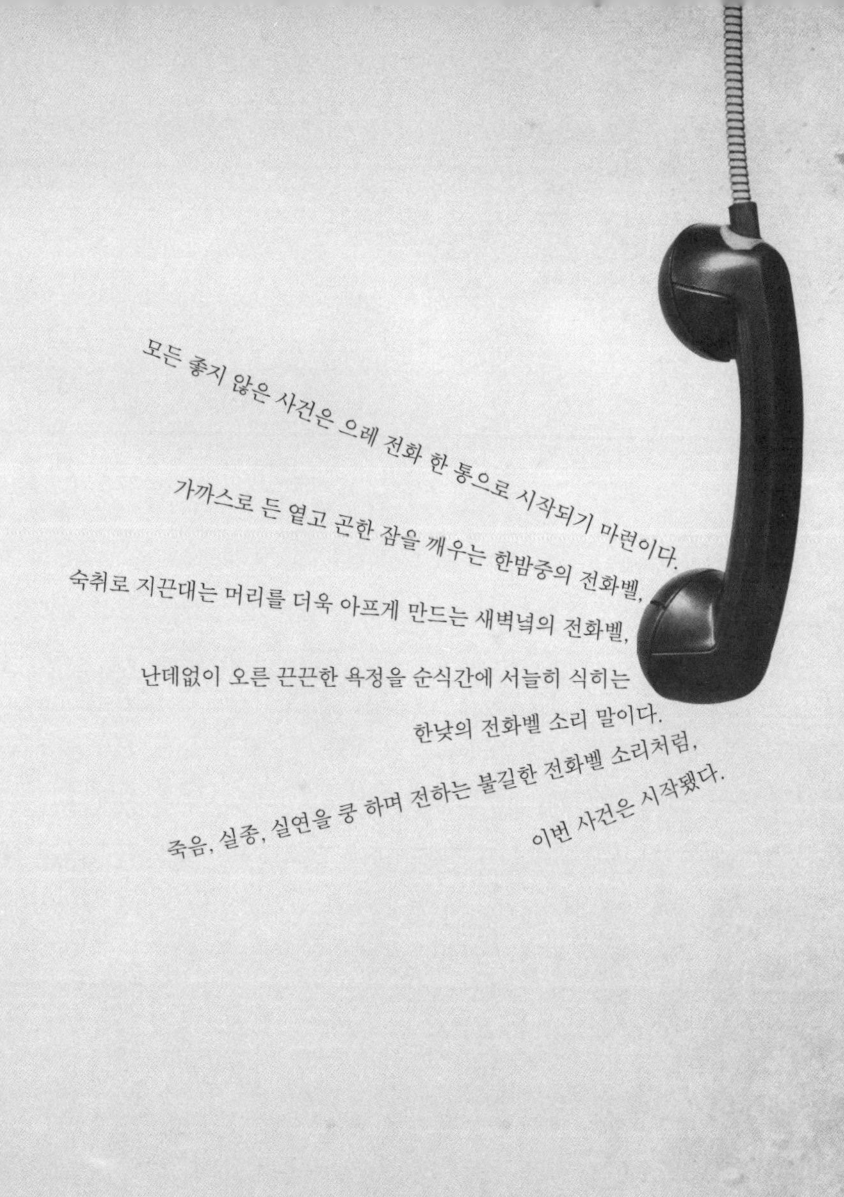

모든 좋지 않은 사건은 으레 전화 한 통으로 시작되기 마련이다.

가까스로 든 옅고 곤한 잠을 깨우는 한밤중의 전화벨,

숙취로 지끈대는 머리를 더욱 아프게 만드는 새벽녘의 전화벨,

난데없이 오른 끈끈한 욕정을 순식간에 서늘히 식히는

한낮의 전화벨 소리 말이다.

죽음, 실종, 실연을 쿵 하며 전하는 불길한 전화벨 소리처럼,

이번 사건은 시작됐다.

1부 산 자들의 마지막 날

사이공의 밤공기가 아주 조금 서늘해졌다. 하얗고 긴 수염이 난 호찌민의 얼굴이 그려진 옛날 건물과, 오토바이에 앉아 서로의 입술을 빠는 젊은 연인들이 득실거리는 어두운 공원과, 옆구리까지 파인 아오자이를 입은 미녀들이 우글거리는 남성 전용 클럽과, 학생들이 모여 앉아 재잘거리는 노천카페를 순철과 대수는 터벅터벅, 지리멸렬한 걸음으로 지나쳐갔다.

동코이 비즈니스 호텔, 불길한 전화벨 소리

11월의 이른 아침, 호찌민시티 동코이 거리 뒷골목에 위태롭게 우뚝 선 9층짜리 비즈니스 호텔 스위트룸. 별명 대두, 일명 빅 헤드로 불리는 김대수가 더블베드 위에 큰대자로 누워 있다. 185센티미터가 넘는 큰 키에 얼굴은 큼지막하지만 뾰족한 턱선의 서른다섯 살 사내다. 70킬로그램이 채 넘지 않아 마르고 날렵해 보인다.

동코이 비즈니스 호텔은 겉만 번지르르하다. 속은 낡아빠졌다. 눈에 보이지 않는 곳곳에 먼지가 수북이 쌓였다.

대수가 누워 있는 객실은 터무니없이 넓었다. 9층 건물의 꼭대기 층을 통째로 차지한 스위트룸에는 분홍색 시트가 깔린 킹사이즈 더블베드와 우윳빛 싱글베드가 나란히 놓였다. 침대 앞에는 건장한 남자 세 명이 다리를 넓게 벌려 앉아도 불편하지 않을 만큼 큼직한 소파가 덩그러니 한 자리를 차지하고 있다. 소파의 색은 천박한 빨강. 소파 바로 앞에는 정사각형 유리 테이블이 있다. 테이블 위에서 팔각형 크리스털 재떨이가 빛을 낸다. 뱃사람 다섯 명이 동시에 담배 세 갑을 연달아 피워도 너끈히 그 담배꽁초를 먹어치울 만큼의 크기다. 무표정한 객실의 한쪽 벽에는 평범한 사람의 외관을 초현실풍의 그림 작품으로 만드는 대형 거울이 비스듬히 붙어 있다.

월남전쟁 때나 울려퍼졌을 것 같은 다연발 기관총 소리를 내는 오토바이의 엔진 배기음, 9층 침대에 누워 있는 사람마저 깜짝 놀라게 만드는 택시의 신경질적인 경적, 단체 관광객을 대상으로 불법 복제 CD를 파는 노점상이 틀어놓은 음악 소리가 마구 뒤섞여 대수가 누워 있는 객실의 창문 사이를 파고든다. 호찌민시티. 한때는 사이공으로 불렸던 도시의 아침을 깨우는 소리들은 그렇게 대수의 귓속으로 스며들었다.

객실 천장 한쪽 구석에 위태롭게 붙은 에어컨이 냉기를 뿜었다. 에어컨의 찬 기운이 벌거벗은 대수의 몸을 떨리게 한다. 천장에는 먼지가 잔뜩 낀 대형 팬이 천천히 돌고 있다.

어쩔 수 없는 짜증을 유발하는 도시의 소음과 누군가의 턱에 한 방 주먹을 날리지 않고서는 견딜 수 없게 만드는 에어컨의 불쾌한 냉기에 대수는 잠에서 깼다. 침대에 걸터앉아 말보로 레드 한 개비를 입에 물고 유리 테이블 위에 놓인 까르띠에 금장 라이터를 켜 불을 붙였다.

미시시피 강을 항해하던 젊은 마크 트웨인이 탔을 법한 증기선의 대형 회전차를 닮은 팬이 천천히 돌아가는 객실 천장을 대수는 멍하니 쳐다보다 눈길을 돌렸다. 더블베드의 한쪽 구석에는 화장을 지우지 않은 젊디젊은 여자가 입을 꼭 다물고 가슴까지 시트를 당긴 채 곤한 잠에 빠져 있다. 대수는 무방비 상태로 자고 있는 여자를 향해 담배 연기를 연거푸 내뿜고는, 담배를 객실 바닥에 버리고 슬리퍼 바닥으로 비벼 껐다. 자리에서 천천히 일어난 대수는 냉장고를 열어 물방울이 맺힌 미지근한 생수병을 따 단숨에 들이켰다.

하루 전날 초저녁, 대수는 인천공항에서 호찌민행 아시아나항공 727에 몸을 실었다. 비즈니스 좌석에 길게 누운 대수는 사이공에서 처리할 일을 하나하나 생각했고, 스튜어디스가 차려주는 기내식을 먹었으며, 캔 맥주 하나와 냉수 한 잔을 주문해서 마셨다. 다섯 시간의 비행 끝에 대수가 탄 여객기는 호찌민시티 떤선녓 공항의 활주로에 소리 없이 착륙했다. 수하물이 없던 대수는 입국 절차를 간단히 마쳤다. 개찰구 밖으로 나오자 사이공의 후끈한 열기가 차가운 대수의 몸을 휘감았다.

호찌민시티 시각으로 22시 30분, 떤선녓 공항의 출입구 밖에 선 대수는 주위를 휘 둘러봤다. 마중을 나오기로 한 김기승은 보이지 않았다. 일제히 머리를 위로 쳐들고 지저귀는 새떼 같은 소리를 내는 베트남 여자들 사이에서 담배를 한 대 피운 대수는 휴대전화의 전원을 켜고 통화 버튼을 눌렀다. 휴대전화에서는 '지금은 통화를 할 수 없습니다'라는 기계음이 베트남어와 영어로 연달아 흘러나왔다. 담배 세 개비를 피우는 동안 대수는 통화 버튼을 다섯 번 더 눌렀지만 기계음의 반복은 계속됐다. 기승이 마중을 나오지 않았다는 사실과 통화마저 불가능하다는 작금의 사태는 그의 일정에 들어 있지 않았다. 대수는 담배꽁초를 던지고 택시를 잡아탔다.

"디 응오반남."

택시 운전사가 백미러로 대수를 물끄러미 쳐다봤다. 잠깐 마주친 운전사의 눈동자에서 무지막지한 피곤이 흘러나왔다. 택시 뒷좌석에 몸을 파묻은 대수는 열기가 채 식지 않은 사이공의 밤거리를 멍하니 바라봤다.

재수에 옴 붙은 누군가는 죽어나가고, 돈과 시간이 넘치는 어떤 놈팡이는 시시덕거리며 쾌락을 즐기고, 고향집에 돈을 부치는 것이 무엇보다 시급한 어린 창녀는 바쁘게 아랫도리를 팔고 있을 것이 분명한 사이공의 어둡고도 환한 밤거리가 대수의 눈앞에 휙휙 지나갔다.

'응오반남'은 호찌민시티 중심지인 1군에 위치한 유흥업소 밀집거리다. 사이공을 관통하는 잿빛의 사이공 강가에 접한 좁다란 거리에는 수십 곳의 고급 가라오케와 일본식 라운지, 남성 전용 클럽이 서로 얽히고설킨 채 자리를 잡고 있다. 사이공에 어둠이 내리면 업소의 간판은 저마다 불을 밝힌다. 멀리서 보면 미녀라고도 할 수 있는 여자들이 각 업소 입구에 나와 손님의 눈길을 사로잡으려 안간힘을 쓴다. 응오반남을 찾는 손님의 대부분은 일본, 한국, 중국 그리고 유럽에서 온 관광객들이다.

지옥문처럼 입을 쩍 벌린 휘황찬란한 응오반남 거리 입구에 대수가 탄 택시가 스르르 섰다. 쓸쓸하게 빛나는 가로등 아래에서 대수는 운전사에게 빳빳한 10달러짜리 지폐를 내밀었다.

"거스름돈은 됐어."

대수는 어색한 베트남어로 내뱉었다.

뒤통수에 새집을 인 듯한 대수는 천천히 기지개를 켠 후 택시에서 내렸다. 그는 성큼성큼 응오반남의 중심부로 걸음을 옮겼다. '유키(Yuki, 雪)'라는 간판이 붙은 일본풍 라운지로 망설임 없이 들어간 대수는, 마담을 부른 뒤 나이 어린 여급을 골랐다. 여급은 몸집에 비해 손이 매우 작고 가늘었다. 작은 손에 풍만한 가슴, 가는 허리와 어두운 잿빛이 감도는 커다란 눈동자를 가진 여급을 바라보며 대수는 한 시간 동안 하이네켄을 다섯 캔 마셨다. 대수는 마담을 불러 맥주와 여자 값을 치르고 호텔로 왔다.

샤워를 하고 침대로 기어들어온 여자의 몸뚱이는 설악산을 휘도는 초가을 바람처럼 서늘했다. 에어컨의 냉기가 여자의 몸뚱이를 초가을에서 늦가을로 만들었다. 호텔 방은 한국의 늦가을보다 더 추운 냉기로 가득했다. 길바닥에 자빠진 주정뱅이의 얼굴을 순식간에 마비시킬 만큼 차가운 냉기.

직업적인 섹스로 다소 따뜻해진 여자의 몸을 꼭 안은 채 대수는 연달아 담배를 피웠고, 뒤척이고 뒤척이다 새벽 4시에 가까스로 잠이 들었다.

불쾌하기 짝이 없는 에어컨 냉기에 잠이 깬 것은 아침 7시였다. 냉장고에서 작은 생수병을 꺼내 목을 축인 대수는, 입을 약간 벌리고 잠을 자는 젊은 여자 얼굴을 흘깃 쳐다본 후 휴대전화를 확인했다.

어젯밤, 떤선넛 공항에서 만나기로 한 기승으로부터는 아직 아무런 연락이 없다. 여자의 몸을 덮고 있는 얇은 시트를 슬쩍 걷으려던 바로 그때, 대수의 휴대전화가 신경질적으로 울렸다. 전화 너머의 목소리는 기승이 아닌 양도식이다.

"기승 형이랑 같이 있냐?"

도식의 무덤덤한 목소리가 들렸다.

"아니, 200달러짜리 여자가 침대에 누워 있는데."

대수는 도식의 무덤덤한 목소리를 흉내 내며 답했다.

"아침부터 한 판 했냐?"

도식이 빈정대며 물었다.

"아직. 같이 해도 되는데……."

대수가 다시 도식의 목소리를 흉내 내며 답했다.

"농담 그만두고, 지금 어디야? 당장 좀 봐야겠어. 기승 형이 연락이 안 돼. 그제 저녁에 나간 후 소식이 없어. 이미 알겠지만 휴대전화도 불통이고."

도식의 음성이 갑자기 하이 톤으로 변하며, 질문과 설명을 연달아 퍼붓는다.

"어, 어젯밤 공항에서 만나기로 했는데 보이지 않더라고. 한 시간 넘게 기다리다 호텔로 곧장 왔지. 이제 아침 먹어야 할 텐데…… 여기로 올 거지?"

왼손으로 휴대전화를 쥔 대수는 오른손 중지로 관자놀이를 꽉 누르며 천천히 읊조렸다.

"지금 출발할게. 200달러짜리 여자는 치우는 게 좋을 거다. 아침부터 헐떡대기 싫다."

대수는 도식에게 휴대전화로 호텔 주소를 전송했다. 뒤척이는 여자의 엉덩이를 툭 치며 대수가 부드럽게 말했다.

"지금 당장 나가면 10달러."

침대 위의 여자는 덮고 있던 얇은 시트를 가슴께로 올리며 눈을 살짝 떴다. 여자의 눈두덩이 약간 부어 있다. 옷을 주섬주섬 챙긴 여자가 화장실로 엉금엉금 걸어갔다. 변기 물이 내려가는 소리, 옷을 입는 소리가 화장실 밖으로 새어나왔다. 잠시 후 객실 문이 조심스럽게 열리는 소리가 들렸다. 등을 돌린 채 앉아 담배를 피우던 대수가 머리 위로 손을 살짝 흔들었다.

푸미흥, 검디검은 베트남 커피

젊은 배불뚝이 한 놈이 길가에 세워진 포르쉐 카이맨 옆에 허리를 살짝 숙인 채 서 있다. 차창 유리를 보며 머리를 손가락으로 정리하던 배불뚝이가 입에 물고 있던 이쑤시개를 퉤 뱉더니 누런 필터가 달린 얇고 긴 담배 한 개비를 물었다. 성냥을 그어 담배에 불을 붙인 배불뚝이가 피처럼 눈부시게 붉은 포르쉐의 문을 열었다. 의기양양하게 운전석 옆에 선 배불뚝이는 트림과 담배 연기를 연신 토해냈다. 필터 가장자리까지 담배를 피운 배불뚝이는 포르쉐 안으로 기어들어가 시동을 걸었다. 차창 밖으로 침을 뱉은 배불뚝이가 핸들을 여유롭게 돌렸다. 배불뚝이를 태운 붉은 포르쉐가 그르렁거리며 원을 크게 돌아 부드럽게 중앙선을 넘었다.

푸미흥은 호찌민시티 남부에 조성된 신흥 고급 주거지다. 고급 아파트와 빌라 그리고 외국인 학교, 각종 레스토랑 등의 상가가 즐비한 푸미홍에는 베트남의 신흥 갑부, 고위 관료와 베트남에서 일하는 외국인들이 주로 거주한다. 왕복 6차선의 넓은 도로, 깔끔하게 정비된 공원, 화려한 조명을 밝힌 대형 백화점 등이 베트남 전통 시가지와는 전혀 다른 분위기를 풍긴다.

11월의 이른 아침, 호찌민시티의 태양은 벌써부터 이글거렸다. 도식은 아침을 해결하기 위해 푸미홍을 남북으로 가르는 왕복 6차선 대로변에 위치한 한 쌀국수 집을 찾았다. 파란색 플라스틱 의자에 앉은 도식은 엄지와 중지를 엇갈려 딱 소리를 내 종업원을 불렀다. 도식은 가늘게 찢은 닭고기가 몇 점 얹어진 퍼가(베트남식 닭고기 쌀국수)와 까페쓰어다(연유가 들어간 베트남식 아이스커피)를 주문하고는, 포르쉐를 몰고 국수를 먹으러 온 배불뚝이를 무심히 지켜봤다. 배불뚝이의 포르쉐는 고막을 마구 때리는 기분 좋은 엔진음을 남기고 저 멀리 사라졌다.

머리가 조금 벗겨지고 턱에 살이 막 붙기 시작한 도식은 이른 아침의 쌀국수 집을 둘러봤다. 푸른 실핏줄이 돋은 허벅지가 환히 드러나는 짧은 치마에, 음식물 얼룩이 묻은 타이트한 하얀색 반팔 셔츠를 입은 어린 소녀들이 테이블 사이를 뛰어다니며 주문을 받느라 바빴다.

도식의 정면 테이블에는 10대 중반으로 보이는 보모가 서너 살 된 아이에게 열심히 국수를 먹이는 게 보인다. 그 옆에는 삼대 가족이 각기 다른 메뉴를 앞에 놓고 게걸스럽게 먹고 있고, 도식 옆의 테이블에는 바싹 마른 애송이 택시 운전사가 신문을 보며 커피를 마시는 중이다.

주위를 둘러본 도식은 느릿느릿 다리를 꼬며 마일드세븐 라이트 한 개비를 꺼내 물었다. 일회용 플라스틱 라이터로 불을 붙인 도식은 천천히 담배를 피웠다. 입술 오른쪽 위에 작은 점이 있는 종업원이 퍼가와 까페쓰어다를 도식의 테이블에 거칠게 내려놓았다. 종업원의 얼굴은 예쁘지만 무표정했다.

왼손으로 커피가 담긴 유리잔을 감싼 도식은 대도시에서 배출되는 하수 찌꺼기와 비슷한 색깔의 검디검은 커피를 뚫어져라 쳐다봤다. 유리잔 속의 검정색 커피 위에는 젊은 남자의 싱싱한 정액 같은 연유가 두껍게 올려져 있다. 도식은 기다란 플라스틱 막대로 커피와 연유를 천천히 뒤섞은 후 달콤 쌉쌀한 까페쓰어다를 홀짝이며 빨간 고추 조각이 뿌려진 쌀국수를 느릿느릿 먹었다.

성의 없이 건성으로 추출한 듯한 싸구려 커피 향, 닭고기 육수의 노린내, 아침부터 만취한 뱃사람이 방금 내뱉은 듯한 퀴퀴한 담배 연기, 대낮의 격렬한 교접을 부랴부랴 마친 후 샤워를 생략한 중년 남자의 몸에서 나는 듯한 땀 냄새, 터무니없이 낮은 급여를 받는 식당 종업원들이 마구 뿌린 싸구려 향수 냄새가 도식의 주위를 떠다니고 있었다.

국수를 다 먹고 젓가락을 놓은 도식은 30달러짜리 노키아 휴대전화의 흑백 액정을 한참 동안 바라보다 통화 버튼을 눌렀다. 여전히 기승과는 연결이 되지 않는다.

잠시 후 도식은 대수의 전화번호를 찾아 정성껏 통화 버튼을 눌렀다. 잠이 덜 깬 대수와 통화를 마친 도식은 깍지를 낀 양손을 위로 올려 느릿느릿 기지개를 켰다. 점박이 종업원을 불러 계산을 한 도식은 식당 앞 차도에 아무렇게나 도열해 있던 택시 중 한 대에 올라탔다. 도식의 옆자리에서 신문을 보며 커피를 홀짝이던 택시 운전사가 어느새 핸들에 손을 얹은 채 뒤를 돌아보며 빙그레 미소를 지었다.

'뭐야, 이 새끼는?'

네 놈 속을 다 안다는 듯한 애송이 운전사의 능글맞은 미소에 도식이 속으로 중얼거렸다.

도식은 자신만만한 표정의 운전사에게 대수가 묵고 있는 동코이 비즈니스 호텔 주소가 적힌 쪽지를 내밀었다. 아무렇게나 갈겨 쓴 호텔 주소가 적힌 쪽지는 도식의 검지와 중지 사이에 거칠게 끼워져 있었다.

이른 아침의 비즈니스 호텔 로비는 한산했다. 빛바랜 하늘색 와이셔츠에 검은색 후줄근한 바지를 입은 어두운 낯빛의 보안 요원이 프런트 여직원과 잡담을 나누고 있었다. 옆구리까지 파인 푸른색 아오자이를 입은 프런트 여직원은 로비로 들어서는 도식을 흘깃 바라보며 미소 지었다. 부드럽지만 경계를 놓지 않는, 직업적인 미소다.

아오자이 여직원과 잡담에 푹 빠져 있던 교활한 인상의 보안 요원도 덩달아 도식 쪽으로 눈길을 돌렸다. 로비 건너편의 엘리베이터 문이 천천히 열렸고, 커다란 배낭을 멘 백인 여행객 한 쌍이 프런트로 다가왔다. 로비로 들어서는 도식을 바라보던 프런트 여직원이 얼굴 한 가득 미소를 지으며 백인 여행객 커플을 맞았고, 보안 요원은 아쉽다는 듯 문 밖으로 서둘러 걸음을 옮겼다.

로비 중앙의 소파에 앉은 도식은 마일드세븐과 일회용 라이터를 꺼내 테이블 위에 조심스럽게 올려놓았다. 담배에 불을 붙이려는 순간, 젊은 베트남 여자가 도식의 시야에 들어왔다. 잠이 덜 깬 표정의 젊은 여자가 고개를 살짝 숙인 채 서둘러 로비를 빠져나간다. 딱 붙는 레깅스에 하이힐을 신은 여자의 걸음걸이는 위태로워 보였다. 천천히 돌아가는 회전문으로 진입한 여자는 이글거리는 태양이 진절머리가 난다는 듯 얼굴을 숙이며 커다란 선글라스를 핸드백에서 꺼냈다. 어디 한 번 해보자는 듯한 여자의 검은 눈과 그 주위를 둘러싼 무거운 다크서클을 도식은 흘깃 바라봤다. 그러고는 못 본 척 고개를 살짝 숙였다.

도식은 로비 한쪽 구석에 설치된 낡은 컴퓨터 모니터 앞에 앉아 누군가와 채팅을 하던 벨보이를 불러 차갑고 쓴 까페다(연유가 들어가지 않은 베트남식 아이스커피) 한 잔을 주문했다. 커피는 번개처럼 나왔다. 가로등도 없는 사이공의 밤거리 같은 까만색 커피다.

오도독거리며 얼음을 깨먹느라 볼이 불룩해진 도식은 엘리베이터 쪽을 향해 가볍게 손을 들었다. 로비 건너 편, 엘리베이터 앞에 잘 차려 입은 대수가 나타났다. 쇠막대기처럼 길고 뾰족한 대수는 발목과 종아리가 환하게 드러나는 감청색 짧은 바지 차림이다. 반짝이 장식이 붙은 요란한 검은색 셔츠가 대수의 몸에 딱 달라붙었다. 군살이 없는 대수의 목에는 누런빛의 굵은 황금 목걸이가 걸려 있었다. 커다란 선글라스를 쓴 대수가 다가오자 짙은 향수 냄새가 풍겼다. 도식은 콧구멍을 살짝 실룩거렸다.

"200달러짜리는 벌써 갔냐?"

소파에 앉아 있던 도식이 고개를 위로 젖히며, 서 있는 대수의 선글라스를 똑바로 쳐다보며 물었다.

"아…… 농담 마, 진짜. 몇 시간 못 자서 피곤해."

선글라스를 벗은 대수가 도식을 내려다보며 대답했다.

"아침은 먹었냐?"

도식이 주위를 둘러보며 물었다.

"아직, 같이 먹을까?"

"……."

대수의 말에 도식은 아무 말도 하지 않았다.

"아침 먹으면서 얘기나 하자고. 기승 형은 어디 아픈가?"

대수는 오른쪽 검지에 낀 커다란 선글라스를 뱅뱅 돌리며 말했다. 대수의 입꼬리가 살짝 올라갔다.

"오순철이 오늘 호찌민에 도착할 예정이야."

소파에 앉아 있던 도식이 천천히 일어나더니 기승 대신 순철의 소식을 전했다.

"순철이 형? 어, 오랜만에 다 모이네."

대수가 도식의 손을 가볍게 잡으며 반갑다는 듯 말했다.

"기승 형이 사라진 지 이틀 됐어."

대수에게 손을 잡힌 도식이 입맛을 다시며 중얼거렸다.

"네 돈, 순철 형 돈, 내 돈, 다 들고 내뺀 것 같아. 처자식도 버린 것 같고……."

도식의 말에 대수의 눈이 반짝 빛났다.

도식이 담배를 한 개비 꺼냈고, 대수는 도식이 한 모금 마신 차가운 커피를 들어 살짝 들이켰다. 쓰디쓴 커피로 입술을 축인 대수는 커다란 선글라스를 다시 꼈고, 손가락으로 머리카락을 뒤로 빗어 넘겼다. 반짝 빛났던 대수의 눈빛이 어두운 선글라스 렌즈 속에 감춰졌다. 렌즈 속 대수의 눈빛에선 어떤 표정도 읽어낼 수 없었다.

프런트 여직원이 대수와 도식을 의심스럽다는 듯한 표정으로 물끄러미 바라봤다. 다시 호텔 로비로 들어온 교활한 표정의 보안 요원은 입을 크게 벌리고 마음껏 하품을 즐겼다. 태평하기 그지없는 자격 미달의 보안 요원이 틀림없다고 도식은 멋대로 추측했다.

수완나품 공항, 표도르와 타이거

기승이 사라졌다고? 내 피 같은 돈 50만 달러를 통째로 삼켰다이 말이지. 아니, 정확히 말하면 54만 달러지. 별 것 아닐 수도 있지만 용납할 수는 없어. 그 돈이 어떤 돈인데. 그 돈이면 무슨 짓이든 할 수 있는데.

방콕에서 호찌민시티로 향하는 베트남항공 여객기의 창가 자리에 앉은 오순철이 뿌드득 이를 갈며 중얼거렸다. 어찌나 세게 악물었던지, 가뜩이나 상태가 좋지 않던 아래쪽 이가 더욱 흔들리는 느낌이었다. 오렌지주스 한 모금을 꿀꺽 삼킨 순철은 곰곰 생각했다. 그의 고개가 창 쪽으로 약간 비뚤어졌다.

'돈은 아무래도 좋다.'

'1년 동안 재미나게 놀았다.'

'철석같이 믿었던 기승이 나를 속였다?'

주먹을 꽉 쥔 순철이 한숨을 내쉬었다.

'이 인간을 어떡한다.'

여객기가 갑작스레 하강을 하자 순철은 안전벨트를 꽉 조였다.

어제 저녁, 타일랜드 푸껫을 출발한 오리엔트타이항공 여객기는 한 시간 만에 방콕 수완나품 공항에 착륙했다. 베트남항공 호찌민행 여객기로 갈아타기 위해 순철은 수완나품 공항에서 여섯 시간을 기다렸다. 베트남항공은 예고도 없이 이륙 시간을 뒤로, 또 뒤로 미뤘다.

수완나품 공항 흡연실에는 술에 취한 러시아 남자들과 늙어서도 교태를 부리는 금발의 러시아 여자들로 가득했다. 웃통을 벗은 채 웃음을 터트리며 연신 보드카를 들이키던 러시아 남자가 갑자기 고개를 떨궜다. 고개를 옆으로 떨구며 쓰러진 러시아 남자의 몸집은 거짓말을 조금 보태면, 골프 카트 크기였다. 주위의 그 누구도 이 거대한 남자를 일으켜 세울 엄두를 내지 못했다. 고개를 떨군 남자의 입에서 정체를 알 수 없는 끈적한 액체가 조금씩 흘러나왔다. 끈적한 액체에서 위액과 섞인 보드카와 역시 위액과 섞인 담배 연기, 반쯤 소화된 정체불명의 음식물이 섞인 냄새가 풍겼다. 백만 명 중 한 명쯤은 향기롭다고 할 만한 냄새가 흡연실을 가득 채웠다.

다섯 시간 동안 약 스무 번쯤 흡연실을 들락거렸던 순철은 바닥에 널브러진 러시아 남자를 봤다. 본의 아니게 순철은 그가 1.5리터 보드카와 타이거 맥주 여섯 캔을 들이켜는 것을 관찰했다. 표도르를 닮은 대머리의 러시아 남자는 황금색 가슴 털을 자랑하며 흡연실 바닥에 길게 누워 코를 드르렁 골기 시작했다.

흡연실 천장 구석에 설치된 스피커에서 호찌민행 여객기의 탑승을 시작한다는 방송이 흘러나왔다. 금방이라도 터질 듯한, 수박만 한 가슴을 내민 중년의 금발 여자가 흡연실 문을 열었다. 그녀는 태평한 표정과 태평한 걸음걸이로 흡연실로 성큼 걸어 들어왔다. 또각또각 흡연실로 진입한 금발의 여자는 바닥에 누운 표도르의 배를 하이힐 끝으로 살짝 걷어찼다. 의미를 알 수 없는 표독스러운 러시아 말이 여자의 입에서 터져나왔고, 바닥에 누워 있던 남자는 아무 일도 없었다는 듯 주섬주섬 몸을 일으켰다.

순철이 탄 호찌민행 베트남항공 여객기에는 러시아 단체 관광객들로 가득했다. 표도르를 닮은 대머리 러시아 남자는 순철의 대각선 방향 앞쪽 자리에 앉아 있었다. 터질 듯한 가슴의 중년 여자는 표도르의 듬직한 어깨에 머리를 묻고 있었다. 호찌민으로 가는 두 시간 동안의 비행 내내, 아오자이 유니폼을 입은 스튜어디스는 표도르 부부에게 타이거 맥주를 계속 배달하느라 바삐 움직였다.

일주일 전 늦은 밤, 푸껫에 머물던 순철은 호찌민의 김기승으로부터 느닷없는 전화 한 통을 받았다.

순철이 약 3년에 걸쳐 기승에게 투자한 돈은 54만 달러였다. 그동안 기승은 순철에게 연 40퍼센트의 배당금을 딱딱 지급했다. 기승의 지급 조건은 두 가지였다.

'받을 사람이 호찌민으로 올 것. 1회 지급 한도는 1만 달러.'

실제로 지난 1년 동안 10만 달러가 넘는 빳빳한 오까네가 순철의 주머니로 들어왔다. 한 달에 한 번, 푸껫 혹은 인천에서 순철은 비즈니스 클래스에 편안하게 누워 호찌민으로 들어갔다. 기승은 100달러짜리로 1만 달러 뭉치를 만들어 순철에게 건넸다. 100달러짜리 지폐 뭉치는 금방이라도 끊어질 듯한 노란색 고무줄로 감겨 있었다. 얇고 노란 고무줄로 돌돌 말린 지폐 뭉치는 몸값 비싼 창녀의 유방처럼 금방이라도 터질 것 같았다. 돈을 건네받을 때마다 순철의 가슴도 터질 듯 두근거렸다.

순철은 지난 1년 동안 오로지 수금만을 위해 열 번 넘게 호찌민을 방문했다. 3~4일의 체류 기간 동안 순철은 하룻밤에 400달러짜리 5성급 호텔에서 묵었고, 아침저녁으로 전신 마사지를 받았다. 또한 매일 밤 21년산 발렌타인을 마셨고, 하룻밤 300달러가 넘는 창녀의 젖통을 떡 주무르듯 주물렀으며, 매일 18홀 라운드를 돌았다. 물론 기승과 함께였다. 모든 비용은 순철이 지불했다. 어차피 기승한테서 받은 돈이었지만.

기승이 건네주는 오까네는 낡은 수도꼭지에서 줄줄 흐르는 달콤한 수돗물과 같았다. 상쾌하게 차갑지만 약간 비릿한 수돗물. 순철은 지난 1년 동안 그 비릿하면서 달콤한 수돗물을 조금씩 들이켰다.

일주일 전 늦은 밤, 곤한 잠에 빠져 있던 순철에게 전화를 건 기승은 "사업을 정리한다"고 통보했다. 덤덤한 목소리였다. 고리대금업을 관리하는 중간 관리인 하나가 돈을 들고 튀는 사건이 일어나 더 이상 연 40퍼센트의 배당금을 줄 수 없게 됐다는 것이 이유였다. 순철은 기승의 느닷없는 통보를 순순히 받아들였다.

이미 사업 정리를 시작했다고 밝힌 기승은 순철에게 일주일 후, 아무 때나 편한 시간에 호찌민으로 들어오라고 했다. 투자금 54만 달러 전액과 미지급 배당금 2만 달러를 한꺼번에 주겠다고 하면서. 이번에도 기승의 조건은 두 가지였다.

'투자금과 배당금은 달러가 아닌 베트남 동으로 지급함. 총 56만 달러, 즉 75억 베트남 동은 알아서 가지고 나갈 것.'

'75억 베트남 동이라.'

전화를 끊은 순철은 정신을 차리고 생각했다. 쉽게 상상할 수 없는 엄청난 분량의 돈이었다. 계산기를 두드려보니 75억 동은 호찌민의 얼굴이 새겨진 50만 동짜리 베트남 지폐로 1만 4천 장이 넘었다.

'지폐가 1만 4천 장이라.'

은행 창구에서 근무한 적이 없는 순철은 쉽게 그 규모를 떠올릴 수 없었다. 하지만 커다란 손수레에 가득 담아야 할 것 같았다. 빳빳한 고액권을 수레에 가득 싣고 출국 심사를 기다리는 한 남자의 모습을 상상한 순철은 자신도 모르게 싱긋 웃었다.

베트남을 방문한 외국인이 베트남을 나갈 때 가지고 갈 수 있는 돈의 법적 한도는 7천 달러였다. 환치기를 하든, 금을 사든, 베트남에 작은 빌딩을 사든 "알아서 하라"고 기승은 말했다.

일주일 동안 순철은 돈을 가지고 나올 여러 가지 방법을 연구했고, 계획했다. 호찌민, 푸껫, 서울의 환치기 업자 몇 명에게 연락을 취해 만반의 준비를 갖췄다. 약간의 수수료를 내고 그 방면의 전문가들을 동원하면, 불법적인 오까네를 빳빳한 현찰로 만드는 일은 아무것도 아니었다.

모든 계획은 착착, 컨베이어벨트를 지나는 자동차들처럼 순조롭게 진행됐다.

준비를 끝낸 순철은 수완나품 공항의 흡연실에서 호찌민행 비행기를 기다리고 있었다. 지폐가 가득 실린 화물 카트를 끄는 남자를 바라보며 입이 쩍 벌어지는 사람들의 모습을 즐겁게 상상하면서.

러시아 남자가 고개를 떨구며 쓰러지던 바로 그때, 순철의 휴대전화가 울렸다. 양도식이다.

"어디야?"

도식이 다짜고짜 물었다.

"비행기 기다린다."

러시아 남자의 입가에서 풍기는 시큼한 냄새에 코를 약간 찡그리며 순철이 답했다.

"그래, 마음 단단히 먹어."

도통 의미를 알 수 없는 도식의 말에 순철은 고개를 갸웃거렸다.

"기승 형이 사라졌어. 연락이 안 돼."

도식이 무심하게 말했다.

"무슨 소리야? 어제도 통화했는데……."

순철이 건방진 녀석을 나무라는 어조로 도식에게 물었다.

"어제 통화했다고? 허허 그것 참……. 기승 형이 사흘 전에 집을 나갔어. 그 뒤로 연락이 없어."

도식이 혀를 차며 말했다.

"아무튼 호찌민에서 보자고. 공항에서 기다릴게. 아 참, 대수 놈도 함께 있어."

전화가 갑자기 뚝 끊겼다.

도식과 통화를 끝낸 순철은 담배를 비벼 껐다. 흡연실을 나와 화장실로 들어간 순철은 꼼꼼하게 손을 씻고는 거울을 바라봤다. 검게 그을린 각진 얼굴의 키 작은 사내가 거울 속에서 눈을 부릅뜨고 있었다. 숱이 많은 검은 머리카락은 단정했다. 눈꼬리가 비열한 깡패처럼 약간 위로 올라가 있다. 거울 속의 사내와 똑바로 눈을 마주친 순철은 손가락에 물을 살짝 묻혀 머리를 빗었다. 검디검은 머리카락에서 윤기가 흐르기 시작했다. 갈색과 검은색이 아무렇게나 뒤섞인 순철의 작은 눈동자가 화창하고 무더운 한여름 오후의 바다처럼 반짝 빛났다. 비록 찰나에 불과했지만.

액자 속의 행복

왕복 6차선의 대로가 내다보이는 호찌민시티 푸미홍의 한 카페 2층, 창가 자리에 남자 셋이 서로의 얼굴을 보고 있다. 푸껫에서 온 작고 검고 단단한 오순철, 한국에서 온 길고 마르고 휘청거리는 김대수, 호찌민에 살고 있는 하얗고 약간 꼿꼿한 양도식이다.

"그러니까, 기승이 사라졌다 이 말이야?"

푹신한 소파에 눕다시피 등을 기대고 있던 순철이 도식에게 물었다.

"정확히 말하자면, 사라졌다기보다는 사흘째 연락 두절이지."

검게 그을린 순철 쪽으로 고개를 내민 도식이 입술을 거의 움직이지 않고 답했다.

"사흘? 기승이와 어제도 통화했는데…… 도대체 뭐가 어떻게 된 거야?"

폴스미스 회색 면바지에 파란색 줄무늬 폴로셔츠, 맨발에 감색 발리 구두를 신은 순철이 헛웃음을 지으며 말했다.

"어떻게 되긴, 기승 형이 돈을 다 들고 튄 거지. 감쪽같이 모두를 속였거나, 아니면 빈털터리 신세로 도망을 쳤든지."

듬성듬성 난 얇은 콧수염에 머리를 길게 기른, 일본풍의 외모를 가진 대수가 순철의 눈을 빤히 바라보며 말했다. '이런 바보가 있나'라는 대수의 속마음이 표정에 그대로 드러난다.

"그래서 기승이 집엔 가봤냐? 와이프하고 애들은 잘 있고?"

순철은 멍청한 표정으로 담배를 피우던 도식 쪽으로 눈길을 돌리며 물었다.

붉은 별이 그려진 검은색 반팔 셔츠에 허벅지 바깥쪽에 커다란 주머니가 달린 카키색 반바지를 입고 묵묵히 담배를 피우던 도식이 한숨을 길게 쉬며 말했다.

"노크해도 기척이 없고, 기승 형 와이프도 연락이 안 돼."

"언제 가봤는데?"

"어젯밤."

도식의 흰자위는 누랬다. 눈동자에 초점이 없다. 누렇게 뜬 도식의 초점 없는 눈과 창백한 얼굴을 바라보며 순철이 다시 물었다.

"기승이 집이 이 근방이잖아?"

"그렇지."

도식과 대수가 동시에 대답했다.

"지금 가보자. 어떻게 된 일인지는 알아야지. 그래야 뭔가 행동을 취하지."

세상에서 가장 편한 자세로 소파에 앉아 있던 순철이 등을 꼿꼿이 펴며 중얼거렸다.

"그럴까?"

대수가 담배에 불을 붙이며 귀찮다는 듯 내뱉었다.

후끈한 한낮의 열기가 아스팔트를 뜨겁게 달궜다. 키가 다르고 얼굴이 다르고 걸음걸이가 다른 사내 세 명이 푸미흥의 거리를 걷는다. 키와 얼굴은 다르지만 사내들의 어깨는 씁쓸한 듯 처져 있다. 한때는 거리의 바람을 갈랐을 사내 셋의 어깨에 무겁고 지겹고 귀찮은 뭔가가 내려앉았다. 하지만 이들은 어깨에 내려앉은 무언가의 무게를 아직 알아채지 못했다.

도식과 대수, 순철은 1년에 서너 번 호찌민에서 만났다. 이들은 각자 얼마간의 돈을 기승에게 투자했다는 공통점을 갖고 있다.

1년에 한두 번, 대수와 순철과 도식은 질펀한 배당금 파티를 벌이며 이국의 쾌락을 만끽했다. 갑작스런 기승의 실종에 이들은 당황한 듯 보였다. 대수와 도식과 순철은 앞서거니 뒤서거니 뜨거운 인도를 터벅터벅 걸어 기승의 아파트로 향했다.

사람이 먹는 음식이라고는 생각할 수 없을 정도로 매끈한 원색의 초밥 사진이 걸려 있는 일식당, 검은 피부에 굵은 쌍꺼풀과 곱슬머리를 뽐내는 과대망상증 환자처럼 생긴 요리사의 사진을 간판으로 내건 인도 식당, 커다란 덩치의 경비원이 험상궂은 맹견 같은 얼굴로 버티고 있는 다국적 커피 체인점을 지나자 기승의 아파트가 눈에 들어왔다. 반짝반짝 빛나는 아우디 A8, 금방이라도 튀어나갈 것 같은 기세의 람보르기니 가야르도가 기승의 아파트로 향하는 길가 여기저기에 아무렇게나 주차돼 있다.

정성껏 다림질을 한 연두색 제복을 입은 밝은 표정의 경비원이 도식을 향해 가볍게 눈인사를 건넸다. 도식은 경비원에게 살짝 고개를 숙였다. 세 명의 사내는 부조 작품처럼 아파트 로비 벽에 나란히 붙은 수십 개의 금속 재질 우편함을 지나 곧장 엘리베이터로 향했다. 늙고 허리가 굽은 베트남 여자의 손을 꼭 잡고 있던 금발의 푸른 눈을 가진 대여섯 살 여자아이가 로비를 가로지르는 세 사내를 조용히 바라봤다.

도식은 익숙한 손놀림으로 11층 버튼을 눌렀다. 엘리베이터가 낑낑대며 상승하더니 어느새 11층에 멈춰 섰다. 문이 열리자 세 사람은 엘리베이터 홀을 지나 기승의 집 앞으로 걸음을 재촉했다.

현관문은 비스듬히 열려 있었다. 열린 문의 안쪽은 굶주린 하이에나 떼가 갈기갈기 찢어발긴 초식동물의 내장처럼 난장판이었다. 동화책 몇 권이 철 지난 해변가 모래사장에 굴러다니는 쓰레기처럼 바닥에 흩뿌려져 있다. 더 없이 행복하게 미소 짓는 기승, '이런 남편을 어디에서 구하겠어요'라고 묻는 듯한 기승의 앳된 아내, 파랑과 빨강, 녹색으로 빛나는 라코스테 셔츠를 입은 기승의 어린 딸이 깨진 액자에 담긴 채 바닥에 널브러졌다. 거실 커튼 사이로 강렬한 오후의 햇살이 스며들어 바닥이 반짝반짝 빛을 발한다. 가족사진 액자에서 떨어져나온 유리 파편들도 오후의 햇살을 받아 날카로운 빛을 반사하느라 바빴다. 서랍장은 모조리 열려 있고, 소파와 의자는 다리를 위로 하고 비스듬히 누운 채였다.

"뭐야, 이거? 환장할 풍경이로군."

눈을 찡그린 순철이 혀를 차며 중얼거렸다.

"제대로 당한 것 같은데."

주머니에 손을 넣은 대수가 무심하게 말했다.

얼굴을 찌푸린 도식은 아무 말도 하지 않았다.

순철이 집 안으로 성큼 발을 들였다. 대수와 도식은 안으로 선뜻 들어가지 못하고 서성거렸다. 기승의 집 맞은편 문이 열리더니 누군가 고개를 빼꼼 내밀었다. 두꺼운 안경에 굵은 파마머리를 한 살집 좋은 중년의 한국 여자였다.

"어라? 이번엔 한국 빚쟁이 아저씨들인가."

파마머리 여자의 호기심 가득한 눈동자가 두꺼운 안경 너머에서 반짝인다.

"베트남 빚쟁이들이 떼로 몰려와서 난리를 치고 갔어요. 난리 치던 빚쟁이들이 집 주인을 불렀고, 허겁지겁 온 집 주인이 경비원 호출해서 현관문을 열던데……."

물어보지도 않았는데 아줌마가 술술 말했다.

"집 안에 아무도 없었나보죠?"

주머니에서 손을 뺀 대수가 정중한 목소리로 물었다.

"그걸 말이라고 해요? 빈집이니까 열쇠 따고 들어갔겠지. 그 집 사람들 법 없이도 살 것처럼 보였는데, 참 사람 속은 알다가도 모를 일이라니까. 그나저나 어제 저녁에도 그 집 새댁, 아니 새댁이 아니지. 아무튼 집에 있었던 것 같은데, 야반도주라도 한 건가. 쯧쯧."

문 밖으로 나온 참견쟁이 아줌마가 팔짱을 낀 자세로 대수를 위아래로 훑어보며 말했다.

"글쎄요. 저희도 이 집 사람들 만나러 왔거든요. 근데 연락도 안 되고, 어디로 갔는지 도통 모르겠네요. 혹시 오늘 아침에 이 집 가족 본 적 없어요?"

대수가 다시 주머니에 손을 넣으며 또박또박 말했다.

"아까 듣자 하니, 월세도 몇 달째 밀렸다던데. 디포짓, 아니 보증금도 바닥났고. 그 집 아저씨 그렇게 생겨먹지 않았는데…… 참, 사람 속은 알다가도 모른다니까."

참견쟁이 아줌마가 두꺼운 손가락으로 안경을 위로 올리며 아까 했던 말을 다시 한 번 반복했다.

"근데 저쪽 아저씨는 여기 살지 않았나? 전에 본 것 같은데."

호기심 가득한 눈빛으로 도식을 바라보며 여자가 물었다. 무표정한 얼굴의 도식은 아무 말도 하지 않았다.

대수와 아줌마의 대화를 듣는 둥 마는 둥 하던 순철이 대수의 팔을 가만히 잡아끌었다. 순철은 어느새 기승의 집 밖으로 나와 있었다.

"일단 나가자."

순철이 짜증스럽다는 듯 내뱉었다.

검게 그을린 순철의 얼굴에 짙은 그늘이 서렸다. 하얗던 도식의 얼굴은 더욱 창백해졌다. 뾰족한 대수의 얼굴엔 날이 하나 더 섰다. 복도 창문 사이로 불길한 열기를 가득 품은 바람이 훅 하며 불었다.

살풍경한 기승의 집 앞을 서성이던 도식과 순철, 대수는 다시 엘리베이터를 타고 로비로 내려왔다. 여전히 밝은 표정의 경비원이 도식을 향해 다시 한 번 고개를 까닥했다.

짙은 푸른색의 긴 팔 와이셔츠에 대충 다림질을 한 검은 바지를 입고 아파트 로비 입구에 서 있던 중년 여자를 향해 도식이 오른손 검지를 위로 들었다. 여자가 손에 들고 있던 무전기를 입으로 가져가더니 뭐라고 작게 외쳤다. 잠시 후 택시 한 대가 스르르 도착했다.

운전사 옆자리에 도식이, 그 뒤로 순철과 대수가 자리를 잡았다. 고층 아파트와 고급 식당, 노천카페와 잘 정비된 가로수가 심어진 푸미흥의 대로를 벗어나자 먼지가 풀풀 날리는 왕복 2차선의 낡은 아스팔트 도로가 나왔다.

오토바이를 탄 사람들이 어디론가 바삐 제 갈 길을 가고 있다. 분홍색 헬멧을 쓰고 역시 분홍색 대형 마스크로 얼굴을 가린 여자들, 뒤통수에 헬멧을 얹은 콧수염의 남자들이 택시 옆을 쌩쌩 내달렸다.

택시가 좌회전을 할 때도 상대편 차량들은 그대로 직진을 했다. 얽히고설킨 자동차와 오토바이의 행렬. 그 행렬은 기다란 몸통에 꼼지락거리는 수백 개의 다리를 가진 엄청나게 큰 벌레 두 마리가 서로의 몸을 교차하고 길고 긴 교미를 하는 것처럼 보였다.

좌회전을 할 때 상대 차선의 차량이 직진을 할 수 있는 나라의 길 위에서 도식과 순철 그리고 대수는 사라진 기승을 생각하고 있었다.

"기분도 그런데 한국 식당 가서 소주나 한잔 빨자."

택시 뒷좌석에 반쯤 누워 눈을 감고 있던 순철이 조용히 말했다.

"좋은 생각이야."

무심한 얼굴로 차창 밖을 지켜보던 대수가 읊조렸다.

도식이 운전사에게 베트남어로 뭐라고 중얼거렸다.

순철은 다시 눈을 감았고, 대수는 여전히 차창 밖을 바라봤다. 의기소침한 도식의 뒤통수가 약간 흔들거렸다.

열대의 밤, 비틀거리는 사내들

사이공에 어둠이 내렸다.

암내를 풍기는 백인 여행객들, 냄새 나는 음식을 손수레에 싣고 다니는 늙은 장사치들, 그림엽서와 꽃을 들고 다니며 관광객의 뒤를 졸졸 쫓는 교복 차림의 어린아이들, 팬티가 보일 듯한 짧은 미니스커트에 어깨가 환히 드러나는 민소매 셔츠를 걸친 소녀들이 너무 이른 발정에 쩔쩔매는 강아지들처럼 서로 어깨를 부딪치며 거리 곳곳을 쏘다니고 있었다.

두세 명을 동시에 태운 낡은 오토바이들, 맹수의 눈처럼 강렬한 전조등을 킨 시끄러운 자동차들, 피곤한 등과 허리를 가진 소년 소녀가 탄 위태로운 자전거들이 아귀처럼 마구 뒤얽혀 꼬리에 꼬리를 물고 이어졌다.

이글거리던 사이공은 어둠이 찾아와도 여전히 이글거렸다. 저 먼 우주의 어딘가에서 사이공을 방문한 어둠은 도심 상공 1킬로미터

아래로는 접근하지 못하는 것처럼 보였다. 사이공 도심 곳곳에 서 있는 부도덕한 가로등들이 어둠을 여유롭게 방어하고 있었다. 무기력한 어둠, 그 위로 별들이 반짝였다. 가소롭다는 표정으로.

"도식이 너, 여기 들어온 지 얼마나 됐지?"

빨간 숯불 위에서 하얀 연기를 피우며 조용히 타는 등심 덩어리를 뒤집으며 순철이 물었다. 마블링이 선명한 등심에서 핏물 한 방울이 아래로 떨어졌다.

"정확히 넉 달. 이 생활도 넉 달 만에 끝났네."

창백했던 도식의 얼굴이 소주 몇 잔에 생기를 되찾았다.

"너, 투자금은 총 얼마야? 기승이에게 맡긴 돈 말이야."

순철은 집게를 손에 쥐고 지글지글 소리가 날 정도로 고기를 꽉 누르며 다시 물었다.

"얼마 안 돼. 형에 비하면 새 발의 피지 뭐. 그까짓 돈 떼이더라도 별 문제는 없어. 근데 이런 식은 아니지. 상황이 어렵다면 어렵다고 말을 했어야지. 기승이 형 말이야. 느닷없이 사라져버리고, 가족들은 어디로 갔는지도 모르겠고, 집은 풍비박산이고. 이거야 원."

얼굴이 붉어진 도식이 유창하게 말하며 소주를 한 잔 더 들이켰다. 시원한 물이라도 마시듯.

"대수, 너한테도 기승이가 돈 정리해준다고 했냐?"

잘 구운 고기 한 점을 입에 쏙 넣고는 순철이 오물거리며 대수에게 물었다.

"응. 보름 전쯤 전화해서 여기 사업 청산하겠다고 그랬어. 투자금 전액을 베트남 돈으로 바꿔놓겠다고. 형한테도 그랬어?"

철저한 채식주의자라도 되는 양 고기에는 손을 전혀 대지 않던 대수의 말이었다.

"레퍼토리가 똑같네. 기승이는 작정하고 튄 건가? 아니면 빚쟁이들에게 납치라도 당했나. 뭔 거 같냐?"

순철이 소주를 한 잔 더 마신 도식에게 물었다.

"모르겠어. 돈을 들고 튀었든, 돈이 없어서 사라졌든, 그도 아니면 빚쟁이들에게 납치라도 됐든 간에 기승 형 상황이 걱정이 되네. 야반도주라면 그나마 괜찮겠지만, 그게 아니라면 말이야."

"걱정? 우리가 더 걱정 아니냐?"

순철이 눈을 동그랗게 뜨며 어이없다는 표정을 지었다.

순철과 도식 그리고 대수는 한때 사이공이라 불렸던 도시 한복판에 자리한 한국 식당의 작은 방에서 쓴 소주를 마시며 현재 상황을 정리했다. 술 취한 머리를 맞대고.

재래식 변소에 앉아 볼일 보는 듯한 자세로 고기를 구워주던 베트남 여종업원이 세 사내의 심각한 표정에 조용히, 뒷걸음질로 밖으로 나갔다.

보름 전과 일주일 전, 기승이 대수와 순철에게 '사업 정리'를 통보했다. 기승이 지급을 약속한 투자 원금은 대수가 42만 달러, 순철은 54만 달러에 달했다.

도식에게는 원금 정리 이야기를 꺼내지 않았다는 사실이 술자리에서 새롭게 확인됐다. "도식의 투자금으로는 계속 고리대금 사업을 진행할 여력이 있다"는 것이 기승의 말이었단다. 도식의 원금은

18만 달러였다. 그러니까 도식은 매달 기승으로부터 6천 달러를 받을 수 있었다. 그리고 도식에 따르면, 그 돈은 지난달까지 1년이 넘게 한 치 오차 없이 전액 빳빳한 달러로 지급됐다.

도식에 이어 순철과 대수가 주정뱅이들처럼 술을 마셨고, 증권가에 갓 입문한 애송이 애널리스트들처럼 기승의 사업에 관한 정보를 교환하고 확인했다. 그들이 알고 있던 정보는 비슷했다.

기승은 대기업 주재원 출신이었다. 캄보디아, 베트남에서 10년 가까이 주재원 생활을 했다. 현재 기승은 호찌민시티에서 식당 겸 술집을 두 곳 운영한다. 현지인을 대상으로 각종 해산물 요리와 맥주 등을 파는 왁자지껄한 분위기의 술집이었다. 순철과 대수는 그곳에서 술을 마신 적도 있었다. 당시 대수, 순철과 동행한 기승은 술과 음식을 나르는 직원들에게 지시를 하고 명령도 하며 점잖게 당부도 했다. 영락없는 사장의 모습이었다. 기승은 그 술집들을 '생계 차원'에서 운영한다고 항상 강조했다. 빠듯하지만 딸의 교육비, 아파트 월세, 가족의 생활비가 그곳에서 나온다는 게 기승의 말이었다.

순철과 대수, 도식의 돈을 포함해 한국에서 온 투자금의 규모는 모두 100만 달러가 넘는다고 기승이 비밀을 실토하듯 그들에게 말한 적이 있다. 한국에서 온 돈은 기승의 부인과 부인의 친척들이 관리를 하며, 처갓집이 있는 메콩델타 지역에 뿌려졌다고도 했다. 약 50퍼센트의 이율로 고리대금업을 하는데, 약간의 수수료를 뗀 이자 수익이 투자자들에게 돌아간다는 것이 기승의 설명이었다.

"이익금을 찾아가지 않으면 그 돈은 다시 재투자된다."

기승의 설명대로라면, 돈이 눈덩이처럼 불어날 수밖에 없는 구조였다.

기승에게는 허황한 구석이 없었다. 술을 많이 마시지도 않았고 사치도 몰랐고 바람도 피우지 않았다. 적어도 그들 세 명 모두는 그렇게 알고 있었다. 월세 1천 달러의 아파트에 살고, 아이를 외국인 학교에 보내기는 했지만 생활 자체가 검소하고 소박했다.

기승은 공갈을 치지 않았다. 배포 있는 남자처럼 행동하기를 좋아하고 과장된 언행을 일삼는 도식, 매사에 꼼꼼하고 검소하지만 자동차와 여자 등 관심 있는 사물이나 사람에 한 번 마음이 동하면 끝을 보는 노름꾼 기질이 다분한 순철, 폼 잡기를 좋아하며 남자다움을 강조하느라 어리석은 오류를 반복했던 대수는 자신들과는 전혀 다른 기승을 전적으로 신뢰했다. 그 신뢰가 투자로 이어졌고, 기승은 그들의 신뢰를 결코 깨지 않았다. 3년 이상을.

투자 원금, 이익금, 찾아가지 않은 이익금에서 나온 신규 투자금이 적힌 작은 노트를 기승은 소중하게 보관했다. 기승은 호찌민을 방문하는 그들에게 깨알 같은 볼펜 글씨가 적힌 노트를 자랑스럽게 보여줬다. 도식과 대수 그리고 순철은 매번 그 노트를 볼 때마다 눈덩이처럼 불어나는 자신들의 재산에 흐뭇한 미소를 지었다.

기승이 노트에 직접 적었던 '글자 재산'은 어제까지도 대수와 순철, 도식의 가슴속에 소중하게 담겨 있었다. 하지만 이제 그 글자 재산은 저 멀리 허공으로 날아간 것으로 보였다. 아니, '날아간 것이 아니라 원래부터 존재하지 않았을지도 모른다'는 불길한 예감이 소주를 마시는 세 사내의 옆자리로 소리 없이 다가섰다. 세 사내는 그 불길한 예감을 소주에 섞어 털어버렸다.

악몽, 시체들의 향연

대한민국 강원도 동해안의 읍 단위 마을에나 있을 법한 황량한 낚시 가게다.

배가 적당히 나오고 턱에 살집이 붙은 지도 오래된 듯, 흐리멍덩하지만 한때는 총명했을 눈빛은 아무래도 숨길 수 없는, 술기운이 적당히 오른 중년의 남자가 파란색 플라스틱 테이블에 피곤한 팔을 얹고 붉은색 플라스틱 의자에 불안하게 앉아 있다.

주변을 힐끔힐끔 살피던 교활한 눈빛의 남자 둘이 슬며시 중년 남자의 테이블에 합류한다. 돈푼깨나 있어 보이는 옷차림으로 지독한 속물근성을 감추려고 애를 쓰는 타입의 남자들. 사내다운 척, 배포 있는 척 큰소리를 치지만 말투와 동작은 왠지 어색한 남자들, 비천한 과거를 감출 수 없음을 무척이나 안타까워하는 문제의 사나이들.

수족관에서 헤엄치는 커다랗고 아름다운 감성돔 세 마리. 거대한 은빛 비늘을 등에 단, 바다의 왕자라 불리는 물고기들이 애처롭게 웃고 있다. 물고기의 은빛 비늘보다 더 빛나는 커다란 회칼을 든 교활한 표정의 남자들이 보무도 당당하게 수족관에서 감성돔 세 마리를 꺼낸다. 아가미와 꼬리에 칼침을 맞고 붉은 피를 내뿜기 직전, 부드럽고 달콤한 회로 변하기 직전의 물고기들은 봄 처녀처럼 눈으로 웃으며 마지막 가쁜 숨을 내쉰다.

어디인지 도무지 짐작이 가지 않는 어둠이 깔린 오솔길이다.

희미한 길바닥에 시체들이 널려 있다. 척추가 반으로 접히고 팔과 다리가 서로 방향이 맞지 않은 채 널브러진 시체들은 한결같이 눈을 꼭 감고 있다. 시체들의 얼굴은 깊은 잠에 빠진 어린아이처럼 평온하다.

시체들의 길을 지나, 좁은 언덕을 넘어 가로등도 없는 칠흑의 어둠 속으로 나는 걷는다. 내 눈앞에 누군가의 등판이 있다. 나는 그 넓은 등판을 보고 걸었고, 어둠 속의 길은 끝도 없이 계속된다. 그 길은 한 걸음 앞만 빛이 난다. 길옆에는 깊고 검은 강물이 소리 없이 흐른다.

먼지가 풀풀 나는 베트남의 번잡한 도로 위다.

거꾸로 앉은 택시 운전사가 운전을 한다. 찢어진 눈동자에 깡마른 몸집의 운전사는 뒷좌석을 향해 몸을 돌린 채 능숙하게 핸들을 잡고 있다. 핸들의 위치가 기묘하다. “손님이 너무 없어 거꾸로 앉아도 운전을 할 수 있다”고 말하며 운전사는 자신만만한 표정을 짓는다.

느닷없이 교통정체가 시작된다. 도로가 막히자 운전사는 좁은 골목길로 핸들을 돌린다. 여전히 뒷좌석의 나를 빤히 보며 거꾸로 앉아 있는 운전사. 빙글빙글 웃으며 나를 보며 빙글빙글 태연하게 운전을 한다. 골목길 옆에는 높은 빌딩들이 빽빽하게 솟아 있다. 50층도 넘어 보이는 높다란 잿빛 빌딩들이다.

골목길로 택시가 진입한 순간, 골목에 빽빽하게 들어찬 모든 빌딩에서 회색 연기가 뭉클대며 솟는다. 회색 연기는 순식간에 잿빛으로 바뀐다. 수백 수천의 빌딩 창문이 천천히, 그러나 맹렬하게, 산산이 부서진다.

연기와 함께 거대한 폭발음이 귀청을 때린다. 연기와 폭발음이 좁은 도로를 뒤덮는다. 유리창에서 떨어져나온 파편들이 소낙비처럼 처참하게 부서지며 추락한다. 그 뒤를 이어 형형색색의 자동차들이 하나둘 추락한다. 수직으로 추락하는 자동차 수십 대가 도로 위를 걷던 행인들을 덮친다. 비처럼 쏟아져 내리는 자동차에 깔린 행인들은 피를 흘리며 죽는다.

택시는 전속력으로 후진한다. 하늘을 뒤덮은 검은 연기, 장대비처럼 추락하는 자동차들, 피를 흘리며 단체로 죽어가고 있는 행인들을 뒤로하고 택시는 교통정체로 꽉 막힌 대로를 향해 맹렬히 후진한다.

그런데 자동차들이 우글우글했던 대로에는 아무것도 없다. 금이 간 검은빛의 아스팔트 도로가 눈 깜짝할 사이에 거대한 황토로 변한다. 황토빛 도로 옆에 서 있던 낡고 음산한 저층 건물들이 소리

없이 사라진다. 눈부시게 푸르고 한없이 하얀 히말라야의 산봉우리들이 어깨를 나란히, 높이높이 솟구친다. 봉우리들의 꼭대기에 만년설이 서서히 얹힌다. 산봉우리 아래로 평화로운 구름이 느릿느릿 흐른다. 산봉우리 위로는 투명한 가을 하늘이 조금씩 얹힌다. 투명하고 푸른 가을의 하늘 사이로 느닷없이 눈부시게 선명한 주홍빛 저녁놀이 번진다. 찬란하게 빛나던 하늘과 산봉우리는 순식간에 검고 검은 어둠 속으로 스며든다.

거꾸로 앉은 택시 운전사가 나를 보고 싱긋 웃는다. 어라? 다정하게 윙크를 하는 운전사는 기승 형이다. 사라진 기승 형. 그 순간 그의 좌석이 천천히 돌아간다. 땀이 밴 넓디넓은 기승의 듬직한 등판이 보인다.

"이제 똑바로 가자, 도식아."

다정한 기승의 말이 택시 천장에 장착된 스피커를 통해 달콤한 음악처럼 흘러나온다. 택시는 천천히 끝을 알 수 없는 심연으로 돌진한다. 그 심연의 색은 검디검다.

등이 축축하게 젖었다. 손바닥도 젖었다. 턱 아래와 목 부위도 땀으로 끈적거린다.

'악몽인가?'

땀에 젖은 도식은 눈을 뜨며 속으로 중얼거렸다. 머리가 아팠다. 간밤의 술 때문이리라.

촌스러운 분홍색 시트가 도식의 눈에 들어왔다. 푸미홍, 기승의 집 근처에 위치한 자신의 아파트 침실이었다. 침실로 쓰는 작은 방의 침대에 누운 도식은 주위를 둘러봤다. 작은 냉장고, 조잡한 냉온수기, 별다른 식기도 없는 휑뎅그렁한 주방이 눈에 들어왔다. 방 하나에 거실 겸 주방이 전부인, 따뜻한 구석이라곤 전혀 없는 혼자 사는 남자의 아파트다.

대수와 순철이 잡아준 택시를 타고 겨우 집으로 온 기억이 난다. 옷도 벗지 않고 침대에 쓰러진 것 같았다.

에어컨은 꺼져 있었다. 창문도 꼭꼭 잠겨 있다.

리모컨을 눌러 에어컨을 가동하자 땀으로 젖었던 몸이 천천히 마른다. 거실 겸 주방으로 나온 도식은 싱크대의 수도꼭지를 틀고 찬물에 머리를 담갔다. 정신이 조금 맑아졌다. 개처럼 머리를 턴 그는 싸구려 원두커피를 내렸다. 머그컵에 가득 담긴 커피를 마시자 두통이 약간 사라졌다. 아침 7시였다.

대나무 재질의 베트남풍 일인용 소파에 앉은 도식은 꿈에 나타난 기승의 듬직한 등판을 떠올렸다.

웃으며 죽어가던 감성돔 세 마리와 허름한 낚시 가게, 시체들이 널브러진 오솔길, 무너지는 고층 빌딩과 추락하는 자동차들, 천천히 상승하던 푸르고 하얀 히말라야의 산봉우리들, 기승과 함께 돌진하던 검디검은 심연의 길이 숙취로 꽉 찬 도식의 머릿속을 마구 헤집고 다녔다.

꿈에서 본 모든 기억이 HD 영상처럼 선명했지만, 거꾸로 앉아 태연하게 택시를 몰던 기승의 표정은 기억나지 않았다.

도통 의미를 알 수 없는 악몽을 털어내려는 듯 도식은 다시 한 번 머리를 좌우로 세차게 털었다. 장맛비에 젖고 또 젖어 비린내를 풀풀 풍기는 수캐처럼.

도식은 담배를 찾으려고 주머니를 뒤졌다. 구겨진 메모지 한 장이 구겨진 담뱃갑과 함께 손바닥 위에 놓였다. 담배에 불을 붙인 그는 메모지에 적힌 숫자를 따라 휴대전화 기판을 눌렀다. 신호음이 정확히 일곱 번 울리자 잠에서 덜 깬 여자의 목소리가 들렸다.

"빨리 와. 하고 싶어. 지금 당장."

베트남어로 도식은 또박또박 말했다.

사이공의 밤거리, 여전히 비틀거린다

비틀거리는 도식을 부축하는 대수의 표정이 일그러졌다. 도식의 한쪽 팔이 대수의 어깨 위에 불안하게 얹혀 있다.

"이 형, 왜 이렇게 취했어? 짜증 나네."

허리와 무릎을 굽힌 채 도식을 질질 끌고 가던 대수가 짜증 섞인 목소리로 중얼거렸다.

"저기 택시 있다."

택시를 가리키는 순철의 검지는 구부정했다. 방금 전까지 핏물이 덜 빠진 쇠고기 등심을 탐했던 그의 혓바닥은 소주 때문에 꼬여 있다.

낡은 택시 한 대가 게으르게 스르르 다가왔고, 대수는 쌀이 가득 담긴 커다란 종이박스를 옮기는 과격한 택배 기사처럼 도식을 택시 안에 거칠게 밀어넣었다. 철사 같은 굵은 곱슬머리의 택시 기사가 대수를 똑바로 바라보며 뭐라고 지껄였지만 대수는 굳은 입술로 택시 문을 세차게 닫았다. 잠시 후 도식을 태운 택시가 느릿느릿 굴러갔다. 멀어져가는 택시의 꽁무니를 바라보던 대수와 순철은 동시에 담배를 꺼냈고, 각자 불을 붙였다.

"거기 기억나냐? 전에 기승이랑 너랑 같이 갔던 시끄러운 술집."

"아아, 기승 형이 운영한다는 거기?"

"어, 거기 한 번 가보자. 기승이 가게가 맞는지 확인해보고 싶어. 내가 직접."

"가보나마나 아닐까? 빚쟁이들이라도 있으면 어쩌려고? 괜한 봉변당하지 않을까 싶은데. 칼침 맞는 거 아냐?"

"칼침은 무슨. 내가 칼 날릴 수도 있어."

"그래, 가보자고. 그 술집 내가 정확히 알아. 여기서 가까워. 술도 깰 겸 걸어가자."

"그러자."

부슬부슬 비가 내리는 어두침침하고 시끄러운 사이공의 밤거리를 길고 짧은 두 사내가 어깨를 붙이고 걸었다.

데오도란트와 향수, 선글라스가 담긴 작은 남성용 핸드백 없이는 외출도 하지 않는 깔끔한 성격의 소유자, 대수의 겨드랑이에서 시큼한 땀 냄새가 풍겼다. 복수를 위해 먼 길을 떠나는 수컷의 냄새 같았다.

허술한 상품으로 이국의 정취에 들뜬 철부지 관광객을 유혹하는 기념품 가게의 네온사인이 비에 젖었다. 비에 젖은 불빛들이 검게 빛나는 길바닥에서 흐물흐물 녹아내렸다. 종종걸음의 키 작은 사내가 고개를 들었다. 가볍고 가식적인 각진 얼굴의 소유자, 순철의 눈동자에 쓰디쓴 환멸이 어려 있었다.

베트남 전통 요리를 파는 고급 레스토랑과, 버스에서 금방 내린 단체 여행객들로 부산한 어중간한 수준의 호텔과, 우중충한 얼굴로 높이 서 있는 정체를 알 수 없는 긴 담벼락과, 하얗고 긴 수염이 난 호찌민의 얼굴이 그려진 고풍스런 옛날 건물과, 불안하게 세워진 오토바이에 앉아 서로의 입술을 빠는 젊은 연인들이 득실거리는 어두운 공원과, 옆구리까지 파인 야드르르한 하얀색 아오자이를 입은 미녀들이 우글거리는 남성 전용 클럽과, 교복을 입은 학생들이 단체로 앉아 정체를 알 수 없는 음료를 마시며 재잘거리는 노천카페를 순철과 대수는 터벅터벅, 지리멸렬한 걸음으로 지나쳐 갔다.

"여긴가?"

"확실해. 들어가자."

기승이 거만하기 짝이 없는 영세기업 사장처럼 종업원들을 부렸던 하이바쭝 거리의 술집은 예전 모습 그대로였다. 행복한 표정의 남자와 여자들이 플라스틱 의자에 앉아 얼음을 탄 사이공 맥주를 마셔댔다. 가게 입구에는 바퀴가 달린 작은 화로가 놓였고, 유니폼을 입은 젊은 남자가 닭다리, 돼지갈비, 오징어 등을 신나게 화롯불에 굽고 있다. 연기를 내는 화로 옆에는 갖가지 조개와 굴, 달팽이, 닭발 등 각종 안줏거리가 진열된 큰 박스가 놓여 있다. 한국의 포장마차에서 흔히 볼 수 있는 그런 박스다.

비를 맞으며 사이공의 밤거리를 걷느라 술이 다 깬 순철과 대수는 어깨를 쭉 펴고 주위를 살피며 가게 안으로 조용히 들어갔다.

테이블에 앉자, 단발머리에 보조개가 파인 통통한 볼을 가진 10대 소녀가 메뉴판을 가져왔다. 안주를 굽던 젊은 남자가 얼음이 가득 담긴 통과 사이공 맥주 한 짝을 연달아 들고 왔다. 주문을 따로 하지 않아도 맥주와 얼음이 배달되는 베트남 특유의 시스템.

가게 앞 노변에 간이 테이블이 세 개, 가게 안에는 네 명이 앉을 수 있는 테이블 여덟 개가 놓여 있다. 가게 밖 테이블에는 술꾼들이 가득했고, 후텁지근한 선풍기 바람이 날리는 홀에는 듬성듬성 자리가 비었다.

메뉴판에는 사진으로 설명된 수십 종류 안주가 가득했다. 순철은 손가락을 짚어가며 오징어구이와 돼지갈비구이를 주문했다. 대수는 얼음이 가득 담긴 커다란 잔에 미지근한 사이공 맥주를 부었다. 한 모금, 두 모금…… 두 남자는 맥주를 마셨다. 두 사람의 얼굴에 다시 취기가 올랐다.

홀의 구석에 작은 책상 하나가 놓여 있다. 책상 위에는 주문 전표가 널려 있고, 거만한 표정의 베트남 남자가 역시나 거만하게 책상 앞에 앉아 그 전표들을 정리하는 중이었다.

화장실을 가다가 순철은 베트남 남자에게 다가갔다. 순철은 헛기침을 한 후, 주머니에서 사진 한 장을 꺼냈다. 기승의 아파트에서 주워온 사진이다. 기승과 대수가 커다랗게 웃으며 순철을 바라보는 사진.

전표를 정리하던 남자가 무슨 일이냐는 듯 순철을 힐끗 쳐다봤다. 사진을 건넨 순철은 짧고 서투른 영어로 "이 남자를 아느냐?"고 물었다. 베트남 남자는 순철의 질문에 어리둥절한 표정을 짓다가

"콤 히에우"라고 말했다. '영어를 하지 못한다'는 뜻으로 순철은 이해했다.

"유어 보스?"

순철의 손가락이 사진 속의 기승을 짚었다. 뒤쪽으로 몸을 약간 젖히고 고개를 쳐든 남자가 와이셔츠의 단추를 풀더니 난감하다는 표정으로 뭐라고 지껄였다.

'저 주둥이를 굵은 낚싯바늘로 꿰매고 싶다'고 순철은 생각했다.

이 광경을 지켜보던 대수가 느릿느릿 다가왔다. 대수는 베트남어를 조금 구사할 수 있었다. 베트남 남자와 몇 마디를 나눈 대수는 순철의 팔을 잡아끌었다. 거만한 얼굴의 베트남 남자는 다시 머리를 숙이고 전표 정리를 시작했다.

"자기가 여기 주인이라는군. 1년 전부터."

담배 연기를 훅 뿜으며 자리로 돌아온 대수가 말했다.

"사진 속 남자는 기억한다는군. 1년쯤 전에 사진 속 남자 부인에게 가게를 인수했대. 그런데 사진 속 남자, 그러니까 기승 형이 이후에도 종종 찾아왔다는 거야. 한국 사람들이랑 같이. 올 때마다 자기한테 돈을 조금 주고 종업원들을 부렸다는 거지. 경찰에 신고하려다 참았대. 경찰 오는 거 귀찮아서."

대수가 씁쓸히 웃으며 식당 남자의 말을 전했다.

"그럼 뭐야. 저 새끼가 기승이 와이프에게 가게를 인수했는데, 그 후에도 기승이 가끔 사장 행세를 했다는 거야, 뭐야? 기승이 사기꾼이었다고? 내가 알던 그 김기승이?"

순철의 화난 목소리에 주위에서 술을 마시던 사람들이 '저 병신은 또 뭐야?' 하는 표정으로 순철 쪽을 쳐다봤다.

"기승 형이 튀었고, 가족들은 사라졌고, 레스토랑도 없어졌고, 남은 것은 메콩델타의 고리대금업뿐이군. 형 돈과 내 돈이 뿌려졌다는 좆같은 메콩델타."

대수가 담배 불똥을 손가락으로 툭 쳐서 허공으로 날리며 중얼거렸다.

대수와 순철은 여전히 미지근한 맥주를 일곱 병이나 묵묵히 마셨다. 얼음은 넣지 않았다. 주문한 오징어구이와 베트남식 돼지갈비가 테이블 위에 휑뎅그렁하게 놓여 있었다.

계산을 마친 대수와 순철은 술집 밖으로 걸어 나왔다. 그들 등 뒤로 누군가의 비아냥거리는 소리가 들렸다.

사이공의 밤거리가 아주 조금 조용해졌다. 사이공의 밤공기가 아주 조금 서늘해졌다.

미니버스를 타고 하루짜리 시내 관광에 나선 외국인 관광객들은 마음이 맞는 사람끼리 패를 지어 가라오케로, 라운지로, 클럽으로 들어갔다. 거리를 쏘다니던 교복 입은 아이들은 아무도 기다리지 않는 집으로 돌아갔다. 오토바이 위에서 서로의 입술을 탐하던 연인들은 옷매무새를 가다듬고 격렬한 교접을 꿈꾸며 헤어졌다. 피곤한 손수레를 끌고 음식을 팔던 장사치들은 밀려오는 졸음에 고개를 끄덕였다. 밀려드는 주문과 서빙에 정신이 없었던 레스토랑의 어린 직원들은 정리를 재촉하는 욕심 많은 매니저의 지겨운 잔소리에 짜증이 났다.

한밤중에도 후텁지근한 사이공의 밤공기를 들이마시던 대수가 담배를 꺼내 불을 붙였다. 순철의 핏발 선 눈동자에 라이터 불빛이 어른거렸다.

"형, 한잔 더 할래?"

엄지와 검지 사이에 담배를 끼운 채 대수가 속삭였다.

"그래, 이렇게 된 거 술이나 진탕 마시자. 아는 술집 있냐?"

"어, 오늘 같은 밤에 어울리는 술집이 하나 있지. 택시 타자."

대수가 홀쭉한 두 뺨이 서로 맞닿을 정도로 깊게 담배를 빤 후 말했다.

방심한 가로등 위 저편에서 서성거리던 어둠이 아무도 모르게 고도를 살짝 낮췄다.

어둠 속의 꽁까이

대수와 순철은 택시를 잡아타고 사이공 한복판에 위치한 쉐라톤 호텔로 향했다. 호텔 입구에서 내린 대수는 기억을 되짚었다. 기승과 함께 한 번 간 적이 있는 술집. 기승은 그 술집들을 '숫자 바'라 불렀다. 숫자로 된 간판이 걸린 술집. 술집이라기보다는 매음굴에 가까운 그 술집을 떠올리며 대수는 머리를 갸웃거렸다.

언제 비가 내렸지?

후텁지근한 공기가 시원해졌다.

순철이 약간 비척거렸다. 대수가 억센 손으로 그를 살짝 잡았다.

많이 취했나보다.

대수는 네온사인이 꺼진 레스토랑을 지나 좁고 어두운 골목길로 서둘러 걸음을 옮겼다. 여전히 그의 손은 순철의 팔을 잡고 있었다.

"아얏!"

대수와 나란히 걷던 순철이 한쪽 다리를 굽히며 짧고 굵은 비명을 질렀다.

"왜 그래? 발이라도 삐었어?"

고개를 숙인 대수의 눈에 어른 팔뚝 길이의 굵은 각목이 들어왔다. 길가에 버려진, 비에 젖은 각목을 순철이 밟은 것이다.

"아…… 뭐에 찔린 것 같은데. 좀 볼래?"

신음소리를 내며 순철이 중얼거렸다.

비에 젖은 누르스름한 각목이 순철의 발바닥에 애처롭게 붙어 있었다. 각목을 떼어내자 녹이 슨 거무스름한 못이 스르르 빠졌다.

"뭐야, 이거? 못에 찔렸네."

"괜찮겠어? 못이 제법 긴데."

"괜찮아. 아무렇지 않아. 들어가서 소독하면 돼."

소독이라.

대수는 '소독'이라는 단어가 낯설었다. 그는 고개를 숙이고 있는 순철을 다시 한 번 바라봤다. 녹슨 못과 더러운 길바닥과 그것들보다 더 더러운 발바닥.

어디를 소독한다는 걸까.

"빨리 가자. 술 더 마셔야지."

고개를 든 순철이 아무렇지도 않다는 듯 태연하게 말했다. 순간, 그 옛날 베트콩이 미군을 상대로 즐겨 사용했다는 '부비트랩'이 아닐까 싶어 대수는 녹슨 못이 튀어나온 각목을 다시 한 번 살폈다. 입을 앙다문 음산한 표정의 베트콩이 깜깜한 골목 저편에서 눈을 반짝이며 이쪽을 바라보고 있을 것 같았다. 하지만 어둠 속의 베트콩은 쥐새끼 한 마리의 기척도 내지 않았다.

'숫자 바 69'는 쉐라톤 호텔의 뒤쪽에 있었다. 도로 안쪽의 골목 깊숙한 곳이었다. 붉은빛의 숫자 '69'가 조급하고 다급하게 깜빡였다. 음험한 표정의 젊은 남자가 격자무늬가 새겨진 나무 문 앞에서 의자에 앉아 담배를 피우고 있었다. 남자의 다리는 꼬여 있었다.

대수와 순철을 본 남자가 느긋하게 일어났다.

"이랏샤이마세."

목까지 빈틈없이 단추를 채운 긴 소매 와이셔츠, 하얀 바지에 하얀 구두 차림의 남자가 싱긋 웃으며 일본말로 대수와 순철을 환영했다.

날카롭고 음험한 외모의 남자가 정중한 태도로 문을 열었다. 닳고 닳은 매춘부의 몸뚱이를 닮은 낡은 나무문이 서서히 열렸다. 녹슨 못에 발을 찔린 순철이 성큼성큼 가게로 들어갔다. 대수는 조용히 순철의 뒤를 따랐다.

곰팡내와 찌든 담뱃진, 시큼한 맥주 쉰내, 비릿한 여자의 생리혈, 비열한 남자들의 체취, 가짜 스카치위스키의 향이 뒤섞인 묘한 냄새가 코를 찔렀다. 순철의 뒤에 선 대수는 코를 가볍게 움켜쥐고 가게를 둘러봤다. 사이공 거리의 어둠보다 더 짙은 어둠에 푹 파묻힌 가게 안의 광경이 대수의 눈에 서서히 비쳤다.

숫자 바 69의 실내에 설치된 조명등은 가게 내부의 극히 일부만을 비치고 있었다. 조명에 비친 장소 외에는 아무것도 보이지 않았다. 그리 넓지 않은 홀에는 담배 연기가 자욱했다.

가게의 중앙, 일직선의 노란 불빛 아래 푸른색 당구대가 놓여 있었다. 싱글벙글 입을 다물지 못하는 울퉁불퉁한 체구의 백인 두 명이 비키니를 입은 가냘픈 여자를 팔에 끼고 당구대 앞에서 맥주를 마시고 있었다. 켄터키 시골 마을 출신의 멍청한 미군 일병 같았다.

백인 아버지는 월남전에 참전해 전사했으리라.

입구 오른쪽 벽 구석. 붉고 푸른빛으로 점멸하는 불빛 아래, 비키니를 입은 젊은 여자들이 우글거렸다. 쪼그려 앉아 재잘거리던 스무 명 남짓한 여자들은 대수와 순철의 등장에 숨을 죽였다. 수십 개의 반짝거리는 눈빛이 순철과 대수를 향했다.

당구대의 왼쪽 옆, 천장이 아닌 바닥에서 붉은 불빛이 스멀대며 직선으로 올라왔다. 희미한 붉은 불빛 아래, 아랍계로 보이는 살찐 남자 한 명이 비키니를 입은 여자를 무릎에 올려놓은 채 술을 마시고 있었다. 두터운 콧수염 아래 자리 잡은 경솔하게 보이는 남자의 입술은 기름기로 번질거렸다. 콧수염 아랍 남자의 통통한 손가락이 여자의 팬티 속을 지렁이처럼 파고들었다. 입구를 향해 다리를 쫙 벌리고 남자의 무릎에 앉아 있던 비키니의 입술이 살짝 움직였다.

싸구려 청바지에 늘어진 티셔츠 차림의 젊은 여자가 갓난아기를 안고 어둠 속에서 나왔다. 가게를 관리하는 마마상이었다. 기승과 아는 척을 했던.

마마상은 순철을 구석 자리로 안내했다. 마마상의 손가락이 검은 벽을 향했다. 피곤한 마마상의 손가락은 벽에 붙은 사다리를 가리키고 있었다. 사다리 위쪽에 다락 형태의 객실이 있을 것이다.

"참, 뭐 같다. 여기가 술집이냐?"

사다리를 오르던 순철이 발바닥의 통증을 새삼스럽게 느꼈다는 듯 찡그린 얼굴로 말했다.

"일단 올라가. 발바닥 소독한다면서?"

세 평 남짓한 다락에 올라보니 홀 전체의 윤곽이 어렴풋이 드러났다. 당구대가 하나, 좁고 긴 바와 테이블 네 개가 있는 가게였다. 홀에 있는 손님은 당구대 옆의 백인 두 명과 비키니를 입은 여자를 무릎에 앉힌 아랍 남자 한 명이 전부였다. 바에는 10대 소년으로 보이는 바텐더가 무료한 표정으로 서 있고, 스무 명이 넘는 매춘부들이 한쪽 구석에서 단체로 화장을 고치고 있었다.

마마상이 사다리로 올라왔다. 아기는 어디 내다버렸는지 없다.

순철과 대수는 엉덩이를 깔고 다락에 앉았다. 다락의 한쪽 구석에 휑하게 뚫린 문이 보였다. 사각형으로 뚫린 벽 속에 새하얀 소변기가 보였다. 소변기는 푸르스름한 형광등 불빛을 받아 더욱 하얗게 보였다. 화장실 천장은 대수가 고개를 숙이지 않아도 될 정도로 높았다.

"소독해야지……."

순철은 마마상에게 손짓으로 일회용 라이터와 병맥주를 가져오라고 말했다. 마마상은 눈을 동그랗게 뜨고 호기심 가득한 눈으로 순철을 쳐다본 후 아래를 향해 뭐라고 소리쳤다. 불쑥 나타난 하얀 손이 일회용 라이터와 푸른색의 산미구엘 한 병을 가져왔다.

"불로 지지고 병으로 때려."

바닥에 등을 대고 누운 순철이 발바닥을 천장 쪽으로 치켜올리며 말했다. 양손에 라이터와 산미구엘을 든 대수가 소독 작업을 시작했다. 사이공 한복판의 매음굴하고도 다락방에서.

대수의 소독 작업은 허무하게 끝났다.

"못에 찔리면 이렇게 했지. 옛날 시골에서 말이야. 동네 형들이 가르쳐준 방법인데, 효과 만점이야."

라이터 불로 발바닥을 지지고 맥주병으로 발바닥을 맞은 순철이 양반다리로 테이블 옆에 앉아서 말했다. 어둠 속에 비친 순철의 표정은 흐뭇해 보였다. 마마상도 흐뭇하다는 표정을 지었다.

마마상이 손가락을 부딪쳐 소리를 냈다. 빨간 비키니와 하늘하늘한 원피스를 입은 여자들이 꾸역꾸역 다락으로 올라왔다. 베고 또 베도 성을 올라오는 지긋지긋한 야만족 군사들처럼.

열댓 명이 넘는 각양각색의 여자들이 다락 위에 모여들었다. 긴 머리에 요란할 정도로 새빨갛게 립스틱을 칠한 여자, 짧은 커트 머리에 콧대가 높아 보이는 여자, 두꺼운 입술에 가늘고 긴 얼굴을 가진 여자, 몸을 파는 술집에는 결코 나오지 않을 것 같은 새침한 인상의 여자, 얇은 입술을 활짝 벌리고 깔깔대며 웃는 여자, 눈을 아래로 내리깐 여자, 지적으로 생긴 여자 등 온갖 종류의 여자가 구부정하게 머리를 숙이고 다락 객실에 서 있었다. '오늘 공치면 곤란하다'는 간절한 눈으로 다락 위의 여자들은 순철과 대수를 바라봤다.

"마음에 드는 애로 골라. 두 명도 괜찮아. 2차는 알아서. 팁도 알아서. 맥주는 마음껏."

근엄한 표정의 마마상이 간단명료한 영어로 말했다.

순철의 손가락이 한 여자를 가리켰다. 깔깔거리며 다락을 오르던 빨간 비키니 차림의 젊은 여자였다. 가슴은 풍만했고 다리는 가늘었다. 순철이 고른 여자는 깔깔거리던 웃음을 싹 감추고 성실한 표정으로 순철의 옆에 얌전히 앉았다.

대수는 다른 여자들에 가려 잘 보이지 않던 가냘픈 꽁까이를 골랐다. 고개를 숙이고 있던 깡마른 꽁까이가 수줍게 웃었다. 꽁까이는 비키니가 아닌 원피스 차림이었다. 원피스 속으로 정맥이 비치는 투명한 피부가 보였다. 가까이서 보니 꽁까이의 눈빛에 푸른빛이 감돌았다.

백인과 베트남 사이에서 태어난 혼혈인가.

대수는 혼혈 꽁까이의 푸른 눈을 바라보며 담배를 꺼내 물었다. 웃고 있지만 낯빛이 어두웠다. 푸르스름한 담배 연기가 푸르뎅뎅한 꽁까이의 눈동자 위로 조용히 흩날렸다.

사이공의 매음굴

순철과 대수는 웃고 떠들며 맥주를 마셨다. "빨리 나가자"고 보채던 비키니는 앉은 채 팬티를 살짝 위로 들고 거뭇한 음부를 자랑하듯 과시했다. 비키니와 원피스 모두 술은 입에 대지 않았다.

숫자 바 69의 다락방에서 산미구엘을 마시던 대수는 텅 빈 홀을 바라봤다. 시간이 얼마나 지난 걸까. 홀에는 심심한 듯한 표정의 바텐더가 바에 몸을 기대고 서 있다. 백인 두 명과 아랍계는 보이지 않는다.

마마상은 어디로 간 걸까. 끝끝내 손님을 받지 못한 비키니 여자들도 쓸쓸한 어깨로 집으로 돌아갔으리라.

대수는 턱짓으로 순철에게 그만 나가자는 신호를 보냈다. 대수의 신호에 비키니가 바텐더를 향해 뭐라고 소리쳤다. 졸린 눈의 마마상이 계산서를 들고 다락으로 올라왔다. '뭐 이런 놈들이 다 있느냐'는 표정이다. 평소 계산이 깔끔하고 술자리에서는 호쾌한 순철이 대수의 손에서 계산서를 빼앗았다.

"이것들 다해서 얼마야?"

눈을 끔벅거리며 계산서를 바라보던 순철이 귀찮다는 듯 계산서와 100달러 지폐 몇 장을 대수에게 던지며 말했다. 대수는 순철의 돈으로 꼼꼼하게 계산을 마쳤다. 꽁까이의 2차 비용은 두당 80달러였다.

한밤중에도 반짝거리는 화이트 도요타 크라운이 매음굴 문 앞에 서 있었다. 하얀 바지에 하얀 구두, 긴 머리의 남자가 무료한 얼굴로 담배를 피우고 있었다. 가게 문을 열고 나오는 순철과 대수를 본 남자가 황급히 담배를 던지고 상냥한 얼굴로 도요타의 뒷문을 열었다. 순철을 밀어넣은 대수는 주위를 둘러보며 도요타의 뒷좌석에 몸을 구겨넣었다. 새벽 2시, 길고 긴 사이공의 하루는 아직도 끝나지 않았다.

그르렁대는 낡은 자동차 뒷좌석에서 대수는 깜깜한 거리를 멍하니 바라봤다. 건너편 골목 깊숙이 낡은 씨클로 한 대가, 가로등 불빛 아래 길가에는 고물 혼다 오토바이 두 대가 외롭게 서 있었다. 씨클로 좌석 위로 튀어나온 깡마른 사람의 다리가 보였다.

낡은 씨클로는 운전자의 집이자 생계 수단이리라.

혼다 오토바이 위에도 허름한 옷차림의 쎄옴(오토바이 택시 운전사) 한 명이 검은 하늘을 똑바로 쳐다보며 고단한 잠을 청하고 있었다. 밤하늘로 향한 쎄옴의 눈은 꼭 감겨져 있을 것이다. 외롭게 빛나는 별의 위안을 단호히 거부한 눈일 것이다.

옷을 갈아입고 나온 꽁까이들이 순철과 대수가 앉은 비좁은 자동차 뒷좌석을 헤집듯 파고들었다. 반바지에 운동화, 싸구려 티셔츠를 입은 맨얼굴의 꽁까이는 술집에서와는 딴판이었다. 닳고 닳은 매춘부의 썩어빠진 달콤함은 어디론가 사라져버렸다. 누이 같은 다정함으로 똘똘 뭉친, 한없이 다정한 그 얼굴들을 대수는 힐끗 곁눈질로 바라봤다. 사이공의 밤, 꽁까이의 밤, 매춘부의 밤이 천천히, 느릿느릿 흘러가고 있었다.

대수와 순철, 꽁까이 둘을 태운 화이트 도요타 크라운은 모두가 잠든 사이공의 뒷골목을 돌고 돌아 우중충한 호텔 앞에서 멈췄다. 좁고 긴 직사각형의 대지에 지은 전형적인 베트남식 4층 건물이었다. 불 꺼진 간판에 '핑크 호텔'이라는 문구가 흔들거렸다.

다락에서도, 도요타의 뒷좌석에서도 깔깔대며 떠들던 순철의 파트너가 입을 꾹 다물고 조용히 내렸다. 그녀는 하얀 손가락으로 굳게 닫힌 셔터 구석의 벨을 힘껏 눌렀다. 드르륵 셔터가 올라갔고, 앞니가 빠진 노파가 모습을 드러냈다. 권태로 가득한 주름이 노파의 얼굴에 선명했다.

팔짱을 낀 젊은 여자 두 명의 뒤를 순철이 절뚝거리며 따라갔다. 그 뒤를 대수가 주위를 둘러보며 천천히 걸었다. 플라스틱 대야를 손에 든 오십 줄의 뚱뚱한 여자가 입술을 내밀고 대수의 뒤를 졸졸 따라갔다. 플라스틱 대야에는 하얀 수건 넉 장, 미네랄워터 네 병, 포장을 뜯지 않은 콘돔 몇 개가 담겨 있다.

두 명의 젊은 여자, 두 명의 중년 남자, 한 명의 늙은 여자가 미니호텔의 가파른 계단을 힘겹게 올라갔다.

"어디까지 가는 거냐?"

절뚝거리는 순철이 뒤를 돌아보며 물었다. 힘든 표정이 역력하다.

"그러게. 4층까지 다 온 것 같은데."

대수가 피곤한 목소리로 대답했다.

그들이 오른 계단은 건물의 옥상까지 이어졌다. 옥상에는 옥탑방 형태의 객실이 있었다. 여자 둘이 서로 팔짱을 낀 채 객실로 들어갔다. 대수의 파트너가 고개를 돌리더니 빨리 들어오라는 눈빛을 보냈다. 변함없이 다정한 눈빛이다.

"뭐야, 한 방에서 같이 하는 거냐?"

"젠장, 해도 너무하는 거 아니야?"

대수와 순철의 입에서 동시에 짜증 섞인 불만이 튀어나왔다. 짜증스러운 말투와는 별개로 순철의 얼굴에는 기대감이 살짝 묻어났다.

작은 침대가 놓인 객실은 좁고 길었다. 객실의 끝, 오른쪽 모서리 부분에 또 하나의 문이 있었고, 그 문은 다른 방으로 연결됐다. 속이 다 비치는 얇은 커튼이 방을 연결하는 문을 대신했다. 커튼을 열면 또 하나의 작은 방이 나오는 구조였다.

더블베드가 놓인 좁고 긴 객실의 왼쪽 끝 모서리에도 작은 문이 있었다. 주먹으로 치면 바스러질 것 같은 얇은 베니어 문은 화장실 겸 욕실로 연결됐다. 대수는 옥탑 객실을 쳐다보며 구찌 터널을 생각했다. 수천 명의 베트콩이 수만 명의 미군을 수십 년 동안 상대했다는 구찌 터널.

순철의 파트너인 비키니가 욕실로 들어갔다. 1분 정도 지났을까,

하얗고 큰 수건으로 온몸을 둘둘 만 비키니가 욕실에서 나왔다. 수건 아래 차가워 보이는 몸뚱이에서 더 차가워 보이는 수돗물이 뚝뚝 떨어졌다. 순철과 비키니가 옆방으로 들어갔다.

푸른 눈의 깡마른 꽁까이도 수줍은 걸음으로 욕실로 향했다. 대수는 침대 위에 누워 천장을 바라봤다. 커다란 팬이 달달거리는 소리를 내며 열심히 바람을 쏟아냈다. 푸른 눈의 꽁까이가 욕실에서 나왔다. 가까이서 본 알몸의 푸른 눈은 심연처럼 깊었다. 다정한 눈길과 더 다정한 입술로 꽁까이는 대수에게 샤워를 권했다.

녹이 슨 수도꼭지에서 물이 졸졸 새고 있다. 화장실 거울은 금이 간 지 오래된 듯 보였다. 세면대 옆 한 구석에 얌전히 개어놓은 브래지어와 팬티가 있다. 하얀 브래지어와 하얀 팬티. 혼혈 꽁까이의 속옷일 거라고 대수는 생각했다.

대수는 거울을 바라봤다. 퀭한 눈에 초췌한 인상의 낯선 남자가 거울 바깥의 세상을 노려보고 있었다. 대수는 거울 속의 그 얼굴에 침을 뱉었다. 탁한 침 덩어리가 퀭한 눈에 정면으로 꽂혔다. 거울 속 남자의 표정이 일그러졌다.

욕실을 나오자 푸른 눈에 깡마른 몸매, 정맥이 비치는 창백한 피부를 가진 혼혈 꽁까이가 다정하게 웃으며 대수에게 안겼다. 큼지막한 수건을 걸친 꽁까이의 몸은 나뭇조각 같았다. 얇디얇은 뼈는 금방이라도 바스러질 것 같았다. 콧날은 가늘고 오뚝했고, 푸른빛이 감도는 눈동자는 호수처럼 깊었다. 금발이 섞인 머리카락은 이국적이었다.

꽁까이가 스르르 수건을 풀었다. 사춘기 소녀의 유방 같은 작고 예쁜 가슴이 어두운 옥탑 객실을 환하게 밝히는 것 같았다. 앙상한 팔과 다리, 기름기라고는 한 점도 없을 듯한 미끈한 배, 파르스름한 겨드랑이, 털도 나지 않은 보송보송한 음부, 10대 소년의 그것을 닮은 엉덩이가 대수의 눈에 들어왔다.

알몸의 혼혈 꽁까이는 대수를 침대에 눕혔다. 꽁까이의 웃는 눈이 대수를 빤히 바라봤다. 꽁까이는 대수의 바지를 벗기더니 아직 서지도 않은 페니스를 입에 물었다. 분홍색 입술과 분홍색 혀가 대수의 검붉은 페니스를 탐하듯 빨았다. 호수처럼 깊은 푸른 눈은 대수의 퀭한 눈을 빤히 쳐다보고 있었다.

얼마나 시간이 흘렀을까. 대수는 느닷없이 사정했다. 탁하디탁한 정액 덩어리가 꽁까이의 깊고 푸르고 웃고 있는 눈에 정면으로 박혀 튀었다. 얼굴로 정액을 받은 혼혈 꽁까이의 표정은 여전히 다정했다.

욕망이 결여된 짧은 펠라티오가 끝났다. 꽁까이는 얼굴에 묻은 정액을 수건으로 닦으며 여전히 웃는 눈으로 대수를 바라봤다.

'언제나 웃는 눈'은 이 꽁까이의 본능일까.

대수는 담배를 피우며 생각했다.

담배를 다 피운 대수는 순철의 방 앞으로 다가갔다. 무심코 커튼을 열자, 순철의 억센 등과 하늘을 향해 V자로 치켜올라간 여자의 다리가 보였다. 초보 뱃놈처럼 허리를 위아래로 마구 흔들던 순철이 기척을 알아채고 고개를 돌렸다. 순철은 거의 180도로 고개를 돌려 대수를 바라보며 웃었다. 피곤하고 기괴해 보이는 웃음이다.

"빨리 좀 끝내. 피곤하지도 않아?"

"커튼 좀 닫아라. 이년 더럽게 밝히는데?"

대수의 말에 순철이 쾌활한 목소리로 대답했다. 비키니의 자궁에 페니스를 박아넣은 채.

혼혈 꽁까이의 눈에서 드디어 웃음이 사라졌다. 새벽 3시가 넘은 시간, 그녀는 최신형 아이폰에 얼굴을 묻은 채 엄지손가락을 바삐 움직여 누군가와 대화에 열중하고 있었다. 대수가 한 개비의 담배를 더 피우자 순철이 부스스한 얼굴로 방에서 나왔다.

"담배 하나만 줘봐."

순철은 대수가 건넨 담배에 불을 붙이고 혼혈 꽁까이의 마른 등판을 바라봤다.

"내 파트너 목에 큰 점이 있던데, 너 혹시 봤냐? 떡 치다가 큰 점 보니까 갑자기 밥맛이 뚝 떨어지더라고. 기다란 털 한 가닥도 점에 붙어 있다고. 아아, 재수 없어. 에이 씨발."

담배를 비벼 끈 순철이 읊조렸다. 피곤한 목소리와 피곤한 표정, 피곤한 담배 연기가 옥탑 객실을 가득 채웠다. 순철이 담배를 끄자, 비키니 점박이가 수건을 몸에 두른 채 명랑한 얼굴로 나왔다. 턱 아래 작지만 뚜렷하게 까만 점이 보였다. 점박이가 턱을 아래로 당긴 채 푸른 눈에게 뭐라고 말했다.

"뭐라는 거냐, 대수야?"

순철이 졸린 얼굴로 물었다.

"배고프다고. 뭐 먹지 않겠냐고 묻는데?"

대수가 졸린 목소리로 말했다.

"먹으라지 뭐. 나는 좀 자야겠다. 참, 너 묵는 호텔에 같이 있어도 되지? 내일부터 말이야."

순철은 대수의 대답을 듣지도 않고 커튼 너머 작은 방으로 사라졌다.

심부름꾼 여자가 양은 쟁반을 들고 헉헉대며 옥상으로 올라왔다. 꽃무늬가 그려진 쟁반 위에는 인스턴트 라면이 담긴 플라스틱 대접 세 개와 달걀 세 알, 그리고 고약한 향을 풍기는 녹황색 채소가 담긴 그릇이 놓여 있었다. 자다 일어난 표정의 심부름꾼 여자는 보온병의 뚜껑을 열고 뜨거운 물을 대접에 부었고, 조심스럽게 달걀을 깨 새벽의 라면을 제조했다.

알몸의 혼혈 꽁까이, 수건을 걸친 점박이, 팬티를 입은 퀭한 눈의 대수가 뜨거운 면발을 후후 불며 라면을 먹었다.

"하루 한 끼. 일 끝나고. 제일 싸."

분홍 입술을 반쯤 벌리고 라면을 다 먹은 깡마른 푸른 눈이 변함없이 다정한 목소리로 중얼거렸다.

처음 보는 남자의 페니스를 정성껏 빨고, 웃는 얼굴로 정액을 받고, 욕망의 토사물을 꿀꺽 삼키고, 여전한 분홍 입술과 분홍 혀로 새벽의 라면을 맛있게 먹는 천진난만하면서도 노련한 어린 창녀의 등 뒤에 불안하게 걸려 있는 시계를 대수는 흘깃 쳐다봤다. 사이공의 새벽 4시가 어둠 속으로 흘러가는 참이었다.

언제까지? 죽을 때까지

수면 부족과 피로, 두통과 갈증에 순철은 눈을 떴다. 겨우 몸을 일으켜 미네랄워터를 한 모금 마신 순철은 주위를 둘러봤다. 턱 아래 점을 애써 숨기던 매춘부는 침대에 없었다. 발등이 퉁퉁 부어 있다. 발바닥을 파고들던 어젯밤의 그 녹슨 못 때문이리라.

통증으로 표정이 일그러진 순철은 절뚝거리며 옆방으로 나갔다. 대수도 보이지 않았다. 피죽도 얻어먹지 못한 듯한 몸매를 가진, 말기 에이즈 환자처럼 앙상한 대수의 파트너가 거울 앞에 죽치고 앉아 화장을 고치고 있었다. 순철을 힐끗 쳐다본 여자는 탁자 위에 놓였던 쪽지를 집어 순철에게 건넸다. 어젯밤의 일은 모두 잊은 듯한 태연한 얼굴로 히죽 웃으며.

대수의 침대 위에 벌렁 누워 순철은 담배를 하나 꺼내 물고 쪽지를 읽었다. 대수의 파트너가 립스틱 모양의 분홍색 라이터를 딸깍하며 켜주었다. 노련한 창녀의 손길이다. 담배에 불을 붙인 순철은 지저분한 손가락으로 여자의 등을 살짝 찌르며 말했다.

"네 파트너 언제 나갔냐?"

"흐음, 한 시간쯤 전에? 잘 모르겠어요."

벽에 걸린 시계를 보며 여자가 태연하게 답했다. 시계는 오전 10시를 한참 넘겼다. 여자가 건넨 쪽지에 아무렇게나 휘갈겨 쓴 대수의 글씨가 보였다.

'볼일 잠깐 보고 호텔로 갈게. 호텔에서 쉬고 있어. 발은 괜찮아? 병원이라도 가든지.'

볼일이라.

호텔 주소가 적힌 대수의 쪽지를 손에 쥔 순철은 정성껏 화장을 하는 여자의 가냘픈 등을 바라봤다. 대수의 여자가 자리에서 일어났다. 앙상한 몸매의 여자가 앙상한 웃음을 지으며 가볍게 손을 흔들었다.

순철은 호찌민의 얼굴이 그려진 50만 동짜리 지폐를 꺼내 대수의 여자에게 건넸다.

"택시 타고 가라."

"감사."

여자는 빳빳한 지폐를 앙상한 손가락으로 정성껏 접은 후 싸구려 비닐 지갑에 소중히 넣었다. 그러고는 고개를 까닥하며 짧은 감사의 말을 뱉은 후 밖으로 나갔다. 앙상한 여자의 상쾌한 인사를 받은 순철은 침대에 누운 채 발의 통증을 억누르며 생각에 잠겼다.

뜻하지 않은 상황이 닥쳤다. 곤경인지 뭔지는 아직 모르겠다. 그런데 다짜고짜 술을 마셨고 여자를 샀다. 난처하고 난해한 상황을 술과 여자로 대응한 어젯밤의 일들이 떠오르자 순철은 머리를 무겁게 흔들었다. 진절머리가 났다. 난처한 상황을 술과 여자로 면피하는 것은 그의 방식이 아니었다. 갑자기 무력감과 모멸감이 몰려왔다. 순철은 심호흡을 하며 마음을 가다듬었다.

순철은 서른을 한참 넘긴 나이에 의류 사업에 뛰어들었다. 학교를 졸업하고 군대를 다녀온 후 월급쟁이 생활을 몇 년이나 한 뒤였다. 월급쟁이로는 도무지 길이 보이지 않는다는 판단이 들었다. 서른세 살에 동대문의 도떼기시장에 들어가 열 살이나 어린 아이들을 선배로 모시며 일을 배웠다. 약 1년 동안 실무를 익혔고, 약혼자에게 2천만 원을 빌려 작은 의류 매장을 차렸다. 매장은 그럭저럭 굴러갔다. 하지만 월급쟁이 이상의 돈을 벌기는 힘들었다. 권리금을 적당히 받고 매장을 넘길까 생각하던 중 인터넷 광풍이 불어닥쳤다. 그는 잽싸게 여성 의류를 전문으로 파는 인터넷 쇼핑몰을 차렸다. 특유의 성실함과 결단력 그리고 약간의 행운이 더해졌다. 돈이 다발로 들어왔다. 좋은 원단을 확보하고 능력 있는 마케터를 고용하고 일본 패션 잡지를 열심히 베꼈다. 상상 이상의 숫자가 연일 통장에 찍혔다. 자동차 트렁크에는 항상 5천만 원에서 6천만 원의 현금이 실려 있었다. 호시절이 이어졌다. 그렇게 모인 돈이 공장이 됐고, 100명이 넘는 직원이 됐고, 자체 브랜드가 됐다. 결혼을 했고, 토끼 같은 두 딸이 생겼다.

사업은 흥하면 기우는 법. 순철은 그 사이클을 감으로 파악했다. 호황이 끝나고 거품이 꺼질 무렵, 순철은 사업 규모를 조금씩 줄였다. 자신만만한 철부지 청년들이 의류 시장에 진입할 때, 순철은 이미 손을 털고 있었다. 100명의 직원은 50명으로, 다시 20명이 됐다. 생산 라인은 외주로 넘겼고, 애써 키운 자체 브랜드도 적당한 가격에 팔아치웠다.

마침내 호황은 끝났다. 곧바로 거품이 터졌다. 대비에 철저했던 순철은 버티면서 여전히 사업체를 유지할 수 있었다. 하지만 한계는 분명했다. 투자 없는 사업은 이윤도 남길 수 없다. 순철은 사업을 시작한 지 약 5년 만에 정리를 선언했다. 남은 직원들에게는 두둑한 퇴직금을 쥐어줬고, 재취업을 원하는 이들에겐 직장도 알선했다.

청춘과 열정에 행운이 더해진 5년. 그 세월의 결과물은 빳빳한 현찰이었다. 사업을 정리한 순철의 통장에는 80억 원에 가까운 현찰이 남았다.

빈털터리에서 시작해 5년 만에 80억이라.

나름 괜찮은 인생이라는 생각이 들었다.

사업 정리를 궁리할 무렵, 순철은 아내와 초등학교에 갓 입학한 두 딸을 아내의 친한 친구가 있는 태국 푸껫으로 보냈다. 아이들은 푸껫의 외국인 학교에 입학했다. 아이들은 대학교까지 외국에서 공부를 시킬 계획이었다.

아내에게는 도요타 캠리와 푸껫의 단독 빌라를 사줬다. 순철은 벤츠 S클래스를 사서 몰았다. 건강을 위해 골프를 배웠다. 타고난 운동신경 덕분에 입문 1년 만에 싱글 플레이어가 됐다. 40대 중반의 은퇴. 부족하지 않은 경제력과 건강 그리고 아이들의 미래만 있다면 그리 나쁘지 않은 인생이 될 거라고 순철은 생각했다. 한국 강남에 작은 커피숍을 차릴 계획도 세웠다. 1년에 반은 아이들과 아내가 있는 푸껫에서 보낼 작정이었다. 접대도 직원 관리도 필요 없는 작은 사업체, 외국에 보낸 아이들과 아내, 한 달에 서너 번의 라운드, 예쁘고 섹시한 젊은 애인, 줄어들 기미가 아득한 통장 잔고가 순철의 버팀목인 셈이었다. 고생 끝 행복 시작이라는 상쾌한 기분이 순철의 머리에 가득했다.

대수를 만난 건 약 3년 전이었다. 순철의 인터넷 의류 사업이 정점을 찍었을 때, 대수는 배송 트럭 몇 대가 전부인 작은 택배 업체를 관리하고 있었다. 강남에서 작은 카페도 운영하고 있다고 했다. 인터넷 의류 사업은 택배와 밀접히 연관되어 있었다. 고객이 주문한 상품을 택배를 통해 배송하기 때문이다.

순철의 사무실을 찾은 대수는 꾸벅 인사를 하며 "형님으로 모시겠습니다"라고 덤덤하게 말했다.

건달인가.

순철은 대수를 꼼꼼하게 살폈다. 청부 칼잡이 같은 날카로운 인상에 멋을 낸 긴 머리카락. 큰 키의 대수는 소위 명품이라 불리는 옷을 아래위로 걸치고 있었다. 하지만 그 어떤 비싼 옷도, 대수가 입으면 명품 티가 나지 않았다. 그 점이 마음에 들었다. 순철도 그랬다.

대수는 택배 업무를 꼼꼼하고 성실하게 관리했다. 의외였다. 허술하고 게으름을 피울 것 같았고 몇 달 가지 못할 거라 생각했기 때문이다. 술자리가 몇 번 이어진 후, 순철은 대수를 동생처럼 대했다. 대수는 순철보다 열 살이나 어렸지만 담백하고 뒤끝이 없고, 무엇보다 솔직했다. 순철의 주위에 있던 인간들은 통통 튀는 감각을 내세우며, 자기 고집을 꺾을 줄 모르는 철부지들이 다였다. 직원들이 그랬고, 순철보다 잘나가기 시작한 경쟁 업체 사장들이 그랬다. 순철은 업계에서 최고령자에 속했다.

순철과 형 동생 사이가 된 대수는 곧 택배 사업을 접었다. 순철은 오프라인 매장 하나를 대수에게 떼어주고, 업계 관계자들을 소개해줬다. 어차피 정리할 사업이었다. 택배 사업보다는 돈벌이가 나을 것이 분명하고, 잘만 하면 그럭저럭 한동안은 버틸 의류 사업의 노하우를 대수에게 알려주고 싶었다. 대수도 순철의 생각에 흔쾌히 동의했다. 순철은 사업을 정리하기 시작했고, 대수는 사업을 배우기 시작했다. 순철은 매사에 시원시원하고 군더더기가 없고 뒤끝이 없는 대수가 마음에 들었다.

사업체 정리에는 시간이 꽤 걸렸다. 세무 정리, 직원 정리, 재고 정리, 사무실 정리 등등 할 일이 태산 같았다. 하지만 돈을 벌기 위해 끙끙대는 일이 아니라서 마음은 한결 여유로웠다.

그럴 즈음, 대수가 기승에 관한 이야기를 꺼냈다.

'베트남에서 사업을 하는 선배다. 우리와는 결이 다르다. 안 지는 5년이 넘었다. 사모펀드, 즉 사설 투자 업체를 운영하는데, 3년 동안 꼬박꼬박 이익금을 받았다. 믿을 만한 사람이다'라는 것이 대수의 설명이었다.

의외였다.

김대수와 사설 투자 업체라.

전혀 어울리지 않는 조합이었다. 순철은 한 귀로 듣고 한 귀로 흘렸다. 개같이 번 돈을 남에게 맡길 이유는 전혀 없었다. 돈이라면 그 누구보다 스스로를 믿었기 때문이다.

사업체 폐업 신고를 하던 날, 순철은 몇 명 남지 않은 직원들과 술자리를 가졌다. 순철의 사업 일부를 물려받은 대수도 당연히 참석했다. 모두가 거나하게 취했지만, 이상하게도 순철은 술기운을 느낄 수 없었다.

5년의 세월을 바친 사업체를 정리한다는 비장함 때문이었을까.

술자리가 끝나갈 무렵, 대수는 순철에게 기승을 소개했다. 기승은 집안일로 한국을 찾았다고 밝혔다. "대수가 시간이 안 나 부득이하게 염치를 무릅쓰고 자리를 함께하게 됐다"고 기승은 정중하게 말했다.

기승의 첫인상은 평범했다. 혈색이 붉었고, 턱에 살이 막 붙기 시작한 평범한 중년 남자로밖에 보이지 않았다. 노동을 하지 않은 것이 분명한 손가락은 통통했고 키는 작았다. 상대의 얼굴을 똑바로 바라보지 못하고, 자신의 의견을 정확히 표현하지도 못했다. 모든 말을 에둘러 하는 식의 공무원 스타일. 사업가 체질은 절대 아니었다. 기승을 소개받은 그 자리에서, 대수가 전에 말한 투자 이야기는 생각도 나지 않았다.

젊디젊은 여급이 나오는 조용한 강남의 바로 자리를 옮긴 후, 기승은 대수에게 달러 뭉치를 건넸다. 순철이 보는 앞에서. 금방이라도 끊어질 듯한 노란 고무줄로 둘둘 감긴 달러 뭉치를 보는 순간, 순철은 대수가 말한 사설 투자 사업을 생각했다. 그리고 충동적으로 1만 달러 투자를 결정했다. '속는 셈 치자'가 순철의 솔직한 생각이었다.

"기승 씨, 베트남 사업은 언제까지 굴러갈 것 같습니까?"

순철의 정중한 질문에 기승은 이렇게 답했다.

"죽을 때까지……."

기승의 그 한마디에 순철은 투자를 더 하기로 마음먹었다. 그 한마디면 충분하다고 생각했다. 기승과의 만남은 그렇게 시작됐고, 3년의 시간이 흘렀다.

사이공의 뒷골목, 옥탑 호텔 객실에 벌렁 드러누운 순철은 발등의 통증을 꾹꾹 눌러 참으며 지난날을 곱씹었다.

기승은 어디로 간 걸까. 기승의 약속은 무엇이었나. 대수는 이 모든 상황을 이미 알고 있었을까. 협잡, 음모, 배신에 보기 좋게 당한 건가.

순철의 가슴에 묘한 오기가 싹을 틔웠다. 사라진 돈이 문제가 아니었다. 놀 만큼 놀았고 즐길 만큼 즐겼다는 생각이 들었다. 배신인가, 부도인가, 소멸인가. '현재의 상황을 정확하게 파악하는 것이 중요하다'는 결론을 내렸다. 하지만 못이 뚫고 나간 발등의 통증이 순철의 현재 상황을 더욱 어렵게 만들고 있었다.

달콤한 코코넛 향기

중국산 에어컨이 뿜어내는 싸구려 냉기가 온몸을 훑는다. 몸을 웅크리고 침대에 누워 있던 도식은 몸을 벌벌 떨었다. 그러다가 눈을 번쩍 뜨고 벌떡 일어나 침대에 앉았다. 깜박 잠이 들었던 모양이다.

초인종 소리가 희미하게 울렸다. 자리에서 일어난 도식은 현관문 방범 렌즈에 눈을 가져갔다. 퀭한 눈빛이 렌즈에 가득했다. 그녀였다. 도식은 문을 열었다.

레깅스에 하이힐을 신은 젊은 여자가 선 채 도식의 품에 안겼다. 여자의 목덜미에서 싸구려 비누 냄새가 났다. 도식과 짧은 포옹을 한 여자는 핸드백에서 검은색 비닐봉지를 꺼내 도식의 눈앞에서 마구 흔들었다. 역겨운 조미료 냄새가 진동했다.

"배 안 고파? 아침 사왔는데."

여자가 재잘거리듯 말했다.

"괜찮아. 너나 먹어라."

도식이 단호하게 말했다.

그녀의 이름은 응언이다. 나이는 스물하나. 밤에는 응오반남의 일본식 라운지에서 여급으로 일하고 낮에는 2년제 전문학교에 다닌다. 컴퓨터와 영어 회화, 경리 일 등을 배우는 학교라고 했다.

도식이 응언을 만난 것은 석 달 전이다. 기승과 함께 간 응오반남의 일본풍 라운지 '유키'에서였다. 옆구리가 터진 하늘하늘한 아오자이와 속옷이 비치는 드레스를 입은 미녀들이 벌레들처럼 우글거리는 곳이었다.

도식은 응언을 파트너로 앉혔다. 그녀의 눈 밑에는 어둠이 가득했다. '푸른빛이 감도는 신비한 검은빛이 그녀의 눈 주위에 맴돌았다'고 도식은 기억한다. 불안과 피로가 가득한 무념무상의 눈이었다. 세상의 종말을 똑바로 지켜보며 죽은 자의 눈과 같았다.

응언의 가슴은 터질 듯 풍만했다. 한 손으로 감싸고도 삐져나오는 젖통. 생명으로 충만한 젊은 그 젖통을 도식은 한없이 빨고 싶었다. 응언의 허리는 가늘었다. 양손으로 감싸고도 여전히 손가락이 남아도는 가냘픈 허리. 도식은 그 허리에 세상의 하중을 싣고 싶었다. 응언의 음부는 풋풋했다. 노회한 서예가가 심혈을 기울여 일필휘지로 쓴 한일자를 모로 세워놓은 모양새였다. 입을 꽉 다문 조개를 닮은, 음습함이 전혀 없는 그 보송보송한 음부에선 코코넛 과육의 향기가 났다. 도식은 그 근원적인 냄새에 코를 묻고 싶었다. 그 음부를 한입 베어 물고 싶었다.

유키에서의 술자리가 끝난 후 도식은 응언을 샀다. 하룻밤이 지난 후 도식은 그녀에게 깜짝 놀랄 만한 액수의 팁을 건넸다. 응언의 휴대전화 번호를 받은 도식은 가끔 연락을 했고, 그렇게 의례적인 관계를 맺게 됐다. 한 번 관계에 100달러. 응언은 그것 외에는 아무것도 요구하지 않았다. 도식은 관계를 마친 후면 반드시 100달러를 건넸고, 그녀는 연애편지를 받는 소녀처럼 경건한 자세로 지폐를 받았다.

도식이 부르면 응언은 언제나 왔다. 하지만 채 술이 깨지 않은 이른 아침에 도식이 응언에게 전화를 한 것은 이번이 처음이었다.

응언은 입을 꽉 다물고 눈을 살짝 감은 채 묵묵히 도식의 몸을 받아들였다. 쾌락의 신음소리 같은 건 일절 없었다. 배설 행위와도 같은 성행위가 끝나자 그녀는 욕실로 달려갔다. 종종걸음으로. 서늘해진 몸으로 돌아온 응언은 도식의 옆에 누워 조용히 잠을 잤다. 도식은 어린아이처럼 색색거리는 응언의 숨소리에 귀를 기울였다. 손바닥으로 풍만한 젖가슴에 살짝 솟은 작은 젖꼭지를 쓰다듬었다.

"얼마 전에 봤던 당신 친구, 엊그제 유키에 왔던데."

잠 든 줄 알았던 응언이 눈을 감은 채 중얼거렸다.

"그래? 혼자서 왔던가?"

응언의 작은 젖꼭지를 쓰다듬던 도식이 손길을 잠깐 멈추고 말했다.

"응, 가게 문 닫을 때쯤 혼자 와서 맥주 마시고 나갔어. 내 친구랑 같이"

'거짓말.'

도식은 속으로 중얼거렸다.

베트남 여자들은 입만 열면 거짓말이다. 도식의 애인 노릇을 하는 응언도 마찬가지다. 엄마가 아프다, 아빠가 일을 하다 사고가 났다, 지갑을 잃어버렸다, 휴대전화를 도둑맞았다, 오토바이 사고로 합의금이 필요하다 등등이 베트남 젊은 여자들의 단골 레퍼토리다. 그리고 이어지는 한마디.

'돈, 돈, 돈.'

베트남 여자들은 한국 남자를 돈뭉치로 생각하는 걸까.

도식은 곁눈질로 응언을 흘끔 보며 생각했다.

도식은 선수를 쳤다. 그녀의 입에서 돈 이야기가 나오기 전 미리 돈을 주는 방식으로. 몸을 주면 돈을 주는 방식. 그것이 도식과 응언의 관계였다. 거짓말이면 어떠랴.

무슨 상관인가. 거짓말이든 참말이든 진실이든 나와는 상관없는 일 아닌가.

도식은 응언의 서늘한 가슴을 쓰다듬으며 음부에서 풍기는 코코넛 향기를 힘껏 들이마셨다.

쿵, 쾅, 쾅.

누군가 아파트 문을 세차게 두드렸다. 부서질 듯 흔들리는 문의 울림을 침대에서도 똑똑히 느낄 수 있었다. 자고 있던 응언이 놀란 토끼처럼 눈을 동그랗게 떴다. 도식은 움직이지 않았다. 초인종 소리가 거칠게 울렸다. 남자들의 웅성거림. 그 소리가 굳게 닫힌 현관문을 넘어 침실에까지 퍼졌다.

쾅.

현관 걸쇠가 힘없이 부러지며 현관문이 활짝 열렸다. 햇빛을 받은 먼지가 뿌옇게 일었다. 제복을 입은 건장한 남자들이 우르르 도식의 집 안으로 들어왔다. 신발도 벗지 않은 채. 침대에 누워 있는 응언과 도식을 향해 남자들이 흥분한 목소리로 지껄였다. 제복을 입은 남자 둘과 사복 차림의 남자 둘. 제복들은 뚱뚱했고, 사복들은 깡말랐다. 사복 한 명은 작지만 단단해 보이는 곤봉을 들고 있었다.

뚱뚱한 제복이 얇은 이불을 확 걷었다. 덜 뚱뚱한 다른 제복은 거칠게 커튼을 걷었다. 응언의 알몸이 한낮의 햇살을 정면으로 받았다. 반짝반짝 빛나는 젊은 몸뚱이. 응언은 손바닥으로 황급히 가슴을 가렸다. 하지만 그 손이 너무 작았다. 사복 하나가 뭐라 중얼대며 킬킬댔다. 도식은 천천히 일어나 똑바로 앉았다.

"뭐라고 하는 거야?"

도식이 응언을 향해 중얼대며 물었다.

"살인 사건? 도, 누가 죽었어?"

도식을 '도'로 부르는 응언이 놀라 칭얼대며 소리쳤다.

"빨리 옷 입으래. 발가벗은 채 가고 싶지 않으면."

"무슨 소리야? 살인 사건? 누가 죽었냐고 물어봐."

도식이 기분 나쁘다는 표정으로 말하며 담배를 찾아 물었다. 곤봉을 든 사복이 도식의 곁으로 다가왔다.

"이 새끼가."

사복이 곤봉을 조용히 들었다.

"꺄."

응언이 비명을 질렀다.

도식이 담배에 불을 붙이려는 순간, 사복의 곤봉이 도식의 머리를 사정없이 후려쳤다. 뜨뜻한 액체가 도식의 눈 위로 흘러내렸다. 도식은 벌떡 일어나 후다닥 팬티를 입었다. 도식의 손목에 수갑이 철컥 채워졌다. 제복과 사복, 도합 경찰 네 명이 도식을 연행했다. 도식은 피를 질질 흘리며 끌려갔다. 속옷 차림으로. 그 뒤를 응언이 따랐다. 수건으로 몸을 감싼 채.

엘리베이터 홀에 나온 사람들이 웅성거렸다. 한국 사람과 베트남 사람, 백인 여자들이 서로 뒤섞여 이 광경을 구경했다.

2부 세상의 끝, 세상의 기원

그녀의 몸뚱이를 감싸고 있던 시트를 가만히 들쳤다. 투명한 오후 햇살이 그녀의 허벅지 사이를 내리쬐었다. 도식은 멍한 눈빛으로 린의 가랑이 사이를 바라보았다. 따스하고 투명한 햇살에 환히 모습을 드러낸 거무스름한 세상의 기원을.

부패 형사와 라이따이한 통역사

호찌민시 푸미흥의 아파트에서 살인 사건으로 의심되는 변사 사건이 일어나 당국이 수사에 나섰다. 호찌민시 경찰 관계자에 따르면, 지난 목요일 오전 푸미흥 아이리스 아파트에서 베트남 여성 H(32세)씨가 숨진 채 발견됐다.

H씨는 이 아파트 11층에 위치한 자신의 집 화장실에서 목을 맨 것으로 추정된다. 아파트 문이 열려 있는 것을 수상히 여긴 경비원이 아파트 내부를 살피던 중 H씨의 사체를 발견했다는 것이 관계자의 설명이다. H씨는 한국인 남편인 김모(44세) 씨, 초등학교에 다니는 딸과 함께 이 아파트에서 거주하고 있었던 것으로 확인됐다. 남편 김모 씨와 딸의 행방은 묘연한 상태다. H씨의 시신에 훼손된 흔적이 있는 점, 또 사건이 일어나기 수일 전부터 H씨의 아파트에서 몇 건의 소동이 있었던 점으로 볼 때 단순 자살 사건은 아닌 것으로 추정된다고 관계자는 밝혔다.

경찰 내부 소식통에 따르면, 이번 변사 사건의 관련자로 양모(42세) 씨가 연행되어 조사를 받고 있는 것으로 전해졌다. 양모 씨의 정확한 신원은 아직 확인되지 않은 상태다. 이웃 주민들은 "양씨가 최근 수시로 김씨 부부의 아파트에 드나들었다"고 말했다. 시신 발견 전날에도 양씨가 다른 한국 남성 두 명과 함께 아파트를 방문했었다고 이웃 주민은 밝혔다. 연행된 양모 씨가 사건 용의자인지, 참고인인지 여부에 대해서는 경찰과 영사관 측 모두 입을 굳게 다물고 있다.

호찌민 주재 한국 영사관 관계자는 "담당 직원을 경찰에 보내 사건의 전말을 파악하고 있다"고 밝혔다. 또 호찌민 공안국과 적극 협력, 김씨와 딸의 소재 파악에 최선을 다하겠다는 점을 강조했다. 교민 보호에 만전을 기하겠다는 것이 영사관 관계자의 설명이다.

한편, 사건이 발생하기 수일 전 채권자로 보이는 베트남 사람들이 김씨 부부의 집에 몰려들어 한바탕 소동을 일으켰다고 한 주민이 전했다.

이번 사건이 일어난 푸미흥은 교민 및 외국인, 베트남의 신흥 부호들이 주로 사는 고급 주거 지역이다.

– 〈베트남 교민신문〉, 2009년 11월 9일자, 김석태 기자

호찌민시티 경찰서의 후텁지근한 취조실. 자신의 집 아파트에서 팬티 차림으로 연행된 도식은 젊은 경찰이 던져준 옷을 입었다. 땀 냄새가 진동하는 더러운 옷이었다. 때가 낀 낡은 나무 책상, 등받이가 없는 싸구려 플라스틱 의자가 취조실에 놓인 가구의 전부였다. 높고 어두운 천장에서 희미한 백열등이 불안하다는 듯 빠르게 껌벅거렸다. 취조실을 훑어본 도식은 플라스틱 의자에 엉덩이를 걸쳤다.

'익숙한 광경이다.'

도식은 생각했다.

'경찰서는 어디나 똑같다.'

도식은 기억했다.

'짭새들의 표정과 행동도 어디나 똑같다.'

도식의 얼굴에 씁쓸한 미소가 번졌다.

'도대체 무슨 일이 일어난 걸까.'

아무것도 짐작할 수 없다.

도식은 취조실에서 몇 시간 동안이나 혼자 앉아 있었다. 담배도 없고, 물도 없다. 용의자를 지치게 만드는 경찰의 초보적 전략. 베트남 경찰도 똑같았다.

철컹.

취조실의 철제문이 열렸다.

'나는 경찰이오'라는 말을 얼굴에 덕지덕지 처바른 중년 남자가 성큼성큼 발걸음을 도식 쪽으로 옮겼다. 검은색 뿔테 안경을 쓴 감색 정장 차림의 젊은 여자가 뒤를 따랐다.

기름기로 번질대는 피부, 적당히 벗겨진 이마, 하얀 와이셔츠에 늘어진 양복바지를 입고 발가락 양말에 슬리퍼를 신은 중년 남자가 도식의 앞에 털썩 앉았다. 양손을 뒤통수로 가져간 남자는 몸을 뒤로 한껏 젖히더니 도식을 한참 동안 바라봤다. 기분 나쁘다는 표정으로.

도식을 쳐다보던 중년 남자가 도식의 앞으로 고개를 쑥 들이밀었다. 백열등 불빛에 반사된 남자의 얼굴이 더욱 번들거렸다. 남자는 비열한 미소를 지으며 도식에게 담배 한 개비를 건넸다. 도식은 담배를 받아 입에 물었다. 남자는 주머니에서 일회용 라이터를 꺼내 불을 켜 도식의 눈앞에 내밀었다.

셈에 밝고 아첨을 잘할 듯한 입매, 빈틈이 보이면 그 틈을 최대한 넓혀 찢겠다는 가증스러운 눈빛, 무너질 기미가 보이면 확실히 짓밟고야 마는 저급한 의지가 남자의 온몸에서 발산됐다. 전형적인 경찰의 얼굴이다.

안경을 쓴 젊은 여자가 경찰의 옆에 섰다. 중년 남자는 여자에게 턱짓으로 뭐라 말했다. 여자가 취조실을 나갔다. 손가락 하나로도 들 수 있는 가볍디가벼운 플라스틱 의자를 손에 들고 온 여자가 경찰 옆에 앉았다. 작은 손바닥으로 작은 엉덩이를 쓸어내리며 조심스럽게.

"양도식 씨 맞죠?"

안경잡이 여자가 사무적으로 말했다. 도식은 피우던 담배를 콘크리트 바닥에 신경질적으로 내던졌다.

"그런데요. 무슨 일이죠?"

도식이 아직도 타고 있는 담배를 발바닥으로 짓밟으며 말했다. 중년 남자의 인상이 험악해졌다.

"아, 네. 내 소개부터 하지요. 나는 호찌민시티 경찰서 통역사 린입니다. 옆은 외국인 담당 경찰인 미스터 민, 민 형사. 지금 상황이 심각합니다. 양도식 씨는 지금 용의자로 연행된 상태에요. 그것도 살인 사건 용의자로 말이죠."

통역사 린이 가냘픈 손가락으로 안경을 위로 치켜올리며 또박또박 정확한 한국말로 상황을 설명했다.

"뭐라고요? 살인이라니? 누가 누굴 죽였다는 거요?"

도식이 급하게 바지 주머니를 뒤지며 말했다. 하지만 거기에 담배는 없었다. 주머니도 없는 바지였다. 도식은 손바닥의 땀을 더러운 바지에 닦았다. 불쾌한 손바닥이었다.

"미세스 흐엉 알죠? 푸미흥 아이리스 아파트에 살고 있는 흐엉 말이에요. 김기승 씨 부인. 흐엉이 오늘 오전 아이리스 아파트 화장실에서 목을 맨 채 발견됐어요. 여기 경찰은 당신을 의심하고 있어요. 현장에서 당신 물건이 나왔다고요."

린이 수첩을 보며 천천히 말했다. 할 말을 미리 적어놓은 모양이었다.

린의 말을 들은 도식은 멍한 표정으로 천장의 백열등을 응시했다. 도식의 앞에 앉은 미스터 민이 담배를 꺼내더니 입에 물었다. 고개를 약간 뒤로 젖혀 턱을 빼고 있던 도식은 의자를 바짝 당기며 자세를 바로잡았다.

"흐엉이 죽었다고요? 도대체 왜요? 사인이 뭡니까?"

도식의 질문에 린이 옆에 앉은 민을 쳐다보며 뭐라고 말했다. 미스터 민이라는 중년 남자가 뭐라고 중얼거렸다. 계속 진행하라는 것 같았다.

"아직 부검이 끝나지 않았어요. 정확한 사인이 나오지 않은 상태죠. 흐엉은 목을 맨 채 발견됐는데, 경찰은 처음엔 단순 자살 사건으로 생각했어요. 그런데 흐엉의 한쪽 손에서 남자의 것으로 보이는 머리카락 한 움큼이 발견됐어요. 또 그녀의 다른 손에는 사진

한 장이 있었는데, 그 사진 주인공이 바로 당신이에요. 양도식 씨 당신. 그녀는 당신 사진을 손에 꽉 쥐고 있었어요."

한국의 경찰이라면 절대로 말하지 않을 수사 진행 상황을 린은 술술 말했다. 살인 사건의 용의자라는 양도식에게.

"내가 용의자가 된 게 그 사진 때문이오?"

도식이 엄지로 관자놀이를 꽉 누르며 말했다.

"그건 잘 모르겠어요, 당신이 용의자가 된 이유는. 여기 경찰은 어젯밤부터 오늘 오전까지 당신이 어디에 있었고, 뭘 했는지 궁금해하고 있어요."

린이 베트남어로 미스터 민과 계속 조잘조잘 대화를 나누며 도식에게 말했다.

"그건 미스 응언에게 물어봐요. 경찰이 같이 데리고 온 그 여자 알죠?"

"아, 당신과 같이 연행된 그 젊은 여자 말인가요? 난 그 아가씨는 아직 못 봤어요. 다른 방에서 조사받고 있을 거예요, 아마도. 여기 경찰은 당신에게 묻는 거예요. 어제부터 오늘까지…… 어디서 뭘 했죠?"

"친구들과 술 마시고 집으로 왔어요. 어젯밤 늦게. 많이 취했죠. 바로 곯아떨어졌고, 몇 시인지는 정확히 모르겠는데……. 이른 아침에 미스 응언이 집으로 왔어요. 그러다가 잡혀왔고."

통역사 린이 사무적인 표정으로 도식의 말을 민 형사에게 전했다. 민 형사는 뒷주머니에서 수첩을 꺼내더니 볼펜으로 뭔가를 마구 적었다. 민이 린에게 신중한 표정으로 뭐라 말했다.

"같이 술 마셨다는 친구들. 연락처는 알죠? 휴대전화 번호 말이에요."

린의 질문에 도식은 볼펜과 메모지를 청해 대수와 순철의 휴대전화 번호를 적었다. 린은 도식이 적은 메모지를 미스터 민에게 건넸다. 민이 린에게 다시 뭐라고 말했다. 흥미진진하고 거만한 표정으로.

"흐엉의 남편, 김기승 씨와는 어떤 관계죠? 그리고 당신은 여기서 어떤 일을 하고 있죠? 김기승 씨의 직업은 뭔가요? 질문이 아직 많네요……."

미스 린이 도식의 얼굴을 똑바로 바라보며 연신 질문을 던졌다.

영원히 이어질 것 같던 린의 질문은 갑자기 울린 휴대전화 소리로 멈췄다. 휴대전화를 받은 미스터 민이 손을 휘휘 저어 린의 질문을 막았다. 휴대전화를 귀에 대고 한참 동안을 듣고 있다가 자리에서 벌떡 일어났다. 취조실 문을 열고 나가려던 미스터 민이 잊은 것이 있다는 듯 다시 돌아왔다. 그는 주머니에서 꼬깃꼬깃한 담뱃갑을 꺼내 테이블 위에 놓았다. 미스터 민은 허리를 굽혀 귓속말로 린에게 뭐라고 말했다. 린이 고개를 끄덕였다. 미스터 민이 다시 철제문으로 향했다. 문을 연 그는 고개를 돌려 도식을 바라봤다. 그가 싱긋 웃더니 일회용 라이터를 도식에게 던졌다.

미스터 민이 나가자 낡은 옷을 던져준 젊은 경찰이 들어왔다. 그는 미스터 민이 앉아 있던 의자에 엉덩이를 걸쳤다. 소심한 몸짓이었다.

"묻고 싶은 내용을 프린트해서 가져다줄게요. 질문 사항이 많아요. 상세히 적으세요."

통역사 린이 몸을 일으켜 세우며 천천히 말했다.

"아까 그 경찰, 황급히 나간 이유가 뭐요? 무슨 일인지 말해줄 수 있나요?"

도식이 독한 베트남 담배에 불을 붙이며 말했다.

"부검 결과가 나왔나봐요. 확실한 건 나도 모르죠. 좀 기다려요. 질문 용지 가지고 올 테니까. 아직 조사받을 사항이 많아요. 한국 영사관에서 사람이 올 거예요. 말하고 싶은 거 있으면 그 영사관 사람 통해서 해요."

"알겠어요. 고마워요, 미스 린. 당신은 참 친절하군요. 인상도 좋고요. 커피 한 잔하고 빳빳한 담배 좀 부탁해도 될까요? 당신네 경찰에게 두들겨 맞은 머리가 너무 아파서 말이죠. 커피 값은 나중에 드리리다."

통역사 린이 눈을 동그랗게 뜨더니 도식을 쳐다봤다. 그녀는 어이없다는 표정으로 입을 꾹 다문 채 철제문을 열고 밖으로 나갔다. 도식의 요청에 린은 아무런 대꾸도 하지 않았다.

시간이 꽤 흐른 것 같은데 질문지를 가지고 온다던 통역사 린도, 싱긋 웃으며 나간 미스터 민도 오지 않는다. 도식의 앞에 앉은 젊은 경찰은 두 다리를 테이블에 올린 채 얇은 소설책을 보며 킬킬거렸다. 킬킬대던 경찰은 아주 가끔씩, 도식을 응시하며 멋쩍은 미소를 지었다.

외국인 살인 용의자를 처음 보는 애송이 경찰이 틀림없다.

철제문이 열리는 소리에 도식은 잠에서 깼다. 어느새 잠이 든 모양이다. 통역사 린이 꾸벅꾸벅 졸고 있는 도식을 바라보며 한심하다는 표정을 지었다. 린의 손에는 비닐봉지에 담긴 아이스커피 한 잔과 프린트 용지, 555 담배 한 갑이 들려 있다. 도식이 깍지를 낀 양손을 머리 위로 높이 들고 기지개를 켜며 목을 좌우로 돌렸다. 그의 팔과 목에서 우두둑 소리가 났다.

"잠이 와요?"

프린터 용지를 내려놓으며 린이 말했다. 그녀의 얼굴에 살포시 미소가 번졌다.

"그러게 말입니다. 이거야 원. 무슨 새로운 소식이라도 있나요?"

"글쎄요. 나는 모르겠어요. 이거 작성하세요. 영사관에서 사람이 온다고 했는데, 아직 소식이 없네요. 커피 마셔요. 돈은 됐어요."

도식의 태연한 질문에 린이 느긋한 표정으로 답했다. 그녀는 아무 말도 없이 철제문을 열고 다시 밖으로 나갔다. 도식은 프린터 용지를 들고 천천히 읽었다. 초등학생이 작성한 듯한, 조악한 문장의 질문들이 용지에 인쇄되어 있었다.

도식은 통역사 린이 사다준 커피를 빨대로 빨아먹으며 질문지를 꼼꼼히 읽었다. 그러고는 555 담배를 연신 피우며 골똘히 뭔가를 생각했다. 그는 볼펜을 들고 빠른 속도로 프린트 용지를 대충 채워 나갔다. 인생이 걸린 중차대한 시험을 대충대충 작성하는 철부지 학생처럼.

555 담배 세 개비를 피우고 쓰디쓴 커피 반 잔을 빨아먹은 후에야 질문지 작성은 완성됐다. 유치하기 짝이 없는 질문이었다. 도식

의 앞에 앉은 젊은 경찰은 고개를 푹 숙인 채 자고 있었다. 경찰의 입에서 침이 질질 흘렀다.

베트남에서 시간은 느릿느릿 흐른다. 경찰서 취조실에서의 시간은 더욱 더뎠다.

김기승의 아내가 죽었다. 목을 맸다. 시신에는 상처가 있다고 했다. 자살인지 타살인지는 밝혀지지 않았다. 자살인가, 살인인가. 기승과 그의 딸은 어디에 있는 걸까. 대수와 순철은 무얼 하고 있는지. 살인범으로 몰리는 건 아니겠지. 내 삶은 어떻게 되는 걸까.

도식의 머릿속이 복잡해졌다.

'이런 씨발. 아무튼 좆 됐구나.'

도식은 속으로 중얼거렸다.

차가운 술 한 잔을 벌컥벌컥 목구멍으로 들이붓고 싶다는 생각이 간절했다.

미스터 민과 린이 문을 열고 들어왔다. 양복을 입고 바리캉으로 옆머리를 짧게 친 금테 안경을 쓴 약간 뚱뚱한 남자가 그들의 뒤를 따랐다. 도식은 고개를 들어 양복 남자를 바라봤다. 도식과 눈이 마주친 양복을 입은 남자가 고개를 까딱 숙였다. 정중하고 자신만만한 표정으로. 비싼 넥타이까지 맨 남자였다. 졸고 있던 애송이 경찰이 화들짝 놀라 벌떡 일어났다. 민이 두꺼운 손바닥으로 젊은 경찰의 머리를 가볍게 툭툭 쳤다.

민 형사가 손에 든 몇 장의 서류를 책상에 함부로 내던졌다. 린이 작은 손가락으로 흩어진 서류를 가지런히 정돈했다. 양복 남자는 이 광경을 물끄러미 바라봤다. 도식은 담배를 꺼내 물고 불을 붙였다. 다리를 꼬고 앉은 채.

"알리바이가 성립됐다는 판단이에요. 일단 살인 혐의는 벗었어요. 그런데 문제가 좀 있어요."

린이 다소곳이 말했다.

"무슨 문제?"

도식이 만사가 귀찮다는 듯한 눈길로 말했다.

"매춘 혐의요. 당신과 함께 온 응언하고 당신, 둘 다 처벌받을 가능성이 매우 높아요. 응언의 지갑에서 달러가 나왔고, 그녀가 당신에게 돈을 받았다고 증언했어요. 성관계 대가라는 진술은 없었지만, 여기 경찰은 당신하고 응언 둘 다 엮을 생각이에요. 머리에 상처를 입혀 연행까지 했는데, 당신을 그냥 보낼 수는 없다는 게 이쪽 사람들 생각인 듯해요."

린이 얼굴을 숙이고 조심스럽게 말했다. 그녀의 뺨은 붉었다.

"아, 씨발. 이 판국에 매춘이라니. 당신들 정신이 있는 거요?"

도식이 고개를 똑바로 들고 내뱉었다.

"미안해요, 욕을 해서. 당신에게 한 말은 아니오."

도식이 덧붙였다.

아무 말도 하지 않던 미스터 민이 린에게 귓속말로 뭐라 말했다. 그는 금테 안경 남자와 가벼운 악수를 나눈 후 바쁜 일이 있다는 듯 서둘러 취조실을 나갔다. 민 형사는 도식의 얼굴을 쳐다보지도 않았다.

"……괜찮아요. 이런 말 하긴 좀 뭣하지만, 민 형사가 원하는 건 돈이에요. 베트남에선 뭐든 돈으로 해결하죠. 특히 경찰서에선. 당신 나라는 그렇지 않나요?"

린이 도식의 얼굴을 바라보며 중얼거렸다.

"돈? 무슨 이유로 돈이 필요하다는 거요? 얼마나? 이거야 원."

"매춘 혐의로 기소되면 추방 조치가 내려질 거예요. 몇 년 동안 베트남에 다시 올 수도 없어요. 또 당신 나라에도 전해질 걸요? 증거 따윈 필요 없어요. 여기 경찰들, 한다면 다 해요. 미스 응언도 곤란해져요. 그녀는 보름 이상 구류를 살아야 해요. 또 벌금도 내야 하고……. 벌금 액수도 상당해요. 당신이 돈을 좀 내면 아무 일도 없는 거예요. 김기승 씨 아내 사건과는 별개예요."

도식의 질문에 린이 난감한 표정으로 말을 이었다.

"그러면 어떻게 하면 됩니까?"

"진술서 다 썼나요? 거기에 다섯 장 넣으세요. 그러면 상황은 끝날 거예요."

"다섯 장? 500달러를 말하는 거요? 지금 현금이 없는데……."

"……."

팔짱을 끼고 도식과 린의 대화를 듣던 양복 남자가 안주머니에서 지갑을 꺼내며 입을 열었다.

"제가 일단 빌려드리죠. 빨리 나갑시다."

그의 말투엔 머뭇거림이 없었다.

"당신 누구요? 나 알아?"

도식이 의아하다는 표정으로 말했다.

"호찌민 영사관에서 일하는 이수성이라 합니다. 소개가 늦었네요. 여기 제 명함입니다."

이수성이라는 남자가 100달러짜리 지폐 다섯 장과 명함을 책상 위에 놓으며 말했다.

사이공의 별과 구름

사이공의 하늘에 또다시 짙은 어둠이 내려앉았다. 그 어둠 위로 별들이 조용히 반짝였다. 별빛에 비친 잿빛 구름 한 조각이 어디론가 바삐 흘러간다.

호찌민시티 경찰서 입구에서 도식이 수성에게 담배를 권했다. 턱에 살집이 붙은 지 한참 지난, 유행도 한참 지난 금테 안경을 쓴 수성이 얼굴 가득 부드러운 미소를 지으며 고개를 저었다.

"영사관 직원 맞아요? 당신들, 범죄 용의자에게 돈을 이렇게 펑펑 써요? 좀 웃기는군요."

머리에 반창고를 붙이고 더러운 옷을 입고 낡은 슬리퍼를 신은 도식이 침 덩어리에 담배 연기를 섞어 뱉으며 말했다.

"어디 가서 술이나 한잔합시다. 괜찮죠?"

양복 상의를 팔에 걸친 수성이 주위를 둘러보며 답했다.

"그럽시다. 술도 당신이 사요. 난 지금 지갑도 없으니까."

"그러죠."

경찰서에 연행된 지 약 열 시간 만에 도식은 밖으로 나왔다. 도식은 수성이 돈을 건네고도 한참을 취조실에 혼자 앉아 있었다.

사이공의 후끈한 밤공기가 정겹게 느껴졌다. 처음 느끼는 사이공 밤거리의 정겨움.

수성은 도식을 티삭 거리의 일본 식당으로 안내했다. 도식은 힘겨운 하루의 노동을 끝내고 선술집으로 향하는 겉늙은 인부처럼 터벅터벅 걸었다. 수성은 고개를 뒤로 젖히고 가슴을 쭉 내민 자세로 앞장섰다.

커다란 종이등을 내건 식당 이름은 '와사비'. 미닫이문을 열고 수성이 안으로 들어갔다. 바에 앉은 뚱뚱한 남자 두 명이 땀을 흘리면서 뜨거운 라면을 후, 후 소리 내며 먹고 있고, 머리에 하얀 수건을 두른 초로의 요리사는 정체를 알 수 없는 요리를 만들다가 손님이 들어오는 것을 보고 고개를 들었다.

요리사와 눈인사를 나눈 수성은 2층으로 향했다. 수성의 뒤를 따라 도식이 가파른 목조 계단을 올랐다. "이랏샤이마세"를 외치는 낯익은 얼굴의 여종업원. 딱 붙는 청바지에 헐렁한 티셔츠를 입고 머리카락을 뒤로 묶은 그녀는 통역사 린이었다. 백열등이 깜박이는 경찰서 취조실에서보다 열 살은 어려 보인다.

"어…… 당신 여기서 뭐해요?"

"안녕하세요. 또 보네요. 나 여기서 일해요. 아르바이트. 경찰서 통역 일도 아르바이트."

도식의 질문에 린이 손으로 입을 가리며 답했다. 수줍은 미소가 그 손 뒤에 숨겨져 있었다.

린이 손짓으로 도식과 수성을 별실로 안내했다. 작은 창문이 난 다다미방이다. 린이 메뉴판을 가져왔다. 라면, 우동, 튀김, 고기, 생선 등등. 수십 종류의 음식과 안주 그리고 각종 맥주와 정종 사진이 두꺼운 메뉴판에 가득했다.

메뉴판을 건성으로 살피던 수성이 술과 음식을 주문했다. 도식에게는 무엇을 시킬지 물어보지도 않았다. 잠시 후 린이 얼음에 재운 아사히 맥주 네 병을 가져왔다. 린은 다시 미소 지었다. 도식을 힐끗 쳐다보며.

"한잔합시다. 오늘 고생 많았죠?"

수성이 커다란 유리잔에 맥주를 따랐다. 하얀 거품이 잔을 넘기 직전 정확히 멈췄다. 수성은 자신의 잔에도 맥주를 부었다. 거품이 훌쩍 잔을 넘었다.

"베트남에선 맥주만 마시게 돼요. 한국에선 마시지 않았는데."

도식은 수성의 말에 아무런 대꾸 없이 한 번에 잔을 비웠다.

"당신 뭐요?"

도식이 손등으로 입가의 거품을 닦으며 물었다.

수성은 물방울이 맺힌 맥주잔을 만지작거리며 아무 말도 하지 않았다. 도식은 그런 수성을 물끄러미 쳐다보다가 맥주를 자신의 잔에 가득 부었다.

드르륵. 미닫이문이 슬며시 열렸다.

해산물이 들어간 볶음우동, 채소 튀김, 레몬을 올린 생선구이가 나왔다. 향신료, 튀김 기름, 라임, 맥주 냄새가 다다미방을 가득 채웠다. 도식이 꼬깃꼬깃한 10만 동짜리 지폐를 꺼내 빈 쟁반에 올려놓았다. 음식을 차려놓은 린이 고개를 까딱하고 뒷걸음질로 방을 나갔다.

"김기승 씨, 아니 기승 형에게 신세를 많이 졌어요. 라오스 비엔티안의 한국 대사관에서 말이죠."

수성이 통통한 손가락으로 넥타이를 풀며 입을 열었다. 뜨뜻해진 맥주를 홀짝이며.

"5년쯤 전인가. 라오스 대사관으로 발령이 났어요. 그전에는 캄보디아 대사관에 있었죠. 아, 난 대사관 정식 직원은 아니에요. 계약직 신세죠. 알죠, 계약직?"

생선구이를 젓가락으로 뒤적이며 수성이 말했다. 도식은 묵묵히 듣고만 있었다.

"비엔티안에서 기승 형을 처음 만났어요. 기승 형은 영사 업무를 보고 있었어요. 말이 영사 업무지, 영사 시다바리죠. 뒤치다꺼리. 나중에 알았는데, 기승 형이 10년 가까이 대사관 영사 일을 하고 있더라고요. 말이 10년이지, 대사관 계약직 3년 넘게 하는 사람 거의 없어요. 박봉에 자녀 수당도 없고, 주택 수당도 없고, 교민들 등쌀에 볶이고, 말도 안 되는 민원에 시달리고 말이죠."

맥주 반 잔에 수성의 얼굴이 붉어졌다.

"대사관에 계약직 직원이 딱 둘 있었죠. 기승 형하고 나. 숙소도 못 구하고 비엔티안으로 갔어요. 기승 형이 자기 집에서 묵으라고 하더군요. 거기서 기승 형과 같이 지냈어요. 기승 형에게 이것저것 많이 배웠죠. 이래저래 신세도 졌고."

"그렇군요. 기승 형하고는 얼마나 지냈어요?"

"2년쯤? 그런데 양도식 씨라고 했죠. 경찰서에서 대충 들었는데, 기승 형과는 어떤 사이에요? 아, 난 사망한 흐엉 보고서도 제출해야 해요. 당신 이야기도 작성해야 하고. 흐엉도 한국 국적이더군요. 기승 형의 법적인 부인이니까."

"학교 선배예요. 대학 2년 선배. 같은 과 출신이죠."

"같은 과? 학교 때 친했나보군요. 베트남에서도 관계를 유지한 것을 보면……."

"그렇지는 않아요. 학교생활 할 때 기승 형과는 거의 마주칠 일 없는 관계였어요. 기승 형은 운동권, 나는 생계에 지친 고학생. 아르바이트로 바빴죠."

"에엣, 운동권? 그런 소린 처음 듣네요."

"그래요? 기승 형 열심이었는데. 학생회 활동도 했고, 유치장도 몇 번 다녀오고. 하긴 그 당시에 안 그런 사람 있나요. 어떻게 보면 운동권이라고 할 수도 없죠, 뭐. 이것도 아니고 저것도 아니고."

"법 없이도 살 사람. 그런 말 있죠? 내 경험으론 기승 형이 딱 그런 사람이에요. 영사 업무 하다 보면 별의별 교민들과 접하게 되죠. 알죠? 이쪽 동네 사기꾼들 많은 거. 그런데 가만 보니까, 이 양반이 교민들하곤 말도 안 섞어요. 같이 술도 안 먹고. 2년 내내 집하고 대사관만 왔다 갔다……."

"그랬어요?"

"흐엉도 착했어요. 나중엔 친해져서 형수라 불렀죠. 기승 형하고 나이 차이는 열 살쯤 됐을까. 그랬을 거예요, 아마도. 흐엉이 라오스 친척집에서 살고 있을 때 대사관 현지 직원 소개로 만났다죠. 흐엉은 세상 물정 아무것도 모르고 참 순박했는데……."

"그럼 2년 동안 기승 형 집에서 지낸 거예요?"

"아, 그건 아니고, 두 달쯤 있다가 집 얻어서 나갔죠. 그 후에도 일주일에 서너 번은 갔어요. 같이 밥 먹고 맥주 마시고. 흐엉과도 맥주 많이 마셨죠."

수성이 주절주절 말을 이어나갔다. 추억에 잠긴 얼굴이었다.

"기승 형하고는 어떻게 헤어졌어요?"

"기승 형이 느닷없이 사표를 제출했어요. 깜짝 놀랐죠. 사표 내기 전에 그런 기색 보인 적도 없었고요. 사표 냈다는 소리 들으니 좀 서운했죠. 나하고 일절 상의도 하지 않아서 말이죠."

"대사관 관두고는 연락 없었나요?"

"처갓집이 베트남 메콩델타 쪽이라고 하더군요. 그쪽으로 간다고. 나중에 연락한다고 했는데, 연락이 두절된 거죠. 난 기승 형 그만두고 나서 약 1년 후에 호찌민 영사관으로 왔어요. 이리저리 수소문도 해봤는데 형 소식을 모르겠더군요. 사고 보고 들어온 후에야 알았죠. 김기승과 흐엉. 바로 옆에 살고 있었던 거예요. 여기 있는 거 알았으면 종종 봤겠죠."

"그렇군요."

"기승 형 행방은 모르죠?"

"그렇죠. 갑자기 사라졌고 와이프는 그렇게 됐으니, 아주 환장하겠습니다."

"아 참, 사건 전날 도식 씨하고 같이 술 마셨던 사람들 있죠? 이름이 뭐더라."

"아 예, 김대수하고 오순철."

"맞다. 요즘 기억력이 영……. 기승 형하고 얽힌 사람들이겠죠?"

"그렇죠. 얽혀 있던 관계죠. 나를 포함해서."

"기승 형하고 얽힐 일이 뭐가 있을까요? 도무지 상상이……."

도식은 수성에게 그간의 상황을 요약해 설명했다. 기승의 식당 운영, 투자 사업 등등. 하지만 투자, 이윤 배분 등의 자세한 이야기는 하지 않았다. 투자금의 규모도. 실체가 없었던 기승의 식당도.

"뭐라고요? 기승 형이 식당을 경영하고, 흐엉이 투자 사업을 했다고요?"

수성이 깜짝 놀란 얼굴로 말했다.

"왜 그렇게 놀라요?"

"내가 아는 기승 형과 흐엉은 그런 일 못할 사람들인데…… 이거야 원."

"아무튼 그리 된 겁니다."

수성의 말문이 뚝 막혔다. 수성은 연거푸 맥주를 두 잔 마셨다. 도식이 종업원을 불렀다. 린이 아닌 다른 소녀가 미닫이문을 열었다. 도식이 한국 소주를 주문했다. 소녀가 차가운 소주를 가져왔다.

"소주 한 잔 하실래요?"

"아니오. 내가 술이 약해요. 섞으면 쥐약이죠."

"흐엉 사건은 어떻게 처리되죠?"

도식이 맥주잔에 소주를 부으며 물었다.

"별일 없으면 아마 자살로 종결될 듯해요. 뭐 여러 가지 미심쩍은 면도 있지만 외국인 사건이고 하니까요. 여기 경찰들, 골치 아픈 거 엄청 싫어해요."

"부검하고 있다고 하던데."

"타살이 명확하면 수사를 하겠죠. 영사관에서는 그저 지켜보는 수밖에 없어요. 우리 쪽에서 관여할 권한도 없고요."

"그렇군요."

수성의 얼굴이 붉어졌다. 도식의 뺨은 창백해졌다. 웅성거리던 손님들의 목소리가 잦아들었다. 와사비의 영업이 끝나가고 있었다.

"오늘 잘 마셨습니다. 우리 쪽에서도 기승 형 행방 수소문하고 있어요. 빨리 얼굴 좀 봤으면 좋겠네요."

술자리를 정리하자는 표정으로 수성이 말했다.

"제가 잘 마셨습니다. 시간 날 때 연락주세요. 빌린 돈도 갚아야 하니까. 다음번엔 제가 한잔 사지요."

"기승 형하고 같이 보면 되겠네요."

"그럼 더 좋죠. 그런데 기승 형이 대사관에서 일했다는 건 당신한테 처음 듣는군요. 대사관 이야기는 한마디도 하지 않던데……."

"……."

수성이 벨을 눌러 종업원을 불렀다. 졸린 표정의 소녀가 기다렸다는 듯 계산서를 들고 왔다. 수성이 꼿꼿한 걸음걸이로 계단을 내려갔다. 도식의 발걸음은 휘청거렸다. 지배인인 듯한 젊은 남자가 문을 열어줬다.

"아리가또 고자이마스."

활기찬 미소의 젊은 남자가 수성과 도식을 배웅하며 큰 소리로 말했다. 어디선가 나타난 택시 한 대가 와사비 앞에 스르르 멈췄다. 사이공의 택시는 항상 이런 식이다.

"제가 먼저 가겠습니다. 집이 좀 멀어서요. 도식 씨 집은 푸미흥이죠?"

"아, 먼저 가세요. 조심해서 들어가세요."

정중한 수성의 말투에 도식이 손을 들며 대수롭지 않다는 듯 말했다.

"그럼……."

수성이 탄 택시의 붉은 후미등이 어둠 속으로 천천히 사라져갔다. 택시의 뒤꽁무니를 바라보며 도식은 담배를 꺼냈다. 라이터를 켜 불을 붙이려는 순간, 어두운 골목길에서 누군가의 얼굴이 불쑥 튀어나왔다.

"술 많이 안 드셨죠? 커피 한 잔 사줄래요? 아까는 내가 샀으니까, 이번엔 당신이 사요."

수수한 옷차림의 젊은 여자가 또박또박 말했다. 경찰서 취조실에 나타났던, 일식집 와사비에서도 만났던, 통역사이자 웨이트리스인 린이었다.

새벽의 사이공, 한 여자의 죽음

새벽 4시가 넘었다. 혼혈 매춘부는 잠에 빠졌다.

붉은 입술과 분홍색 혓바닥과 창백한 푸른 눈으로 물컹한 정액을 받고, 새벽의 불어터진 라면을 먹고, 아이폰으로 누군가와 소곤소곤 대화를 나누던 매춘부의 이름은 만. '스트롱'이라는 뜻이란다. 이름과는 전혀 다른 앙상한 몸매의 여자였다. 정맥이 비치는 투명한 피부, 오로라 빛이 감도는 푸른 눈을 가졌다.

'쓸 만한 물건이다.'

대수는 생각했다.

연일 계속된 음주, 과도한 섹스, 수면 부족, 어리둥절한 상황 때문에 눈꺼풀이 절로 감겼다. 하지만 짧고 피곤한 잠은 오래가지 못했다. 어둠 속에서 대수의 낡은 휴대전화가 깜빡 빛나며 부르르 떨었다. 대수의 눈꺼풀도 부르르 떨렸다.

'누구야?'

스팸 문자도 오지 않을 시간이었다. 대수는 손등으로 눈을 비비며 휴대전화를 열었다.

'지금 당장 와. 푸미홍 아이리스야. 돈 준비 끝났어. 지금 안 오면 안 돼. 빨리 와. 기다릴게.'

기승 형의 아내, 흐엉이었다. 새벽 4시를 훌쩍 넘긴 시간이었다.

갈까 말까, 한참을 생각하던 대수는 천천히 몸을 일으켰다. 창문으로 스며든 달빛이 잠든 혼혈 매춘부의 얼굴을 비췄다. 달빛 때문인지 푸른 눈의 눈꺼풀이 잿빛으로 보였다. 짙은 마스카라와 사이공의 달빛이 매춘부의 신비한 푸르름을 덮고 있었다. 달빛을 등지고 대수는 옷을 입었다. 조심스럽게 휴대전화와 지갑을 챙겼다. 볼펜을 들어 순철에게 메모를 남겼다. 동코이 호텔 주소였다.

커튼 너머 방에서 순철의 코 고는 소리가 들렸다. 우렁찬 소리였다. 두 여자의 색색거리는 숨소리가 순철의 코 고는 소리에 묻혀버렸다. 혼혈 매춘부의 앙상한 등판이 살짝 움직였다. 희미한 달빛 속에서 수많은 먼지들이 조용히 춤을 추고 있었다.

대수는 가파른 계단을 조심스럽게 내려갔다. 비좁은 싸구려 호텔 로비 타일 바닥에 싸구려 침낭이 아무렇게나 깔려 있다. 누군가 침낭 속에서 누에고치처럼 몸을 웅크리고 잠을 자는 듯했다. 대수는 뾰족한 발끝으로 침낭을 슬쩍 걷어찼다. 침낭 속에서 남자의 헝클어진 머리가 불쑥 나왔다. 대수는 턱짓으로 닫힌 셔터를 가리켰다. 드르륵. 녹슨 셔터가 올라갔다.

사이공은 여전히 어둠에 묻혀 있다. 그 어둠을 가르고 사람들이 하루를 막 시작하는 참이었다.

자전거에 무언가를 잔뜩 실은 중년 여자가 사이공의 새벽을 갈랐다. 운전석에서 잠을 자던 택시 운전사가 하품을 크게 하고 기지개를 폈다. 주황색 야광 제복을 입은 청소부가 빗질을 하느라 바빴다. 아침잠이 없는 노인이 러닝셔츠 차림으로 체조를 하고 있다. 처음 보는 사이공의 새벽이었다.

대수는 택시를 잡아탔다. 오토바이도 자전거도 없는 새벽의 도로는 적막했다. 택시는 신호를 무시하고 마구 내달렸다. 10분도 안 돼 대수가 탄 택시는 푸미흥 아이리스 앞에 도착했다. 대수는 경비실을 힐긋 살폈다. 제복을 입은 경비원 한 명이 의자에 앉아 꾸벅꾸벅 졸고 있었다.

대수는 살금살금 계단을 올라 기승의 집 앞으로 유령처럼 움직였다. 비스듬히 열린 현관 문 사이로 엷은 빛이 새어나왔다.

달빛이리라.

대수는 기승의 집 안으로 조용히 들어갔다. 등으로 현관문을 살짝 닫았다. 인기척은 없다. 헛기침을 했지만 아무도 나오지 않았다.

'뭐야, 이거?'

대수는 안방 쪽을 살폈다. 아무도 없었다. 다른 방에도, 주방에도 사람은 없는 것처럼 보였다. 날이 조용히 밝고 있었지만, 집 안은 여전히 암흑이었다. 굳게 쳐진 방열 커튼 사이로 한 조각 새벽빛이 조심스럽게 새어들고 있었다.

딸깍. 화장실 안에서 라이터를 켜는 듯한 소리가 희미하게 들렸다. 화장실 문 틈 사이로 희미한 불빛이 비쳤다. 대수는 화장실 문에 귀를 갖다 댄 후 조용히 화장실 문을 열었다. 불빛은 어느새 꺼졌다. 대수의 등 뒤로 화장실 문이 조용히 닫혔다. 암흑에 갇힌 대수의 망막에 검디검은 어둠이 환하게 펼쳐졌다. 시간이 느릿느릿 흘렀다. 어둠 속 한쪽 구석에 사람의 희미한 형체가 마침내 모습을 드러냈다. 욕조 안에 누군가가 서 있었다. 실눈을 뜬 대수는 검은 빛을 최대한 흡수하려 애썼다. 사람의 얼굴이 희미하게 보였다. 그 얼굴은 대수의 눈 위에 매달려 있는 것처럼 보였다.

'씨발, 이게 뭐야.'

웬만한 일에는 결코 겁을 내지 않는 대수의 강심장이 쿵쿵거렸다. 대수의 심장 박동이 좁은 화장실 안을 가득 채웠다.

어둠 속 한쪽 구석에 여리디여린 불빛이 보였다. 수십억 광년에 걸쳐 지구에 도달한 초라한 별빛처럼 희미하게 빛나는 그 빛의 정체는 흐엉의 안광(眼光)이었다. 뭔가 말하려는 듯 흐엉의 입술이 오물거렸다. 하지만 그녀의 목구멍에서는 아무런 소리도 나오지 않았다. 대수는 턱을 들고 눈을 치켜떴다. 어둠에 익숙해진 대수의 눈동자에 그녀의 형체가 들어왔다. 욕조 안 샤워기에 얇은 노끈이 매달려 있었고, 그 노끈이 흐엉의 가는 목을 감고 있었다. 흐엉의 혓바닥이 사악한 작은 뱀의 그것처럼 슬며시 입 밖으로 흘러나왔다. 그녀의 발끝 아래에 있는 것은 텅 빈 허공이었다. 대롱대롱 매달린 흐엉, 희미한 그녀의 안광. 시큼한 냄새를 풍기기 시작한 흐엉의 혓바닥이 천천히 밀려나왔다.

대수는 저도 모르게 입을 쩍 벌렸다. 급하게 휴대전화를 꺼내 플래시를 켜려고 애를 썼다. 하지만 대수의 주머니에서 나온 휴대전화는 화장실 타일 바닥으로 내동댕이쳐지고 말았다. 무릎을 꿇은 대수는 휴대전화를 찾으려 손을 휘저었다. 흐엉이 손을 내밀어 뭔가를 건네려 애썼지만 대수는 그녀의 마지막 손짓을 보지 못했다.

바로 그때, 대수의 뒤통수에 둔중한 충격이 조용히 가해졌다. 대수는 고개를 앞으로 숙인 채 픽 쓰러졌다. 뜨뜻하고 끈적한 액체가 대수의 눈 위로 흘러내렸다. 욕실의 어둠보다 더 검은 암흑이 대수를 천천히 덮쳤다. 어둠 속에서 불쑥 나타난 투박한 손이 대수를 흐엉 쪽으로 질질 끌고 갔다.

흐엉의 혓바닥이 더욱 길게, 시큼한 냄새를 풍기며 입술 사이로 흘러나왔다. 흐엉의 눈동자가 마지막으로 본 것은 새집을 인 듯한 대수의 뒤통수와 좁고 긴 등판 그리고 하얀 발목이었다. 대수를 내려친 손이 누구의 것인지, 그녀는 죽어서도 알 수 없었다.

어둠 속에 숨어 있던 두꺼운 손가락이 튀어나왔다. 굵은 막대기 같은 손가락들이 흐엉의 목에 걸린 얇은 노끈을 꽉 졸랐다. 죽어가는 흐엉이 마지막 힘을 다해 손바닥을 움켜쥐었다. 그녀의 목에 감긴 노끈이 팽팽해졌다. 혀를 길게 내민 흐엉이 마지막 숨을 힘겹게 몰아쉬었다. 누군가의 어머니이자 딸이자 아내였던 한 여자가 조용히, 연기처럼 세상에서 사라지려는 순간이었다. 죽기 직전의 그 순간, 그녀의 가느다란 발가락이 대수의 신발로 향했다. 마지막 기력을 모은 흐엉의 발가락에는 꼬깃꼬깃 접힌 종이 한 장이 들려 있었다. 흐엉은 대수의 신발 속에 구겨진 종이 한 장을 밀어넣었다. 아무도 모르게. 꼬깃꼬깃한 쪽지의 색깔은 분홍색이었다.

흐엉의 분홍색 혓바닥이 검붉게 변했다. 순식간의 일이었다.

검은 눈

깨질 듯한 통증이 뒤통수를 쑤셨다. 미확인 비행물체처럼 생긴 물체가 대수의 눈에 들어왔다. 꺼질 듯 꺼지지 않는 창백한 형광등이 높다란 천장에 매달려 미확인 비행물체처럼 깜박였다.

악취에 콧구멍 속이 움찔거렸다. 피와 고름 냄새, 살이 썩어가는 냄새, 코를 찌르는 소독약 냄새, 똥 냄새, 오줌 냄새, 역겨운 향수 냄새가 공기 속을 떠돌았다.

고개를 옆으로 돌리려는데 살을 에는 듯한 통증이 다시 느껴졌다. 손을 겨우 뻗어 뒤통수를 쓰다듬었다. 떡진 머리카락 사이에 붕대 같은 게 감겨져 있다.

"아……."

대수의 입에서 옅은 한숨이 새어나왔다. 대수는 힘겹게 고개를 옆으로 돌렸다. 금속 재질의 침대 위에 벌거벗은 남자가 누워 있었다. 남자의 퀭한 눈동자가 한눈에 들어왔다. 깡마르고 새카만 남자가 침대 위에 누워 대수에게 뭐라고 중얼거렸다. 남자의 앙상한 뱃가죽에는 철근처럼 굵은 스테이플러 심 수십 개가 박혀 있었다. 새카만 남자의 손과 발은 더럽고 두꺼운 끈으로 결박된 상태였다. 두꺼운 철심 수십 개를 배에 박은 깡마른 남자가 퀭한 눈으로 손과 발을 풀어달라고 애원하고 있었다.

대수는 힘겹게 고개를 다른 쪽으로 돌렸다. 머리끝에서 발끝까지 붕대를 칭칭 감은 한 사람이 대수의 눈에 들어왔다. 반짝이는 눈동자를 제외한 머리부터 발끝까지, 온몸에 붕대가 감겨 있었다. 살아 있는 미라였다.

미라가 갑자기 절규했다. 미라의 반짝이는 눈동자에서 수돗물처럼 눈물이 콸콸 쏟아졌다. 하지만 미라의 절규는 입을 막은 두꺼운 붕대에 한 번 걸러졌다. 붕대에 걸러진 절규는 멀리 가지 못했다. 미라의 절규는 대수의 귓가에서만 맴돌 뿐이었다.

굵은 철심 수십 개가 배에 박힌 시커먼 남자와 온몸에 붕대가 감긴 미라 같은 환자 사이에서 대수는 스르르 눈을 감았다. 악취와 절규와 퀭한 눈동자 속에서 대수는 저도 모르게 잠에 빠져들었다.

총천연색 꿈이 펼쳐졌다.

꿈속에서 대수는 스물다섯 살 청년이었다. 하루에 일곱 번 사정을 해도 무방한, 싱싱한 젊음의 에너지가 대수의 몸속에서 꿈틀댔다. 어디론가 떠나고 싶어 미칠 것 같은, 무분별한 방탕의 욕구가 머릿속에서 춤을 췄다.

대수는 허공에 붕 떠 있었다. 후텁지근한 사이공의 열기는 느낄 수 없었다. 공기처럼 가벼운 몸뚱이였다. 대수의 몸뚱이를 휘감은 공기는 한여름의 바다처럼 상쾌했다.

뒤통수에 아무렇게나 붕대가 감긴 30대 중반의 초췌한 사내가 대수의 눈에 들어왔다. 초췌한 사내는 사이공 뒷골목의 더러운 병원 응급실에 누워 있었다. 급하게 깜박이는 형광등 불빛 아래 누워 있는 그 사내는 대수 자신이었다. 사내의 칼날 같은 뺨에는 수염이 잡초처럼 나 있었다.

'서른다섯의 나는 시체다.'

상쾌한 공기 속을 유영하듯 헤엄치는 스물다섯의 대수가 서른다섯의 대수를 물끄러미 쳐다보며 중얼거렸다. 응급실 형광등 주위를 미친 듯 맴돌던 불나방 한 마리가 대수를 빤히 쳐다봤다. 나방의 눈동자에는 호기심이 가득했다.

허공에 붕 뜬 채 서른다섯의 자신을 보던 대수는 배영을 하는 자세로 편하게 몸을 뉘었다. 허리를 살짝 움직이자, 대수의 몸뚱이가 빛의 속도로 병원 천장을 뚫고 날았다. 침대 위에 누워 있던 서른다섯의 대수는 순식간에 하나의 점이 됐다. 고개를 슬쩍 돌리니 사이공의 야경이 한눈에 들어왔다. 어디론가 달려가는 오토바이와 자동차의 불빛들이 검은 땅 아래로 아득했다. 황당한 표정의 별들이 대수의 옆을 쌩쌩 스쳤다. 검푸른 해안선이 눈 아래로 펼쳐졌고, 그 너머로 대륙의 윤곽이 뚜렷했다.

하늘을 뚫을 듯한 기세로 비행한 대수의 몸뚱이가 천천히 하강했다. 10년 만에 다시 찾은 도시는 라오스 비엔티안.

대수의 몸뚱이는 비엔티안의 뒷골목을 천천히 선회했다. 대수의 눈에 허름한 주택 한 채가 들어왔다. 우주 공간을 유영하는 비행사의 몸짓으로, 대수의 몸뚱이는 한 주택의 2층 창문 앞에 스르르 멈춰 섰다. 똑바로 선 채 물속에 떠 있는 싱크로나이즈 선수처럼 대수의 몸뚱이는 2층 창문 앞에 그렇게 섰다.

군살이 붙을 틈이 없는 헝그리 복서의 몸을 가진 한 청년이 보인다. 그 청년은 여물지 않은 복숭앗빛 가슴을 통째로 내놓은 한 소녀와 사랑을 나누고 있다. 서로를 탐하는 손길은 바쁘고 서로의 구석구석을 빼놓지 않고 맛보려는 혓바닥은 조급했다. 복숭앗빛 가슴의 소녀가 헝그리 복서의 몸 위에 올라타더니 엉덩이를 바삐 흔든다. 소녀의 입에서 가녀린 신음이 새어나온다. 헝그리 복서의 몸이 점점 뜨거워지면서 소녀의 여린 자궁 속에 뜨겁고 사나운 정액을 방출한다.

이어지는 소녀의 한숨. 헝그리 복서는 막 늘어지기 시작한 페니스를 소녀의 입가로 성급히 갖다 댄다. 소녀는 무덤덤한 표정으로 정액이 묻은 청년의 페니스를 힘껏 빨고, 복서의 페니스는 다시 발기한다. 또다시 시작되는 무의미한 교접. 천장에 부착된 낡은 팬이 청년과 소녀의 땀을 식히느라 바쁘다.

허공에 뜬 채 창 밖에 서 있던 대수와 헝그리 복서의 눈이 마주친다. 영문을 알 수 없다는 표정의 복서는 스물둘의 대수였다. 스물다섯 대수와 스물둘의 대수가 더러운 창문을 사이에 두고 눈을 맞춘다. 스물둘의 대수는 스물다섯 대수의 존재를 알아채지 못한다. 교접을 나누던 멍한 눈길로 창밖의 대수를 응시할 뿐이다. 스물둘의 대수와 들러붙은 소녀는 열아홉 살의 흐엉이다. 광택이 나는 까무잡잡한 피부, 거친 남자의 상스러운 손길을 묵묵히 견디는 의지의 눈빛, 속을 알 수 없는 천진한 미소의 열아홉 소녀.

'아…….'

창밖의 대수가 한숨을 길게 내쉰다.

'13년 전 라오스 비엔티안에서 나는 무엇을 했지?'

까맣게 잊고 있던 그 세월이 꿈속의 꿈처럼 천천히 펼쳐졌다.

대수의 몸뚱이가 다시 우주로 솟구친다. 비엔티안의 도심을 뒤로 하고 수직으로, 한없는 수직으로 솟구친 대수의 몸뚱이가 베트남의 중부 도시 후에, 나짱을 거쳐 다시 사이공으로 향한다. 더러운 병원으로 돌아온 스물다섯의 대수가 다시 서른다섯의 대수를 물끄러미 바라본다. 스테이플러 심을 박은 남자와 미라 사이에 웅크리고 누운 서른다섯의 대수. 비엔티안을 다녀온 사이, 서른다섯의 대수는 몸을 둥그렇게 말았을 뿐이었다.

스물다섯의 대수가 다시 하늘로 수직 상승한다. 우주선처럼 화염을 내뿜지도 않는 대수의 몸뚱이가 이번에는 암흑의 우주로 향한다. 그 몸뚱이가 궤도를 망각한 소행성에 사뿐히 올라탄다.

얼마를 날았을까.

대수는 멀고 먼 우주 한구석에 박힌 광막한 검은 눈을 만난다. 빙글빙글 도는 거대한 검은 눈이 대수를 맞이한다. 모선에서 발사된 달착륙선처럼 대수의 몸뚱이가 움직인다. 천천히 원을 그리던 대수의 몸뚱이가 사악한 검은 눈의 한복판에 박힌다. 대수를 흡수

한 거대한 검은 눈이 방향을 바꾸더니 느릿느릿 회전한다. 검은 눈에 박힌 대수의 검은 눈도 빙글빙글 돈다. 검은 눈의 일부가 된 대수는 수십억 광년 떨어진, 지구하고도 사이공의 한 병원에 누워 있는 서른다섯의 대수를 똑똑히 바라본다.

철제 침대 위에 누운 대수의 몸이 파르르 떨린다. 흰 가운을 입은 대머리 의사가 황급히 대수의 옆으로 뛰어온다. 대수의 가슴에 차가운 청진기가 놓인다. 희미한 심장 박동 소리가 검은 눈에 박힌 대수의 귓가에 선명히 들린다.

쿵. 쿵덕. 쿵. 쿵. 쿵덕.

불규칙한 심장 박동의 간격이 멀어진다.

침대 위 대수의 눈이 살짝 열린다. 침대 위에 누운 대수의 희미한 검은 눈이 우주 저 너머의 검은 눈을 바라본다. 그 눈들이 마주치는 순간, 침대 위 대수의 숨이 멎는다. 서른다섯 대수의 숨이 멎는 바로 그 순간, 검은 눈 은하*의 일부가 된 스물다섯의 대수가 살짝 미소 짓는다.

* **검은 눈 은하** : 잠자는 미녀 은하, M64, NGC 4826라고 불리며, 머리털자리에 있는 나선 은하이다. 1779년 3월 23일 에드워드 피곳이 발견했다. '검은 눈 은하(사악한 눈으로도 불린다)'는 은하 중심부를 제외한 검은 물질들이 마치 눈처럼 보이기 때문에 붙은 이름이다.

검은 눈 은하는 외관상 보통의 나선 은하와 크게 다르지 않으나 독특한 요소를 지니고 있다. 보통의 은하는 시계 방향으로 회전한다. 그런데 최근 연구 결과 이 은하의 검은 물질들 중 중심(안쪽 3천 광년까지)은 시계 방향으로 회전하나, 3천 광년에서 바깥쪽 4만 광년까지는 시계 반대 방향으로 회전하고 있었다. 두 방향이 충돌하는 경계 지대는 젊은 별들이 태어나는 곳으로 생각된다.
천문학자들은 10억 년 전 어떤 위성 은하가 M64에 충돌하여, 역으로 공전하는 가스 구름을 만들어낸 것으로 보고 있다.

– 위키피디아

씨클로를 모는 영감

못에 찔린 발이 질질 끌렸다. 발등이 흉하게 부어올랐다. 신발이 들어가지 않을 정도로.

호텔 로비에는 아무도 없었다. 낡은 오토바이 몇 대가 좁디좁은 로비를 차지하고 있었다. 대수가 남긴 쪽지를 손에 꼭 쥔 순철이 발을 질질 끌며 호텔을 나왔다. 순철은 머리를 들어 호텔 간판을 바라봤다. '69 핑크 모텔'. 분홍 페인트로 조악한 글씨가 그려진 작은 목재 간판이 위태롭게 걸려 있었다.

뒷골목 깊숙이 자리 잡은 싸구려 호텔의 입구에 강렬한 태양빛이 내리비쳤다. 이글거리는 태양빛에 얼굴이 찌푸려진 노점상이 순철을 빤히 노려봤다. 쌀국수를 파는 중년의 여성이다.

노점상 건너편, 음침한 그늘 아래 씨클로 한 대가 보였다. 날카로운 눈매로 순철을 응시하던 씨클로 영감이 잽싸게 뛰어왔다.

"유 워너 붐붐? 붐붐 베리 구~웃. 맛싸 베리 베리 구우웃."

깡마른 씨클로 영감이 엄지손가락을 위로 치켜들며 말했다. 붐붐 베리 굿, 붐붐 베리 굿을 연발하는 그의 표정은 순박하고 해맑았다.

'아침부터 붐붐이라니.'

순철의 입에서 헛웃음이 터졌다. 파란 하늘을 향해 우뚝 솟은 씨클로 운전사의 더러운 엄지손가락을 향해 순철은 주먹을 내밀었다. 고개를 천천히 저으며 순철이 가운데 손가락을 활짝 폈다. 영감이 멋쩍게 뒤통수를 긁었다. 순철은 싱긋 웃었다. 씨클로 영감이 히죽 웃더니 조심스럽게 순철에게 말했다.

"아임 굿 드라이버. 베리 베리 칩."

씨클로 영감의 까만 검지가 퉁퉁 부은 순철의 발을 가리켰다. 눈치 하나로 먹고사는 늙은 운전사가 틀림없었다.

늙은 운전사처럼 씨클로도 늙고 낡았지만 안락했다. 땀에 절고, 강렬한 햇빛에 마르기를 무수히 반복해 빛이 바랜 운전사의 낡은 셔츠가 순철의 눈에 들어왔다. 소금기가 배인 셔츠 아래로 씨클로 영감의 각진 등뼈가 드러났다. 셔츠 위로 시큼한 땀 냄새가 물씬 풍겼다. 삐걱거리는 씨클로와 한 몸이 된 듯한 영감의 등판을 바라보던 순철이 코를 살짝 쥐며 눈을 돌렸다. 좁은 길을 헤치며 씨클로는 천천히 나아갔다.

이름 모를 과일을 잔뜩 실은 오토바이 한 대가 씨클로를 추월했다. 남색 추리닝 하의에 하얀 셔츠를 입은 앳된 여학생이 탄 자전거도 씨클로를 순식간에 따라잡았다. 영문을 모른 채 비좁은 길에 진입한 초보 택시 운전사가 신경질적으로 경적을 마구 울렸다.

자동차 한 대가 겨우 지날 수 있는 좁은 길을 씨클로는 천천히 내달렸다. 길가에 커피를 파는 가게가 보였다. 세속적인 매력과는 거리가 먼 중년 남자 한 명이 기우뚱한 플라스틱 의자에 앉아 맥주를 마시고 있었다. 늘어진 러닝셔츠를 입은 남자가 맥주를 마시다 말고 씨클로를 향해 손을 흔들었다. 씨클로 영감이 남자를 향해 여유 넘치는 미소를 날렸다.

축축하게 젖은 콘크리트 바닥의 가게 안에는 아침부터 맥주를 마시는 사내들로 가득했다. 사내들 대부분은 상의를 입지 않았다. 맥주를 마시지 않는 사내의 테이블에는 검은 커피 한 잔과 발행 일자를 알 수 없는 신문이 얌전히 놓여 있었다.

커피 한 잔과 신문 한 부로 하루를 보내는 퀭한 눈빛의 사내들.

순철은 찬찬히 사이공 뒷골목의 사내들을 훑어봤다. 사내들 뒤로 회색빛 담배 연기가 바다처럼 출렁거렸다.

순철이 탄 씨클로가 마침내 좁은 길을 빠져나왔다. '뉴욕 시티'라 새겨진 야구 모자를 쓴 씨클로 영감은 연신 뒤를 돌아보며 순철을 향해 웃음을 지었다. 운전자의 씩씩대는 숨결에 맞춰 들썩이는 씨클로 좌석에 등을 기댄 순철은 눈을 감았다. 오토바이가 내뿜는 탁한 매연이 코를 찔렀다.

씨클로는 널따란 도로를 힘겹게 달렸다. 추리닝 상하의를 입은 어린 학생들이 두리번거리며 여유롭게 길을 건넜다. 자동차와 오토바이들이 순철의 곁을 쌩쌩 스쳤다. 온갖 종류의 엔진음이 마구 뒤섞인 소음이 순철의 귀를 찔렀다. 도시의 온갖 소음과 냄새를 뚫고 순철을 태운 씨클로는 천천히 달렸다.

"헤이, 드라이버."

순철이 운전사의 등판을 툭툭 두드리며 말했다.

"예 써!"

씨클로 영감이 힘차게 대꾸했다.

"고 투 호스피탈. 유 노 호스피탈?"

순철이 얼굴을 찡그리며 말했다. 순철의 손가락이 퉁퉁 부은 발을 가리켰다.

"오케이. 노 프래벌럼. 던 우어리 써."

운전사의 말투가 왠지 정겹게 느껴졌다.

쓰레기가 둥둥 떠다니는 황토빛 강을 따라 건설된 좁은 도로를 지나 씨클로는 사이공 중심으로 진입했다. 고풍스러운 식민지 시대의 건물들이 눈에 들어왔다. 엔진을 끄지 않은 대형 버스들이 정차 중인 터미널을 지나니 원형 교차로가 보였다. 자전거와 택시, 오토바이들이 마구 뒤섞여 로터리를 돌고 있다. 씨클로 영감은 한쪽 팔을 쭉 뻗는 방법으로 수신호를 보냈다. 로터리를 돌아 골목길로 진입한 씨클로가 서서히 멈췄다.

깜빡 잠이 든 걸까.

순철은 씨클로가 멈춰 선지도 몰랐다.

씨클로 영감이 순철의 어깨를 가만히 건드렸다. 깜짝 놀라 눈을 뜬 순철의 눈동자가 붉었다. 주먹으로 눈을 비비며 순철이 고개를 좌우로 흔들었다. 발등의 통증은 더욱 심해졌다. 씨클로에서 내리는 순철의 한쪽 무릎이 꺾였다. 씨클로 영감이 잽싸게 순철을 부축했다.

"신 깜언(고마워요)."

영감의 어깨에 한쪽 팔을 얹은 순철이 중얼거렸다. 순철의 이마에서 식은땀이 줄줄 흘렀다.

"콤 꼬지(천만에요)."

순철보다 머리 하나가 더 큰 삐쩍 마른 영감이 아무렇지도 않다는 듯 말했다.

씨클로에서 내리는 것도 힘들었다. 신발 한 짝을 겨우 벗어 손에 들었다. 뜨겁게 달궈진 아스팔트 바닥에 맨발이 닿자 못에 찔린 부위가 시큰거렸다. 몸이 휘청거렸다. 파란 하늘이 순식간에 잿빛으로 변했다. 느닷없이 굵은 빗방울이 후드득후드득 떨어지기 시작했다. 굵은 빗방울 몇 개가 순철의 발등을 때렸다. 현재 상황을 더욱 어렵게 만드는 우박 같은 빗방울.

머리에 떨어진 빗방울이 흘러내렸다. 시야가 뿌옇게 변했다. 김이 서린 안경을 쓴 것 같은 느낌이다.

로터리 건너편, 백인 관광객 한 무리가 순철의 시야에 들어왔다. 어디선가 본 듯한 남녀가 순철을 응시하는 것 같다. 골프 카트 크기의 몸집을 가진 대머리 남자, 수박만 한 가슴을 가진 백인 여자.

'누구더라.'

휘청거리는 몸을 바로잡으며 순철은 생각했다. 수완나품 공항 흡연실에서 만난 표도르 부부였다. 라이방을 낀 표도르가 순철을 노려보고 있었다. 순철이 몸을 바로잡자 표도르가 시선을 다른 곳으로 돌렸다.

절뚝거리는 순철과 휘청거리는 씨클로 영감은 천천히, 나란히 박자를 맞춰 발걸음을 옮겼다. 아방가르드 댄스에 빠진 철없는 남자들 같았다.

씨클로가 선 곳은 사이공 1군 벤탄 마켓 인근에 위치한 한 병원이었다. 병원 입구에 제복을 입은 젊은 경비원이 보였다. 경비는 절뚝거리는 순철을 한심하다는 눈빛으로 쳐다봤다. 병원 입구는 환자들과 보호자들로 가득했다. 병원이라기보다는 명절을 맞은 기차역 같은 분위기였다. 씨클로 영감이 순철을 부축했다.

자전거와 오토바이로 가득한 비좁은 주차장을 지나자 도떼기시장 같은 병원 로비가 순철의 눈에 들어왔다. 온갖 종류의 병을 앓는 환자들, 환자보다 더 시름이 깊어 보이는 보호자들이 장사진을 이루고 있었다. 명절을 맞아 고향을 갈망하는 가난한 노동자들 같은 인파를 뚫고 순철과 운전사는 절뚝거리며 발걸음을 옮겼다. 낡은 씨클로가 도심 거리를 뚫고 가는 것처럼.

주위 사람들의 눈총을 받으며 접수 창구에 다다른 씨클로 영감이 안경을 쓴 젊은 여직원에게 뭐라고 말했다. 화를 내는 것처럼 여직원에게 말하던 영감이 고개를 돌려 애처로운 눈빛으로 순철을 쳐다봤다. 순철이 지갑을 꺼내 10달러짜리 지폐를 건넸다.

"오케이. 유 나이스 거이."

영감이 엄지손가락을 쳐들며 환하게 웃었다. 이빨 빠진 영감의 웃음이다.

10달러를 받은 여직원의 표정이 공손해졌다. 붉은 안경테에 짙은 화장을 하고 머리를 올백으로 붙여 질끈 동여맨 여직원이 벌떡 일어났다. 순철에게 따라오라는 손짓을 보낸 접수 창구의 여직원이 성큼성큼 걸음을 옮겼다. 씨클로 영감이 순철의 어깨를 툭 쳤다.

“아이 웨이팅 유. 노 프래벌럼. 돈 우어리.”

영감이 뭔가를 바라는 눈빛으로 순철에게 말했다. 순철은 다시 지갑을 꺼내 영감에게 10달러짜리 지폐를 건넸다.

‘10달러면 뭐든지 해결되는 사이공.’

순철은 속으로 중얼거리며 여직원의 뒤를 쫓았다. 10달러를 받은 영감이 금방이라도 부러질 것 같은 목발을 어디선가 구해왔다. 목발을 순철에게 건네며 영감이 다시 한 번 말했다.

“아이 웨이팅 유. 노 프래벌럼.”

여직원이 뒤를 돌아보더니 빨리 오라는 손짓을 보냈다. 하얗고 검은 타일이 깔린 작은 방으로 여직원이 쏙 들어갔다. 순철은 여전히 절뚝거렸다. 빛바랜 연두색 커튼이 거미줄처럼 늘어선 널따란 공간이 나타났다. 몇 명의 환자가 누워 있는지 도통 감을 잡을 수 없는 공간이었다.

베트남 전쟁 당시의 야전 병원이 이랬을까.

순철은 고통 가득한 표정으로 고개를 저었다.

베트콩 그리고 부비트랩

"이쪽으로 누워요."

안경 쓴 여직원이 영어로 말했다. 코맹맹이 목소리를 가진 여직원은 노래를 부르는 듯한 베트남식 영어 억양으로 계속 조잘댔다. '모든 베트남 여자의 영어는 작은 새가 지저귀는 것 같다'고 순철은 침대에 힘겹게 누우며 생각했다. 못에 찔린 발의 통증은 점점 심해졌다. 비명을 지르고 싶을 만큼 악랄한 아픔이었다.

두꺼운 안경을 쓴 의사가 하얗고 검은 타일이 깔린 방으로 조용히 들어왔다. 결코 예쁘다고 할 수 없는 외모의 간호사가 기름기가 번들대는 머리카락을 가진 의사의 뒤를 쫓았다. 의사와 간호사에게 순철을 인계한 코맹맹이 여직원은 총총걸음으로 자기 자리로 돌아갔다.

침대에 누운 순철은 천천히 양말을 벗은 후 퉁퉁 부은 발바닥을 의사의 면상에 들이댔다. 안경을 고쳐 쓴 의사는 툭 튀어나온 눈으로 순철의 발바닥과 발등을 면밀히 들여다봤다. 순철의 발바닥을 살펴본 의사가 간호사에게 뭐라 말했다. 심술쟁이의 입술을 가진 못생긴 간호사가 서둘러 병실을 나갔다.

간호사는 닳고 닳은 메스 한 자루와 소독용 솜이 담긴 양은 재질의 작은 통, 붕대 뭉치와 주사약, 플라스틱 주사기를 품에 안고 돌아왔다. 간호사가 자리를 비운 사이, 의사는 순철에게 농담을 던졌다.

"베트콩 부비트랩에 당했나?"

진지한 표정으로 의사가 내뱉은 농담이었다. 순철은 의사의 농담에 심각한 표정으로 "그렇다"고 대답했다.

간호사가 젖은 수건으로 순철의 눈을 덮었다. 차가운 수건에서 썩어가는 걸레 냄새가 났다. 메스를 든 의사가 태연한 표정으로 순철의 발바닥을 쭉 갈랐다. 순철의 목구멍 깊숙한 곳에서 비명이 울렸다. 아무렇지도 않게 발바닥을 후비던 의사의 손짓이 드디어 멈췄다. 의사는 순철의 발등과 발바닥 사이사이에 성분을 알 수 없는 강력한 액체를 뿌렸다. 소독 작업이었다. 자꾸만 안경이 내려가는 의사가 비닐장갑을 벗더니 손가락으로 플라스틱 주사기를 톡톡 쳤다. 간호사가 순철의 얼굴에서 수건을 걷어냈다. 순철의 핏발 선 눈동자에 눈물 몇 방울이 대롱대롱 맺혀 있었다.

간호사는 손가락을 까딱하더니 순철에게 몸을 뒤집으라는 신호를 보냈다. 순철이 힘겹게 몸을 뒤집었다. 억센 간호사의 손가락이 구찌 가죽 벨트를 사정없이 풀었다. 폴스미스 면바지가 힘없이 내려갔다. 순철의 탄탄한 엉덩이에 정체를 알 수 없는 액체가 담긴 작은 주사기가 꽂혔다. 뭉툭한 간호사의 손바닥이 순철의 엉덩이를 찰싹 내리쳤다. 사무적인 손놀림이었다. 주사액이 순철의 혈관으로 투입됐다. 순철의 눈이 스르르 감겼다. 사이공에 도착해서 처음 맛보는 달콤하고 깊은 잠이 순철을 덮쳤다.

희미한 형광등 불빛이 보였다. 발바닥의 통증은 깨끗이 사라진 것 같았다. 숙취와 수면 부족으로 인한 두통도 느낄 수 없었다. 주위에서 소독약 냄새가 물씬 풍겼지만 공기는 상쾌하게 느껴졌다.

시간이 얼마나 지났을까.

순철은 몸을 일으키며 바지 뒷주머니의 휴대전화와 지갑을 손바닥으로 확인했다. 모든 것이 제자리에 있었다. 허리를 세우며 기지개를 켰다. 엉덩이에 딱딱한 침대의 감촉이 느껴졌다. 목을 좌우로 흔들자 우두둑거리는 소리가 났다. 순철은 휴대전화를 조심스럽게 꺼냈다. 휴대전화의 전원은 꺼져 있었다. 전원 버튼을 누르니 액정화면이 부르르 몸을 떨면서 파란 빛을 발산하기 시작했다. 휴대전화를 바라보던 순철은 숨을 길게 들이마셨고, 다시 천천히 내쉬었다. 폐 속의 오물을 토해내기라도 하는 것처럼.

오후 8시를 넘긴 지 오래였다.

약 기운 때문이었을까.

응급실의 침대 위에서 일곱 시간도 넘게 깊은 잠에 빠져 있었다는 사실에 순철은 고개를 절레절레 흔들었다. 정신을 차린 순철은 주위를 찬찬히 훑어봤다. 낡은 철제 침대가 두 줄로 놓인 병실. 침상 사이로 엷은 녹색 커튼이 대충 쳐져 있다. 커튼 사이로 조용히 누워 있는 환자들이 보였다. 침상이 몇 개나 되는지, 죽기 직전의 환자들이 얼마나 있는지 짐작도 할 수 없었다.

난장판이 된 기승의 푸미홍 아파트, 술에 취해 헤매던 사이공의 밤거리, 뱀처럼 혓바닥을 놀리던 사이공의 매춘부, 지저분한 싸구려 모텔, 온갖 종류의 자동차와 오토바이를 뚫고 나가는 씨클로, 개미떼처럼 병원 로비를 가득 매운 초라한 행색의 사람들이 순철의 머릿속을 스쳤다. 순철은 연신 고개를 흔들며 휴대전화의 액정을 확인했다. 기승, 대수, 도식, 푸껫의 아내, 한국의 친구들 가운데 순철에게 연락을 해온 사람은 아무도 없다.

"헤이, 이봐요, 안 어이."

상체를 꼿꼿이 편 순철은 주위를 둘러보며 영어, 한국어, 베트남어로 소리를 질렀다.

"아무도 없어요?"

순철은 다시 목청을 높여 출입문 쪽을 향해 외쳤다. 노래를 부르듯 말하는 접수 창구의 여직원도, 못생긴 간호사도, 번들대는 머리카락을 가진 의사도, 시큼한 냄새를 풍기는 씨클로 영감도 순철의 외침에 아무런 대답을 하지 않았다.

바지와 허리띠, 휴대전화와 지갑을 다시 한 번 확인한 순철은 붕대에 감긴 발바닥을 조심스럽게 타일 바닥에 내려놓았다. 침상 발치 바닥에 감색 발리 구두 한 켤레가 얌전히 놓여 있다. 여전히 발은 부어 있었다. 약 때문일까. 통증은 그다지 심하지 않았다. 하지만 붕대가 감긴 발은 신발 속으로 들어가지 않았다. 이곳을 어서 빨리 벗어나고 싶었다.

평화로운 지옥이 있다면 이런 모습이리라.

순철이 절뚝거리며 발걸음을 옮겼다. 한 손에는 신발 한 짝을 들었다. 낡은 커튼으로 칸막이가 나누어진 넓고 넓은 병실은 응급실 겸 중환자실로 보였다. 절뚝거리던 순철은 무심결에 병실 깊숙한 곳을 쳐다봤다. 저 멀리 낯익은 얼굴이 순철의 눈에 들어왔다. 철제 침대 위에 몸을 동그랗게 말고 있는 사내. 뒤통수에 더러운 붕대가 감긴 마르고 긴 사내. 금방이라도 꼬일 듯한 정원 호스 굵기의 플라스틱 튜브가 입에 꼽힌 그 사내는, 대수였다.

"지랄이구나."

순철은 혼잣말처럼 중얼거렸다.

못에 찔린 다리가 술에 취한 듯이 비척거렸다. 발바닥의 통증이 다시 밀려왔다. 순철은 힘겹게 대수 쪽으로 천천히 걸었다.

대수는 병실의 제일 깊숙한 곳에 미동도 없이 누워 있었다. 깜박이는 형광등 탓인지 대수의 얼굴이 백지장처럼 창백해 보였다. 움푹 패인 뺨은 사막의 모래 같았다. 전갈이 돌아다니는 사막에 듬성듬성 솟은 말라비틀어진 선인장 같은 수염 몇 가닥이 대수의 뺨에 돋아나 있었다.

행려병자 행색으로 죽은 듯 누워 있는 대수의 뺨에 순철은 손바닥을 갖다 댔다. 까칠한 수염의 감촉. 서늘한 뺨. 퉁퉁 부은 눈두덩. 순철은 검지와 중지를 쭉 뻗어 대수의 경동맥을 짚었다. 숨을 쉬는지, 죽은 것인지 알 수가 없다. 옥수수 쉰 냄새, 사람의 피 냄새, 소독약 냄새가 대수의 주위를 떠돌고 있었다. 순철은 고개를 숙여 대수의 상처를 살폈다. 움푹 꺼진 대수의 뒤통수에 검은 핏덩어리가 말라붙어 있다. 초짜 페인트공이 방수 페인트를 덕지덕지 칠한 것 같은 핏덩이였다.

대수를 앞에 놓고 불안하게 서 있는 순철의 등 뒤로 누군가가 다가왔다. 낮에 본 접수 창구의 여직원이었다. 그녀가 순철의 등을 톡톡 두드렸다. 여기서 뭐하냐는 표정이었다. 비뚤어지게 박힌 못처럼 서 있던 순철은 여직원을 향해 고개를 돌렸다. 한없이 멍청한 눈빛이었다.

갑자기 주위가 웅성거렸다. 둔탁한 구둣발 소리가 들렸다. 피곤한 표정의 제복 경찰 두 명이 엷은 커튼을 헤치며 들어왔다. 구둣발 소리에 천장에 붙어 있던 파리가 깜짝 놀라 날개를 파닥였다. 파리를 사냥하기 위해 매복 중이던 도마뱀붙이 한 마리도 구둣발 소리에 천장 구석으로 바삐 숨었다. 하지만 침상에 누워 있던 환자들 대부분은 눈도 꿈쩍하지 않았다. 멍청한 눈으로 여직원을 바라보던 순철은 자신의 신발을 조용히 벗어 던졌다. 뒤꿈치가 접힌 대수의 신발로 갈아 신었다. 붕대가 감긴 발이 쏙 들어갈 정도로 넉넉한 대수의 신발로.

'갈 길이 참으로 멀구나.'

순철은 속으로 중얼거렸다.

순철이 조용히 움직였다. 달려오던 경찰 한 명이 그를 위아래로 훑어봤다. 순철은 눈을 내리깐 채 절뚝거리며 대수의 곁을 떠났다.

도떼기시장 같던 병원 로비는 어느새 한산하다. 접수 창구에는 처음 보는 얼굴의 젊은 여자가 앉아 있었다. 순철은 로비를 가로질러 성큼성큼 걸었다. 못에 찔린 발 따위는 안중에도 없었다. 병원 로비 바닥에서 새우잠을 자던 피곤한 대기 환자 몇 명이 순철의 발에 걸렸다. 그들은 짜증 가득한 눈으로 순철을 올려다봤다. 하지만 그 짜증은 행동으로 이어지지 못했다. 그들은 다시 몸을 말며 잠을 청했다.

병원의 육중한 철제문은 굳게 잠겨 있었다. 문짝 한가운데에는 시내버스 손잡이처럼 생긴 동그란 철제 문고리가 달려 있었다. 순철은 문고리를 마구 흔들어 쾅쾅 소리를 냈다. 로비의 어둠 속에서 경비원 한 명이 유령처럼 튀어나왔다. 술 냄새를 풍기는 경비원이 새카만 주먹으로 눈을 비볐다. 그러고는 턱짓으로 접수 창구를 가리켰다. '계산 끝나면 열어준다, 이 촌놈아' 하고 말하는 것 같았다.

커다란 신발을 신은 순철은 터벅터벅 접수 창구로 향했다. 그를 힐끗 쳐다본 여직원이 껌을 씹으며 수속을 밟았다. 딱딱. 딱딱. 껌 씹는 소리가 순철의 주위에 울려퍼졌다.

'보지 껌 씹고 있네. 좆같은 년.'

순철은 속으로 중얼거렸다.

작고 무거워 보이는 컴퓨터 모니터를 보며 한참이나 계산기를 두드리던 여직원이 볼펜으로 쓴 계산서를 순철에게 건넸다.

'2,235,000Dong.'

순철은 100달러, 50달러짜리 지폐를 여직원에게 내밀었다. 빳빳했던 지폐는 꼬깃꼬깃 구겨져 있었다. 그는 여직원의 얼굴을 똑바로 바라보며 고개를 끄덕였고, 여직원도 싱긋 웃으며 고개를 끄덕였다. '거스름돈은 됐다'는 암묵적인 합의였다.

순철은 다시 로비를 가로질렀다. 가슴팍의 단추를 풀어헤친 경비는 미소를 지으며 순철을 기다리고 있었다. 순철이 철제문에 다다르자 경비가 뭉툭한 열쇠꾸러미를 꺼냈다. 담배를 문 경비의 입에서 하얀 실 같은 연기가 연신 풍겨 나왔다. 독한 연기에 순철은 콜록거렸다. 철제문의 구멍에 커다란 열쇠가 부드럽게 들어갔다. 육중한 문이 끽끽 소리를 내며 천천히 열렸다.

사이공의 시원한 밤공기가 순철의 얼굴을 때렸다. 철제문 하나를 사이에 두고 세상은 둘로 갈라져 있는 듯 보였다. 대수가 누워 있는 세상에서는 죽음의 냄새가 풍겼다. 순철이 서 있는 거리는 여전히 살아 있는 생명체로 펄떡였다.

순철은 꼬깃꼬깃한 담뱃갑을 주머니에서 꺼냈다. 일그러진 담뱃갑 속에는 담배 한 개비가 들어 있었다. 흉하게 구부러진 담배는 끊어지기 일보 직전이었다. 조심스럽게 담배를 문 순철은 라이터를 찾으려 주머니를 뒤졌다. 라이터가 없다. 순철은 고개를 들어 하늘을 쳐다봤다. 아무 일도 없다는 듯 여전히 빛나는 별을 훔쳐와서라도 담뱃불을 붙이고 싶은 마음이 굴뚝같았다.

멍한 표정으로 밤하늘을 바라보던 순철의 뺨 옆에서 작은 불빛이 피어올랐다. 사이공의 별빛을 닮은 그 불빛이 딸깍 소리를 냈다. 남자의 더러운 주먹이 불빛을 들고 있었다. 사이공의 밤바람에 펄럭이는 작은 불빛 너머로 낯익은 얼굴이 보였다. 해맑고 순진한 시커먼 얼굴. 씨클로 영감이 다정한 표정으로 순철의 곁에 서 있었다.

"땡큐."

순철이 담배 연기를 길게 내뿜으며 영감에게 말했다.

"콤 꼬지."

영감이 미소를 지으며 대답했다.

밤에 본 영감의 얼굴은 낮보다 스무 살쯤 늙어 보였다. 무수한 밤이 만들었을 짙고 어두운 주름이 영감의 얼굴에 가득했다.

병원 철제문 앞, 원형 교차로 건너편에는 야시장이 펼쳐져 있었다. 시장 앞 광장에 형형색색의 이동식 식당들이 가득했고, 한낮의 더위에 질린 관광객들이 싸우는 듯한 표정으로 온갖 종류의 음식을 먹고 있었다.

귀를 찌르는 엔진 소리를 도심에 마구 퍼트리는 오토바이의 행렬은 여전했다. 신호와 차선을 지킬 생각이 없는 자동차들도 한밤중의 도로를 씽씽 내달렸다. 이제는 익숙해진 사이공의 밤 풍경을 바라보며 순철은 담배를 피웠다. 필터가 타도록 담배를 피운 순철은 아직도 불이 붙어 있는 꽁초를 저 멀리 내던졌다. 밤의 공기 속을 천천히 비행한 담배꽁초는 도로에 그대로 추락했다. 흰 연기를 내뿜는 붉은 파편이 검은 아스팔트 위로 산산이 퍼져나갔다.

"여보세요?"

"응."

"별일 없지?"

"그렇지 뭐. 뭔 일이 있겠어. 당신은?"

"아…… 여기 상황이 조금 복잡해."

"……."

"내일 바로 들어갈게. 들어가서 이야기하자."

"안 좋은 일이야?"

"그래. 상당히 안 좋아."

"……당신 몸은?"

"나는 괜찮아. 걱정할 것 없어."

"그래. 조심해서 와. 애들도 잘 있어."

"알았어. 비행기 탈 때 연락할게."

병원의 철제문에 기대 선 채 순철은 푸껫의 아내와 짧은 대화를 나눴다. 아내는 세 번째 전화를 건 뒤에야 받았다. 순철의 목소리는 무거웠고, 아내의 목소리는 무덤덤했다. 무슨 일이 일어났는지, 일 주일 동안의 일정을 바꿔 내일 당장 가겠다는 다급한 말에도 이유를 묻지 않았다.

순철은 주머니를 뒤져 대수가 남긴 메모를 집어들었다. 호텔의 주소가 적힌 꼬깃꼬깃한 메모.

어서 빨리 호텔로 돌아가 비행기 편을 변경하고 사이공을 벗어나고 싶었다. 사라진 기승도, 죽어가는 대수도, 술에 취한 도식도 더 이상 보고 싶지 않았다. 까르르 웃는 아이들, 어떤 일에도 쉽사리 화를 내는 법이 없는 아내가 있는 안락한 집으로 돌아가고 싶었다.

"유 원 씨클로?"

씨클로 영감이 순철에게 물었다.

"노. 아이 원 택시."

"오케이. 웨잇 히어 플리이주."

영감이 깡마른 등을 보이며 어둠 속으로 사라졌다.

어둠 속의 소녀

붕대가 감긴 한쪽 발은 여전히 불편했다. 퉁퉁 부은 발등이 신발 밖으로 빠져나올 기세였다. 순철은 한쪽 무릎을 꿇고 허리를 숙이고는 신발을 고쳐 신었다. 순철이 힘겹게 걸음을 옮겼을 때, 신발 속에서 접힌 종이 한 장이 스르르 떨어졌다. 대수의 신발 속에서 나온 곱게 접힌 종이 한 장. 노란 나트륨 불빛에 비친 편지는 분홍색이었다. 까르르 웃는 사춘기 소녀의 속살을 닮은 연한 분홍색.

전조등도 켜지 않은 택시 한 대가 순철의 앞으로 스르르 다가왔다. 씨클로 영감이 헉헉거리며 택시의 뒤를 따라 달려왔다. 수동식 미터기가 달린 프라이드 택시였다. 택시 운전석 창문이 끽끽 소리를 내며 내려갔고, 뚱뚱한 운전사의 얼굴이 불쑥 튀어나왔다. 나트륨 등에 비친 운전사의 얼굴은 노랗게 보였다. 알코올 중독에 따른 간경화로 오늘내일 하는 중환자의 낯빛이었다.

씨클로 영감이 조수석 문을 열더니 손짓으로 순철을 불렀다. 순철은 여전히 철제문 앞에 기대 서 있었다. 순철은 노안이 갑자기 찾아온 중년 여성의 눈빛으로 편지를 읽었다. 죽어가는 대수의 신발 속에서 나온 분홍색 편지를.

"헤이, 헤이, 헤이."

순철을 부르는 씨클로 영감의 목소리가 점점 높아졌다.

순철은 왼손을 어깨 높이로 들었다. 닥치고 기다리라는 손짓이었다. 영감은 말없이 기다렸다. 프라이드 택시 운전사는 담배를 꺼내 물고 라이터를 켜 불을 붙였다.

지붕에 경광등을 단 자동차 한 대가 맹렬한 속도로 병원 앞으로 질주했다. 사이렌 소리가 요란하게 퍼졌다. 담배를 피우던 택시 운전사의 눈동자가 동그래졌다. 운전사의 동그란 눈동자에 경광등 불빛이 어른거렸다. 경광등 자동차가 순철이 서 있던 철제문 앞에서 급하게 브레이크를 밟았다. 고무 타는 냄새가 진동했고, 하얀 연기가 노란 나트륨 등 아래로 퍼졌다. 노란 바탕에 하얀 물감을 풀어 놓은 것처럼.

자동차의 문이 열리고, 한 남자가 천천히 내렸다. 남자의 뒤를 따라 안경을 쓴 젊은 여자가 튀어나왔다. 남자는 성큼성큼 걸었고 여자는 종종걸음으로 그 뒤를 쫓았다. 남자는 편지를 읽는 순철의 옆을 스쳐 지나갔다. 여자는 순철의 얼굴을 흘깃 쳐다보며 고개를 갸웃거렸다. 느닷없는 경광등 자동차의 출현. 하지만 순철은 미동도 없었다. 얼굴을 들지도 않고, 묵묵히 편지를 읽었다.

순철을 스쳐 지난 남자는 민 형사였다. 경찰서 취조실에서 도식을 심문했던 태평한 표정의 민 형사. 종종걸음의 여자는 통역사이자 와사비에서 아르바이트를 하는 린이었다. 그들은 철제문을 활짝 열고 안으로 천천히 들어갔다. 그들이 타고 온 자동차는 여전히 경광등을 반짝이며 으르렁대고 있었다. 경광등의 요란한 불빛이 사이공의 밤거리를 더욱 혼란스럽게 만들었다.

순철을 태운 프라이드 택시는 좁은 골목길을 돌고 돌며 달렸다. 미로 같은 골목길이 끝없이 펼쳐진 것 같았다.

가도 가도 그 끝을 알 수 없는 사이공의 미로.

택시 안은 후텁지근했다. 에어컨 바람에서는 곰팡내가 났다. 구슬픈 곡조의 베트남 노래가 택시 안을 가득 채웠다.

노란 가로등 아래 노란 사람들. 노란 사람들은 음식을 먹고 있었다. 플라스틱 의자에 앉아 허겁지겁 음식을 먹어치우느라 바쁜 노란 사람들이 순철의 곁을 휙휙 스쳤다. 가로등 불빛이 미치지 않는 어둠의 공간은 삐쩍 마른 개들이 차지한 지 오래였다. 들러붙은 개들. 음식 쓰레기를 먹고 있는 개들. 암흑을 향해 컹컹 짖는 개들. 순철은 무심한 눈으로 사이공의 개들을 바라봤다.

프라이드 택시를 탄 순철은 호텔이 아닌 다른 주소를 운전사에게 말해줬다. 순철의 어색한 베트남어를 운전사는 알아듣지 못했다. 순철은 분홍색 편지를 동그란 눈동자를 가진 운전자의 면상에 들이밀었다. 운전사의 곁에 앉은 씨클로 영감이 주소를 빤히 들여다봤다.

미로를 돌고 돌아 프라이드 택시가 드디어 멈췄다. 3층짜리 건물 사이에 푹 박힌 허름한 단층 건물. 녹슨 폐전함 같은 분위기를 풍기는 낡은 콘크리트 건물이었다. 건물 앞에는 잡초가 무성했다. 씨클로 영감이 뒷좌석에 앉은 순철을 향해 고개를 돌렸다. 영감의 앙상한 손가락이 건물 입구를 가리켰다. 주름 가득한 영감의 입술이 위로 올라갔다. 알 수 없는 미소였다. 100년 전에 빠진 듯한 앞니 사이로 커다란 구멍이 보였다.

"오케이?"

여기를 기어코 들어가겠냐는 표정으로 영감이 말했다.

아무런 말도 없이 순철은 택시에서 내렸다. 기다리라는 말도 없었다. 순철은 주머니를 뒤져 달러를 꺼냈다. 운전사에게 10달러. 영감에게도 10달러. 씨클로 영감의 운수 좋은 날은 여전히 이어지고 있었다.

철제 셔터가 건물의 입구를 가로막고 있었다. 녹슨 그물처럼 생긴 철제 셔터였다. 순철의 억센 두 손이 셔터 손잡이를 잡았다. 셔터 문은 쉽게 열렸다. 소리도 나지 않았다. 셔터 너머는 암흑이었다. 속을 알 수 없는 음흉한 계집의 좁은 마음 같은 암흑. 순철은 망설였다. 순철은 주먹을 움켜쥐었다. 분홍색 편지가 그의 손바닥 안에서 우그러졌다.

깜깜한 건물 안에서 시멘트 냄새가 났다. 쥐새끼 한 마리가 살금살금 기어가는 소리가 들렸다.

어둠 속을 멍하니 바라보던 순철이 라이터를 켰다. 주위가 조금 환해졌다. 휑뎅그렁한 공간이었다. 가구 하나 없는 빈집이었다. 곰팡내와 시멘트 냄새가 섞인 황량한 공기가 가득 찬 살풍경한 어둠 속의 빈집. 멍하니 서 있던 순철은 택시 운전사에게 얻은 담배를 꺼내 불을 붙였다. 아라비아 숫자 555가 선명히 새겨진 담배였다. 담배의 불똥이 필터에 닿을 무렵, 빈집의 형태가 순철의 눈에 희미하게 드러나기 시작했다. 아무렇게나 칠해진 페인트가 군데군데 벗겨진 벽. 화상 입은 환자의 녹아내린 피부 같은 너덜너덜한 벽이 순철의 눈에 들어왔다. 다섯 평 남짓한 공간이었다. 바닥은 곳곳이 깨진 타일이었다.

순철은 조심조심 어둠 속으로 발을 옮겼다. 구석에 대형 여행 가방 하나가 놓여 있었다. 가방의 지퍼가 조금 열려 있는 것을 본 순철은 손을 뻗어 가방을 툭 건드렸다. 아무런 반응도 없었다. 순철은 여행 가방을 조심스럽게 열었다. 정수리가 보였다. 작은 아이의 정수리였다. 몸을 동그랗게 웅크린 작은 아이가 가방 안에 들어 있었다. 그는 무릎을 꿇고 서둘러 지퍼를 끝까지 내렸다. 가방이 완전히 열렸다. 앉아 있던 아이가 툭 하고 옆으로 쓰러졌다. 순철의 억센 팔뚝이 아이를 안았다. 아이의 사타구니 부근에 붉은 선혈이 비쳤다. 눈을 꼭 감은 아이의 몸은 서늘하기 그지없었다. 타일 바닥보다 더 서늘한 아이의 작은 몸뚱이였다.

아이의 얼굴 윤곽이 서서히 순철의 눈동자에 들어왔다. 가느다란 팔을 축 늘어뜨린 작은 아이. 가는 목을 가누지 못하는 여린 아이. 사타구니에서 피를 뚝뚝 흘리는 그 아이는 기승의 딸이었다. 순철의 작은딸과 같은 나이였다.

무릎을 꿇은 순철의 등 뒤에서 셔터 문이 활짝 열렸다. 천장 한 구석에 매달린 전등이 번쩍 켜졌다. 푸르스름한 빛이 순식간에 퍼졌다. 어둠에 적응한 지 오래인 순철의 눈이 저절로 감겼다. 아이를 안은 순철이 천천히 고개를 돌렸다. 순철의 등 뒤, 씨클로 영감과 택시 운전사가 위태롭게 서 있었다. 영감은 입을 쩍 벌렸고, 택시 운전사의 동그란 눈동자는 더욱 동그래졌다. 철제 셔터 저 너머 어딘가에서 철커덩철커덩 기차 소리가 들렸다. 기차는 캄캄한 밤하늘을 향해 신경질적으로 경적을 울리며 저 너머로 멀어져갔다.

새벽의 황당한 청혼

"놀랬죠? 난데없이 커피 사달라고 해서."

허름한 소파에 몸을 묻은 통역사 린이 말했다. 사이공 구석에 위치한 작은 심야 카페였다.

"괜찮아요. 오늘 자주 보네요."

피곤한 표정의 도식이 말했다.

안경을 벗고 머리를 풀어내린 린의 분위기는 경찰서 취조실, 일식당 와사비에서와는 사뭇 달랐다. 나이가 더 들어 보였고 이목구비는 뚜렷했다. 오뚝한 콧날과 다부진 입술, 빈틈 없는 눈매를 가진 젊고 작은 여자가 도식을 빤히 바라봤다.

"오늘은 정말 바쁜 하루였어요. 낮부터 저녁까지 경찰서에 병원에, 또 밤에는 식당 아르바이트……."

"나도 바빴던 것 같군요. 머리통도 깨졌고 변태 같은 베트남 형사도 만났고 더 변태 같은 영사관 직원과 술도 마셨고 이렇게 아름다운 여성과 함께 커피도 몇 잔째 마시고 있으니, 이것 참……."

"그런 농담 하면 재미있어요?"

"아뇨. 농담이 아니라 진심입니다."

"맥주가 또 들어가요?"

빨대를 입에 문 린이 진지한 표정으로 물었다. 도식은 어깨를 으쓱하며 맥주를 홀짝인 후 대답했다.

"힘드네요. 입술만 적시는 거죠. 물 대신 맥주로."

"그나저나 바쁘신 것 같은데, 무슨 용무로 이 밤중에 나를 보자고 했소?"

"……."

도식의 질문에 린은 한참 동안 말이 없었다.

가는 입술과 작은 치아로 커피 잔에 꽂힌 빨대를 질근질근 씹던 린이 도식을 빤히 바라보며 입을 열었다. 그녀의 작은 입술 사이에서 옅은 한숨이 먼저 흘러나왔다.

"도식 씨라고 불러도 되죠?"

"……."

"도식 씨, 당신 왜 풀려났는지 알아요?"

"……."

"김대수라고 알죠? 경찰은 그 사람을 유력한 용의자라고 생각하는 것 같아요."

린의 입에서 '김대수'라는 이름이 튀어나왔다. 테이블 위에 있던 담뱃갑에서 담배 한 개비를 서둘러 뺀 도식이 급하게 불을 붙였다.

"김대수 그 사람, 아이리스 아파트 지하 주차장 한쪽 구석에 쓰러져 있었대요. 오늘 오후에 경비원이 발견했는데, 머리에 큰 상처가 있었대요. 경찰이 흐엉의 휴대전화를 확인했는데, 김대수와 메시지를 주고받은 내용이 있었고요. 그 사람이 흐엉을 죽였는지, 아니면 흐엉이 스스로 목숨을 끊었는지 알 수는 없어요. 하지만 아무튼 사건 현장에 김대수가 있었다는 건 분명한 사실이고, 당신은 알리바이가 입증됐죠."

"김대수, 지금 어디 있답니까?"

"벤탄 마켓 근처 시민 병원 중환자실에 있어요. 피투성이가 된 김대수를 발견한 아파트 경비원이 구급차를 불렀대요. 경비원도 지금 조사를 받고 있어요."

"경비원이 대수 지갑에서 뭐라도 훔쳤답니까?"

"그건 잘 모르겠어요."

"경비원이 용의자로 넘어가겠군요. 내 생각엔 말이죠."

"왜 그렇게 생각하죠?"

"대수 그놈, 지갑에 몇천 달러씩 현찰로 가지고 다닙니다. 항상 빈털터리인 나와는 많이 다르죠. 머리에 피를 흘리는 대수를 발견한 경비원이 지갑을 뒤져봤을 것이고, 내가 경비원이라면 돈을 싹 싹했겠죠."

"당신 기준으로 너무 앞서나가지 마세요. 약간 불쾌해요."

"그런가요?"

"……."

"그나저나 그것 알려주려고 이 한밤에 날 보자고 한 겁니까? 어차피 나도 내일이면 알 수 있을 것 같은데."

흐엉의 죽음, 대수가 곧 죽게 생겼다는 소식을 듣고도 아무런 동요가 없는 도식의 말에 린의 표정이 살짝 굳어졌다.

심야 카페 천장에서는 시커먼 먼지를 잔뜩 뒤집어쓴 팬이 천천히 돌았다. 팔꿈치를 바에 얹은 늙은 바텐더가 고개를 들어 그 시커먼 팬을 응시했다. 바텐더의 졸린 눈동자와 팬이 뿜어내는 처량한 바람이 심야 카페를 가득 채웠다.

"난 흐엉을 잘 알아요. 흐엉의 남편 기승 씨도 몇 번 봤어요. 흐엉에게 당신 이야기도 많이 들었어요. 또 어젯밤에 당신과 잤던 응언도 조금 알아요. 의식불명의 김대수 씨도 아까 보고 왔어요."

린이 정확한 한국어 발음으로 또박또박 말했다.

'죽은 흐엉을 알고, 기승을 알고, 대수를 봤고, 응언을 조금 안다는…… 이 여자는 누구인가.'

도식은 맥주를 들이켰다. 유리잔을 가득 채운 누런 액체가 절반으로 뚝 줄어들었다.

"내 한국말 어때요? 그럭저럭 괜찮나요?"

"훌륭해요. 나보다 더 나은 것 같소."

느닷없는 린의 질문에 도식이 성실한 말투로 대답했다.

"우리 외할아버지가 한국 사람이래요. 할머니와 아빠는 베트남분이죠. 그러니까 내 몸의 4분의 1이 한국 사람이라는 말이겠죠. 엄마는 절반이 한국 사람인 거고요."

묻지도 않은 자신의 혈통을 밝히며 린이 싱긋 웃었다.

"반가운 이야기는 아니군요. 난 한국 사람, 아니 한국 여자 별로거든. 당신 몸에도 한국 사람 피가 흐른다니 약간 섬뜩하고. 내가 뭐 상관할 일은 아니지만……. 당신이 순수한 베트남 여자라면 훨씬 매력적일 거요. 내 생각엔 뭐, 그렇다는 거요."

도식이 푸르스름한 담배 연기를 길게 내뿜으며 말했다.

"당신 생각은 상관없어요."

"그런데 그런 이야기를 나한테 하는 이유가 뭐요?"

도식의 말투가 약간 무례해졌다.

"우리 할아버진 전쟁 때 한국에서 사이공에 파견된 전기 기술자였다고 해요. 사이공에서 할머니를 만났고, 아마도 사랑이라는 걸 했겠죠. 그 결과로 우리 엄마가 세상에 나왔고요. 그래서 나까지 나온 셈이죠."

"그 망할 할아버지는 살아 있답니까?"

"몰라요. 할머니도 모르고 엄마도 모르고 나도 몰라요. 하지만 할아버지는 할머니의 가운데 손가락에 붙어 있죠. '미스터 림'이라는 이름으로."

"뭐요? 가운데 손가락에 할아버지가 붙어 있어요?"

도식이 린의 얼굴을 향해 가운데 손가락을 위로 들며 물었다.

"할머니가 문신을 새겼어요. 결혼반지가 들어갈 자리에 반지 대신 문신을 새긴 거죠. 그것도 직접. 파란색 문신이었는데 지금은 문신도 할머니랑 함께 늙어서 거무스름하게 빛이 바랬어요."

"참 잘나신 할아버질 뒀군요. 멋진 양반이네요."

"전쟁이 한창이던 70년대 초반에 할머니는 애를 뱄어요. 우리 엄마였죠. 할머니의 임신을 안 할아버진 한국으로 돌아갔고, 지금까지 소식이 없죠."

쓰디쓴 커피를 한 모금 빨아들인 린이 상냥하게 말했다.

"난 지금 할아버지가 필요해요."

"설마 나더러 당신 할아버지 역할을 하라는 건 아니겠죠?"

"이것 봐요. 당신은 우리 할아버지처럼 잘생기지 못했어요. 그리고 우리 할아버지보다 훨씬 늙었어요. 한번 볼래요?"

린이 빨간 비닐 재질의 싸구려 장지갑을 열더니 깊숙한 곳에서 흑백 사진 한 장을 꺼냈다. 비닐로 코팅이 된 흑백 사진. 여자의 작은 손바닥에 쏙 들어가는 크기의 사진에는 단정하게 머리를 정리한 젊은 남자와 수줍은 기색이 역력한 젊은 여자가 들어 있었다. 사진 속 젊은 여자는 린을 빼다박은 얼굴이었다. 젊은 남자는 흑백 영화 시대의 유명 배우 같은 단호한 표정이 인상 깊었다.

"할머니가 많이 아파요. 아프기 전엔 할아버지 얘길 꺼내지도 않았는데, 할머니가 할아버질 보고 싶어 해요. 볼 수 없다면 생사라도 알고 싶어 하죠. 그래서 난 할아버지가 필요해요."

"그래서 내가 뭘 하면 되지? 당신 할아버지처럼 성형수술이라도 하라는 소리는 아니겠고. 대체 나한테 바라는 게 뭐요?"

조심스레 사진을 지갑에 다시 넣은 린이 중얼거리는 도식을 한심하다는 표정으로 쳐다봤다. 지갑의 작은 단추를 꾹 눌러서 잠근 그녀가 조그만 입을 열었다.

"나랑 결혼해줘요."

도식이 담배에 불을 붙였다. 한 손에 담배를 든 도식이 고개를 푹 숙이더니 남은 맥주를 한 번에 들이켰다. 늙은 바텐더가 잽싸게 맥주 한 잔을 손에 들고 달려왔다.

"당신, 제정신이오?"

"난 아주 말짱해요."

통역사 린이 사이공의 심야 카페에서 도식에게 청혼했다. 설렘도 없고, 기쁨도 없고, 불길할 것도 없고, 희망도 없고, 절망적이라 할 것도 없는 전격적인 심야의 청혼이었다.

10여 년 전, 파워포인트 파일 몇 장으로 수십억 원이 넘는 돈다발과 강남 노른자위 빌딩의 50평 사무실을 제공받았던 환장할 프레젠테이션 이후로 가장 황당한 순간이라고 도식은 생각했다.

"흐엉에게 들었어요. 당신 지금 혼자라면서요? 아, 그리고 또 하나. 당신 고향이 강원도 묵호라는 곳이죠? 임신한 부인 내팽개치고 한국으로 도망친 잘난 할아버지 고향이 거기예요. 강원도 묵호."

린이 상냥하게 말했다. 그녀는 희미하게 웃고 있었다.

심야 카페 천장의 팬은 여전히 삐걱대며 돌았다. 남루한 옷을 입은 백인 남자 한 명이 불쑥 카페 문을 열고 들어오더니 바텐더 앞에 털썩 앉았다. 남자의 몸에서 시큼한 땀 냄새가 풍겼다. 백인 남자를 흘깃 쳐다본 린은 가느다란 팔꿈치를 테이블 위에 올려놓고 얼굴을 도식 쪽으로 들이밀었다. 그녀가 입술을 오물거리며 말했다.

"당신은 아무것도 할 거 없어요. 내가 다 준비해놨어요. 당신이 할 일은 내일 아침 일찍 나랑 만나는 거죠. 나랑 같이 우리 고향 마을로 가서 우리 할머니를 봐요. 내 남편감이라고 할머니께 말해 놓을게요. 고향 집에서 우리 가족이랑 함께 식사 한 번 하면 끝이에요. 어머니와 할머니만 보면 돼요. 나랑 결혼해서 한국 같이 간다고 할 거예요. 고향 다녀온 후엔 나랑 같이 한국 영사관에 들러요. 결혼 신고서랑 다른 필요한 서류들은 내가 다 알아서 할게요. 결혼 서류 통과되면 난 한국으로 갈 거고요. 한국에서 할 일이 있어요. 당신은 여기 있든지, 한국으로 가든지 알아서 해요. 결혼 생활은 2년만 유지해주면 되고요. 알아들었어요?"

그녀는 꼬장꼬장한 선생님처럼 말했다. 도식은 고개를 슬쩍 끄덕였다.

"그러니까 당신은 한국 비자가 필요한 거로군. 장기 체류 비자."

"이해가 빠르시네요."

"이런 일은 으레 대가가 있기 마련인데……. 그래, 내가 얻는 건 뭐지?"

도식이 고개를 천천히 끄덕이며 물었다.

"아, 미안해요. 나는 돈이 없어요. 비행기 티켓, 결혼 수속 비용, 뇌물로 다 갖다 바쳤어요. 여기 직장 월급이 얼마인 줄은 알죠? 돈 대신 나를 가져요. 당신만 괜찮다면. 내일부터 2박 3일 동안 나랑 자요. 섹스하고 싶으면 마음껏 해요. 당신이라는 남자, 응언에게 들었는데 무지 밝힌다죠? 젊은 여자라면 환장하는 늙은 남자, 그 잘난 이름 양도식."

린이 얼굴을 붉히며 말했다.

"응언? 응언이 누구야?"

도식이 물었다.

"응오반남 유키에서 일하는 응언. 당신하고 경찰서에 온 응언. 가슴 빵빵한 응언. 응언 몰라요?"

"아, 그녀하고 친구야?"

도식이 반말로 말했다. 언제부터 린에게 반말을 했는지 도식은 기억하지 못했다.

"나도 유키에서 일했어요. 한국 남자, 일본 남자, 타이완 남자, 싱가포르 남자에게 술을 따랐죠. 한국 갈 비용 모으느라 일했어요. 나도 화장하고 야한 옷 입으면 그런대로 볼 만하거든요."

"몸도 팔았겠군. 참, 장한 청춘이야. 장하고도 환장할 창녀들의 청춘."

도식이 빈정거리며 말했다. 린의 얼굴은 무표정했다.

"내 고향은 달랏이라는 도시예요. 달랏 알죠? 당신들, 골프 때문에 종종 간다고 흐엉에게 들었어요. 달랏에서 가까운 작은 시골마을이 우리 고향이죠. 내일 아침 일찍 나랑 만나서 버스로 가요. 달랏 리조트에서 운영하는 셔틀버스가 있어요. 갈 때는 버스로, 올 때는 비행기로 올 거예요. 깨끗한 옷을 입고 왔으면 좋겠네요. 오늘은 잠도 좀 푹 자도록 해요. 당신 눈동자 색깔이 빨갛고 노래요. 병든 토끼 같아요. 신랑감 데리고 가는 건데, 그래도 좀 깔끔한 게 낫지 않겠어요?"

"당신 정말 멋지군. 정말 멋져. 멋진 여자야. 좋아, 나랑 결혼해. 달랏도 가고, 당신 고향 집에도 같이 가자고. 원한다면 평생 동안 주민등록부에 남편으로 이름을 올려주지. 어렵지 않아. 아, 그리고 당신이랑 잠 잘 생각은 없어. 당신, 내 스타일 아니야. 가슴도 너무 작고, 당신 거기에선 마늘 냄새가 날 거 같아. 당신 허리도 너무 굵다고. 그렇지만 공짜는 싫으니까 내가 뭔가를 요구할 수도 있겠지.

페니스가 녹을 때까지 빨아달라고 하면 할 수 있겠지?"

방금 전까지만 해도 멍청이 같던 도식의 눈에 총기가 돌았다. 싸구려 각성제를 먹은 빈털터리 마약 중독자처럼 도식이 빠르게 말했다.

"죽은 흐엉과는 무슨 관계야? 흐엉 남편인 기승에게 몸이라도 팔았던가?"

"이것 봐요, 양도식 씨. 어리광 부리지 말아요. 나이도 많은 남자가 왜 그래요? 푸미흥에 있는 한국어 학원에서 과외 교사로 잠깐 일했어요, 대학교 다닐 때 아르바이트로. 흐엉에게 한국말 가르쳤어요. 흐엉의 한국말 선생님. 뭐가 그리 궁금한 게 많죠? 아무 의미 없이 그럭저럭 대충 사는 남자라고 들었는데, 원래부터 그런 건 아닌가봐요?"

"……."

"난 내일부터 당신 아내가 될 거예요. 진짜 아내처럼 행동할 테니 당신도 남편처럼 나를 대해줘요. 적어도 우리 가족 앞에서는. 부탁이에요. 알았어요? 그런데 당신 참 이상한 사람이네요. 친구가 죽어가고, 친한 선배가 사라지고, 그 선배의 와이프가 죽었는데 계속 술이나 마시고 있을 건가요?"

"내일 결혼할 겁니다. 어떤 한심한 미인이랑."

린이 피식 웃었다. 도식은 다시 피곤한 멍청이로 돌아갔다.

"시간이 너무 늦었어요. 오늘은 이만 들어가요. 내일 아침 일곱 시에 봐요. 여기 주소."

린이 도식에게 쪽지를 건넸다. 용모 단정한 사춘기 중학생이 꼭 꾹 눌러 쓴 것 같은 베트남 여성 특유의 필체였다. 그녀가 건넨 쪽지에는 노숙자 같은 여행자들이 득실대는 팜응라우 거리 주소가 적혀 있었다.

"이틀 있을 거니까, 옷은 알아서 챙겨 와요. 될 수 있으면 긴 바지를 입었으면 좋겠어요. 알았죠? 아, 여기 계산은 내가 할게요. 오늘부터 계산은 내가 해요. 결혼 수속 끝날 때까지. 그럼 내일 늦지 말아요."

소파에서 일어난 린이 크게 하품을 하던 바텐더에게 뭐라고 말했다. 둘은 고개를 끄덕이며 환하게 웃었다. 린이 카페 문을 열다 말고 뒤를 돌아봤다. 담배를 다시 문 도식이 빨리 가라는 듯 턱짓을 했다. 린은 고개를 끄덕이고는 문을 열고 조용히 카페를 빠져나갔다.

도식은 맥주 한 잔을 더 주문했다. 바텐더는 말없이 고개를 끄덕였다. 도식은 창가로 자리를 옮겼다. 사이공의 밤거리는 평화로웠다. 창 너머 창백한 가로등 불빛이 도식의 얼굴을 비쳤다.

하루의 영업을 끝낸 여급들이 서둘러 집으로 돌아가고 있었다. 헬멧을 쓴 여급들은 소녀 같았다. 조잘조잘 입을 바삐 놀리는 순수한 소녀들. 소녀들의 눈동자가 가로등 불빛에 반짝거렸다. 골목길 위에 어린 별들이 떠다니는 것 같았다. 어두운 골목에서 소녀들의 허름한 오토바이가 꾸역꾸역 나왔다. 머리를 기른 소년들이 오토바이를 끌고 와 소녀들에게 키를 건넸다.

허름한 심야 카페의 창가 자리에 앉아 사이공의 밤거리를 바라보던 도식의 뱃속에서 차디찬 욕지기가 올라왔다. 도식은 차디찬 맥주를 꿀꺽 삼켰다. 차디찬 맥주로 차디찬 욕지기를 가까스로 덮었다. 무궁무진한 욕지기였다. 욕지기가 겨우 덮어졌을 때, 휴대전화가 울렸다. 누굴까. 휴대전화 깊숙한 곳에서 으르렁거리는 듯한 남자의 목소리가 흘러나왔다. 하루 종일 까맣게 잊고 있던 순철이었다.

"어디냐?"

순철이 물었다.

"사이공 시내 카페. 형은 어딘데? 별일 없지?"

"대수가 다쳤어. 기승 형 딸도 작살났고. 너는 괜찮은 거냐?"

순철이 흥분한 목소리로 말했다.

"대수 얘긴 방금 전에 들었어. 기승 형 딸이 작살이 나다니? 무슨 일이야?"

도식이 차분하게 중얼거렸다.

"대수 다친 거 방금 전에 들었다고? 누구한테?"

"……."

순철의 질문에 도식은 아무 말도 하지 않았다.

"너 지금 호텔로 올래? 대수가 묵었던 호텔 알지?"

"알았어. 조금 있다 갈게. 형은 지금 어디야?"

"나도 모르겠다. 주소가 있기는 한데, 어딘지는 모르겠어."

"기승이 형 딸은 어디가 다친 거야?"

"병원으로 보냈다. 내일 같이 가서 보자."

"알았어. 기승이 형 와이프 죽은 거 알지?"

"뭐라고? 흐엉이 죽어?"

"그 일 때문에 오늘 경찰서 갔다 왔어. 하루 종일 경찰서에서 조사받았어."

"……."

"아이리스에서 흐엉의 시신이 발견됐고, 대수는 지하 주차장에서 발견됐어. 여기 경찰이 대수를 용의자로 보는 것 같아. 어이없는 말이지만."

"그럼 뭐야? 흐엉이 죽고, 대수는 다 죽어가고, 기승이 형은 사라졌고, 딸도 작살나고……. 여기 빚쟁이들이 복수라도 한 건가? 무서운 놈들이네, 이 좆같은 베트콩 새끼들……."

"잘 모르겠어. 일단 만나자고. 좀 있다 호텔로 갈게."

"알았다. 호텔에서 보자. 조심해서 와라."

"그래. 형도 조심해."

순철과 통화를 마친 도식은 맥주를 한 잔 더 주문했다. 천천히 맥주를 마신 도식은 인적이 끊긴 거리로 나와 택시를 타고 동코이의 비즈니스 호텔로 향했다. 도식은 졸고 있던 호텔 직원을 깨워 대수의 이름을 댄 후 키를 받아 객실로 향했다.

객실에는 순철이 없었다. 창문은 열려 있었다. 구겨진 침대 시트에는 체온이 남아 있었다. 욕실 바닥은 흥건했다. 타월은 축축했다.

"이 인간이 또 어디로 샜나?"

샤워를 마친 도식이 더블베드 위로 중얼거리며 쓰러졌다.

꿈도 없는 깨끗한 잠을 잔 도식은 아침 6시에 눈을 번쩍 떴다.

순철의 트렁크를 열어 구겨지지 않은 면바지를 꺼내 입은 도식은 거울을 보며 머리를 손질한 후 엘리베이터를 타고 호텔 로비로 향했다. 푸른색 아오자이를 입은 여직원과 눈인사를 나눈 도식은 호텔 앞에 대기하고 있던 택시에 올라탔다.

"디 팜응라우."

간결한 도식의 말에 택시 운전사는 뒤도 돌아보지 않고 고개를 끄덕였다.

무념, 무실, 무상, 무감의 어린 창녀

네 번째 만남이었다.

경찰서 취조실의 린. 얼굴도 목소리도 기억나지 않았다. 용의자의 곁을 지키는 따분한 공무원일 뿐이었다. 일식당 와사비에서의 린. 철딱서니 없는 귀여운 소녀 같았다. 꺾으면 이내 부러질 것 같은 삐쩍 마른 가난한 소녀. 심야 카페에서의 린. 퇴락한 어린 창녀의 모습이었다. 스무 살이 되기 전 수백 수천의 남자를 받은 무념, 무실, 무상, 무감의 창녀.

네 번째 린이었다. 소녀도 창녀도 공무원도 아닌 평범한 젊은 여자가 어깨를 움츠리고 여행사 사무실의 문 앞에 위태롭게 서 있었다. 추워 죽겠다는 표정이었다. 배낭 여행자들이 모이는 팜응라우 거리였다. 아침 7시였다.

그녀는 몸에 딱 붙는 색 바랜 청바지를 입고 있었다. 종아리가 드러나는 짧은 바지였다. 헐렁한 흰색 셔츠 아래 드러난 가슴은 의

외로 봉긋했고, 종아리는 젓가락처럼 가냘펐다. 영양실조에 걸린 암탉의 다리 같았다. 젓가락 같은 종아리 아래 가냘픈 발목이 붙어 있었다. 한 손에 쥐어질 것 같은 얇은 발목.

야구 모자를 쓴 린의 손에는 바퀴 달린 커다란 여행 가방의 손잡이가 들려 있었다. 세상풍파를 다 겪은 듯한 낡은 가방이었다.

택시에서 내리는 도식을 본 린이 다행스럽다는 눈빛으로 고개를 끄덕였다. 가냘픈 어깨는 여전히 움츠린 상태였다.

"늦지 않았네요."

린이 살포시 웃으며 말했다.

린에게 눈인사를 한 도식이 손등으로 눈을 비볐다. 날이 선 감색 면바지에 검은색 스니커즈를 신은 도식의 손에는 아무것도 들려 있지 않았다. 발목이 드러나는 짧은 바지였다. 양말은 신지 않았다.

"가방도 없어요? 갈아입을 옷도 없을 텐데."

"부인이 사주지 않겠소."

도식이 무표정하게 말했다. 린이 어이없다는 표정으로 도식을 위아래로 훑어봤다.

"아침 먹어요. 쌀국수 괜찮아요?"

"아무거나. 맥주나 한 잔 할까."

린은 아무 말도 하지 않고 성큼성큼 발걸음을 옮겼다. 도식은 조용히 그녀의 뒤를 따랐다. 약 스무 발자국을 걸은 린이 한 식당으로 쏙 들어갔다.

"버스는 30분 후에 떠나요. 달랏으로 가는 미니버스. 버스로 달랏 간 적 없죠? 산길이 많아서 멀미할 수도 있어요. 당신 멀미 안해요?"

쌀국수 한 그릇을 순식간에 비운 린이 말했다.

멀미라. 도식은 멀미의 증상을 생각했다. 멀미가 뭐지? 메스꺼움? 구역질? 구토? 어지러움? 멀미를 언제 했는지, 어젯밤에 멀미를 하지 않았는지, 지금도 멀미를 하고 있는 것은 아닌지 도식은 생각했다.

"무슨 생각해요? 바보같이."

린이 눈을 크게 뜨고 물었다.

"아, 아무것도. 원래 내가 좀 멍청한 표정 잘 지어요. 요즘 아이들은 멍 때린다고 하던데……."

"멍을 때려요?"

린이 피식 웃으며 말했다. 뭐 이런 인간이 다 있느냐는 듯한 표정이었다.

도식이 턱짓으로 나가자는 신호를 보냈다. 도식의 앞에 놓인 쌀국수는 주방에서 나올 때 모습 그대로였다. 도식은 차가운 커피만 두 잔째 들이켜던 참이었다. 린이 뒷주머니에서 돈뭉치를 꺼내더니 서둘러 계산을 끝냈다. 푸르스름한 베트남 지폐 뭉치가 그녀의 뒷주머니에 처박혀 있었다. 어디서 많이 본 풍경이다. 도식은 멍한 눈빛으로 돈다발을 쳐다봤다.

커다란 배낭을 짊어진 여행자들이 종종걸음으로 어딘가로 향한다. 뚱뚱한 식당 남자는 뚱뚱한 주방장만이 만들 수 있는 불어터진 국수를 삶고 있다. 손님을 찾는 매서운 눈초리의 씨클로 기사들은 서로 다른 자세로 아침부터 더러운 도로변에 도열해 있었다. 서 있는 기사, 쪼그려 앉은 기사, 한쪽 다리를 덜덜 떠는 기사.

하얀 제복 입은 젊은 택시 운전사들은 길가에 쪼그리고 앉아 도시락을 먹고 있다. 세상 걱정 없는 미소를 지으며 택시 운전사들은 꾸역꾸역 밥을 먹었다. 스티로폼 용기에 담긴 따뜻한 밥이었다.

여행자, 잡상인, 운전사, 요리사, 구걸꾼, 얼간이, 애송이, 염탐꾼, 주정꾼들이 마구 뒤섞인 팜응라우의 아침 공기 속으로 도식과 린은 뚜벅뚜벅 발걸음을 옮겼다.

12인승 미니버스가 린과 도식을 기다렸다. 버스의 뒤꽁무니에서 검은 연기가 콸콸 쏟아져나온다. 옆머리를 널어 벗겨진 머리통을 가린 운전기사가 하품을 하다 말고 버스에 오르는 도식과 린을 쳐다봤다. 나이를 가늠할 수 없는 얼굴의 소유자다. 린이 버스 속으로 먼저 들어갔고 도식이 그 뒤를 따랐다. 운전사 바로 뒤에 자리를 잡은 린의 옆자리에 도식이 엉덩이를 걸쳤다. 버스의 좌석은 운전석을 포함해 4열이었다.

7시 30분에 출발한다던 미니버스는 8시까지 시동을 켠 채 움직이지 않았다. 8시를 막 넘겼을까. 젊은 백인 여자가 땀을 뻘뻘 흘리며 버스에 올랐다. 버스의 뒷바퀴가 내려앉을까 걱정이 될 정도의 거대한 체구의 여자. 커다란 배낭을 짊어진 거대한 여자는 린을 힐끗 쳐다보더니 버스 꽁무니에 몸을 숨겼다.

"난 좀 잘게요. 아마 여덟 시간은 걸릴 거예요. 당신도 눈 좀 붙여요."

손등으로 눈을 비비던 린이 곧바로 차창에 머리를 기대고 잠이 들었다.

버스가 힘겹게 출발했다. 출근길의 교통정체가 시작된 지 오래였다. 버스는 오토바이, 택시, 자전거, 보행자를 겨우겨우 뚫고 나갔다. 식민지 시대에 지어진 고풍스런 건물이 가득한 사이공 시내를 빠져나가는 데만 한 시간이 넘게 걸렸다. 시내를 벗어나자 황무지 같은 누런 땅 위에 고층 건물, 저층 건물, 개인 주택들이 군데군데 솟아나고 있었다. 피곤에 절은 젊은 남자가 자전거를 타고 갓길을 천천히 달렸고, 도로 옆 나무 그늘 아래 설치된 해먹 위에 올라탄 중년 남자들은 담배를 피우며 이리저리 흔들렸다.

도식은 멍한 눈길로 차창 밖을 휙휙 지나는 의미 없는 풍경을 쳐다봤다. 온갖 종류의 과일을 파는 노변 가게가 보였고 김이 나는 더운밥을 파는 간이식당도 보였다. 까맣게 탄 얼굴의 아이들이 북적대는 허름한 PC방도 보였다.

죽은 사람이 들어가는 온갖 종류의 관이 쌓여진 관 가게를 버스가 지날 무렵, 린의 머리가 도식의 어깨로 툭 떨어졌다. 린의 작은 머리통이 도식의 어깨 위에 얹어졌다. 윤기가 흐르는 머리카락, 그녀의 복숭앗빛 뺨에서 희미한 코코넛 향기가 풍겼다.

젊은 베트남 여자의 몸에서는 언제나 코코넛 향기가 났다.

도식에게는 익숙한 향기였다. 베트남 여자들의 몸에서는 왜 코코넛 냄새가 나는지 도식은 알 수 없었다. 늙은 한국 여자들의 몸에서 젓국 냄새가 나는 이치려니 하고 도식은 생각했다. 잠시 후 코코넛 냄새를 풍기는 젊은 여자의 작은 머리통이 도식의 허벅지에 얹혀졌다. 몸을 동그랗게 구부린 린은 도식의 허벅지를 베개 삼아 달콤한 잠을 청했다.

늙은 운전기사의 좁은 어깨 너머로 쭉 뻗은 길이 보였다. 세상의 끝을 향해 난 것 같은, 한 점으로 소실되어가는 아련한 길이었다. 버스의 창문을 살짝 열고 도식은 담배를 물었다. 다닥다닥 붙은 낡은 주택들과 온갖 물건을 파는 수많은 가게들은 이미 사라진 지 오래였다. 열대의 나무들이 도식의 옆을 휙휙 지나갔다. 그 너머의 황량한 들판이 느릿느릿 움직였다. 들판 너머에는 꼼짝하지 않는 거대한 산봉우리가 있었다. 코코넛 냄새를 풍기는 젊은 여자를 바라보던 도식은 아내를 생각했다.

모든 것을 앗아간 아내, 이제는 세상에 없는 아내, 조금도 보고 싶지 않던 아내가 사이공에서 달랏으로 향하는 도로 위에서 왜 갑자기 나타났는지 도식은 알 수 없었다. 알고 싶지도 않았다.

순결한 붉은 피

뚝뚝 떨어지는 핏방울. 열 살도 안 된 어린아이의 사타구니에서 떨어지는 붉은 피는 겨울비처럼 차가웠다. 미지근한 순철의 가슴팍이 이내 서늘해졌다. 순철의 억센 팔뚝에 안긴 여자아이는 기승의 딸이었다. 순철의 막내딸과 같은 나이의 여자아이.

사타구니에서 떨어진 붉은 피가 순철의 손아귀 안으로 조용히 흘러들었다. 순결한 것이 틀림없을 핏물이 분홍색 편지를 적셨다. 기승의 아내, 흐엉이 남긴 편지였다. 갓 한글을 배운 어린아이가 쓴 것 같은 분홍색 편지가 핏빛으로 물들어갔다.

순철은 붉게 물들어가는 편지를 손에 꼭 쥔 채 아이를 안고 조용히 일어났다. 씨클로 영감이 입을 벌린 채 달려왔다. 동그랗게 눈을 뜬 택시 기사는 허둥대며 영감의 뒤를 따랐다. 순철은 몸을 돌려 아이를 영감에게 건넸다. 아이의 몸은 따뜻했다. 피는 서늘했다.

순철은 주머니를 뒤져 달러 뭉치를 꺼냈다. 100달러짜리 지폐 몇 장이 영감의 손에 쥐어졌다.

"고 투 호스피탈. 유 언더스탠?"

순철이 영감에게 말했다.

"오케이. 돈 우어리. 노 프래벌럼."

아이를 안은 영감이 굳은 표정으로 답했다.

"오케이."

손바닥과 손등에 묻은 피를 셔츠에 닦으며 순철이 영감의 어깨를 가볍게 두드렸다.

"유 오 카이?"

아이를 안은 영감이 순철에게 물었다. 피가 배어 축축해진 담배를 입에 문 순철은 아무 말도 하지 않았다.

씨클로 영감과 기승의 딸을 태운 프라이드 택시가 어둠을 뚫고 떠났다. 철제 셔터에 기대 선 순철은 휴대전화를 꺼냈다. 신호음이 세 차례 울렸다. 도식의 목소리가 들렸다. 풀 죽은 목소리였다.

순철은 도식에게 그간의 일들을 설명했다. 대수의 부상과 기승의 딸이 처한 상황을. 도식은 순철에게 흐엉이 죽었다는 소식을 전했다. 흐엉이 아이리스에서 죽은 채 발견됐다는 무덤덤한 도식의 말이 휴대전화를 타고 넘어왔다.

도식과의 짧은 통화를 마친 순철은 검붉게 변한 분홍색 편지를 주머니에 쑤셔넣었다. 터벅터벅 골목길을 걸었다. 띄엄띄엄 자리 잡은 부서진 집 몇 채가 전부인 골목을 벗어나자 대로가 나왔다. 밤새도록 손님을 받는 술집의 불빛이 저 멀리 아른거렸다. 순철의 눈에 택시 한 대가 들어왔다. 절뚝거리고 비틀대며 순철은 택시를 향해 힘겹게 걸었다. 주홍빛 가로등 불빛 아래서 잠시 걸음을 멈췄다. 주머니를 뒤져 분홍색 편지를 꺼냈다. 주홍빛 가로등 불빛에 비친 분홍색 편지는 검게 변해 있었다. 순철은 다시 한 번, 천천히 검게 변한 분홍색 편지를 읽었다. 흐엉이 남긴 마지막 문구와 기승의 딸이 있었던 집의 주소는 피에 젖어 뭉개져버렸다.

도떼기시장 같은 병원의 철제문 앞에서 편지를 읽었던 기억이 났다. 푸껫의 아내와 두 딸을 생각하며 담배를 피우는데, 흐엉의 편지가 느닷없이 눈에 들어왔다. 유행가 가사 같은 편지를 읽으며 흐엉과 기승의 딸을 생각했다. 곧바로 프라이드 택시를 탔다. 커다란 여행 가방에 갇혔던 기승의 딸을 가슴에 안았다.

'기승의 딸이 대수의 핏줄이라고? 대수와 흐엉의 과거를 안 기승이 이 짓거리를 벌인 건가? 말도 없고 착하디착하던 기승이 흐엉을 죽이고 대수도 죽였다고? 사업이 기운 흐엉이 마지막으로 대수에게 돈을 몰아줬다고? 도식이 흐엉 살해 사건의 용의자로 몰려 경찰서에 갔었다고? 앉아서도 다섯 명쯤은 거뜬히 해치우던 대수가 머리통이 깨져 죽어간다고?'

가로등에 기대 선 순철은 이리저리 머리를 굴렸다. 도무지 정리가 되지 않았다. 흐엉의 딸을 살려야겠다는 생각만이 순철의 머릿속에 가득했다. 몸을 기댄 가로등이 쓰러질 것 같았다. 몸뚱이가 무너질 것 같았다.

'호텔로 가야겠다.'

순철은 마음을 굳게 먹었다.

순철을 태운 택시가 한밤중의 사이공을 내달렸다. 약 30분을 달린 택시는 동코이 비즈니스 호텔 앞에 스르르 멈췄다. 호텔 로비로 들어서며 순철은 휴대전화를 꺼내 시간을 확인했다. 새벽 2시를 넘은 지 오래였다. 프런트에 앉아 있던 나비넥타이를 맨 호텔 직원이 눈을 비비더니 로비로 들어서는 순철을 향해 직업적인 미소를 날렸다.

프런트 직원의 미소와 동시에 순철의 전화벨이 울렸다.

'누굴까, 이 시간에?'

'발신자 확인 불가'라는 문구가 액정에 떴다. 프런트를 향하던 순철은 걸음을 멈추고 휴대전화의 통화 버튼을 눌렀다.

"당신, 괜찮은 거야?"

푸껫의 아내였다.

"아직까지 안 자고 뭐해? 난 괜찮아. 왜 그러는데?"

"다행이야. 괜찮아서."

아내의 목소리에서 불안감과 안도감이 묻어났다.

"여기 일이 좀 복잡하게 풀려서, 내일 이야기하자."

"그래, 잘 자요. 당신이라는 사람 참……. 아니, 됐어요."

"뭔 소리야?"

"아니에요. 그만 끊어요."

"……."

새벽 2시의 짤막한 전화였다. 아내로부터 걸려온 새벽의 전화.

순철은 휴대전화를 주머니에 집어넣고 고개를 갸웃거리며 프런트로 향했다.

하얀 와이셔츠에 나비넥타이를 맨 프런트 직원이 순철을 향해 썩어빠진 미소를 지어 보였다. 사이공의 밤거리, 사이공의 술집, 사이공의 식당, 사이공의 호텔에서 흔히 볼 수 있는 닮고 닮은 얼굴의 젊은 사내였다. 순철은 김대수의 이름을 댔고, 객실 열쇠를 받았다.

"헤이 써, 유 워너 걸?"

나비넥타이가 엘리베이터로 향하는 순철의 등에 대고 경쾌하게 말했다. 지긋지긋한 퍼킹. 문드러진 붐붐의 목소리.

순철이 프런트를 향해 천천히 고개를 돌렸다.

"빼큐다, 이 새끼야."

천천히, 또박또박 순철이 말했다.

나비넥타이의 눈동자가 동그래졌다. 나비넥타이의 입술이 일그러졌다. 하지만 나비넥타이는 이내 예의 직업적인 미소를 되찾았다.

"오우케이. 굿나잇 써."

나비넥타이가 징글징글한 미소로 공손하게 말했다.

커다란 키를 벽에 꽂아넣자 휑뎅그렁한 객실이 눈에 들어왔다. 방 가운데에 새빨간 소파와 널따란 유리 테이블이 놓여 있고, 그 뒤로 분홍색 시트를 깐 더블베드와 하얀 싱글베드가 보였다. 천장의 커다란 팬이 느릿느릿 돌고 있다. 순철의 커다란 여행 가방과 골프백이 침대 옆에 얌전하게 서 있었다.

살갗에 소름이 돋을 정도로 호텔 객실은 서늘했다. 창가로 다가선 순철은 블라인드를 올리고 창문을 옆으로 확 열어젖혔다. 끈적한 사이공의 열기가 훅 하고 순철의 얼굴을 때렸다. 어둠에 쌓인 사이공의 밤거리가 순철의 눈 아래에 펼쳐졌다. 순철은 창문 밖으로 고개를 내밀었다. 눈을 들어 사이공의 하늘을 쳐다봤다. 검푸른 구름 너머로 초승달 한 조각이 수줍은 듯 움츠리고 있었다. 초승달 너머로는 검은 하늘. 검디검은 하늘에 희미한 별 몇 개가 아른거렸다. 순철은 한참 동안 밤하늘과 밤거리를 쳐다봤다.

침대 위에 엉덩이를 걸친 순철은 더러워진 바지를 힘겹게 벗었다. 발등을 싸맨 붕대 위로 검은 핏자국이 배어 있었다. 녹슨 못이 남긴 흔적인지, 순결한 붉은 피가 떨어진 것인지 알 수 없었다.

순철은 바지와 셔츠를 모두 벗었다. 면세점에서 산 커다란 비닐 쇼핑봉투로 발을 싸매고는 화장실로 들어갔다. 뜨거운 물이 머리 위로 떨어졌다. 순철은 그 물로 입을 헹구며 짧은 샤워를 마쳤다.

샤워를 마친 순철은 알몸으로 싱글베드에 드러누웠다. 못에 찔린 발에는 여전히 쇼핑 봉투가 묶여 있었다. 순철은 천천히 돌아가는 커다란 팬을 바라봤다. 빙글, 빙글, 빙글…… 팬을 바라보던 순철의 눈꺼풀이 스르르 감겼다.

날카로운 전화벨 소리에 순철의 눈꺼풀이 열렸다. 옅은 잠을 깨우는 불길한 벨소리는 침대 옆 협탁 위에서 끝도 없이 울려댔다. 얼마나 잔 것일까. 순철은 몸을 일으켜 휴대전화를 확인했다. 새벽 2시 20분. 옅은 잠은 채 5분도 지속되지 못했다. 하지만 끝도 없이 깊은 잠을 자다 깬 것 같았다.

활짝 열린 창문으로 슬금슬금 들어오는 사이공의 열기가 순철의 몸뚱이를 축축하게 만들었다. 끈적해진 목덜미를 닦으며 순철은 협탁 위 전화기를 들었다. 익숙한 목소리가 수화기에서 흘러나왔다.

프런트의 나비넥타이였다.

'누가 당신을 찾아왔어요. 로비에서 기다리고 있습니다. 내려오실 수 있나요?'

대충 해석하면 그런 말이다.

'누구지? 새벽 2시가 넘었는데. 아 참, 도식이 온다고 했지.'

순철은 속으로 중얼거리며 트렁크를 열어 세제 냄새가 나는 깨끗한 옷을 챙겨 입었다.

몇 분 만에 다시 찾은 호텔 로비는 여전히 텅 비어 있다. 희미한 조명 아래 졸고 있는 소파가 손님을 받지 못해 절망에 휩싸인 창녀 같다. 테이블 위에 놓인 재떨이에 빨간 립스틱이 덕지덕지 묻은 꽁초 하나가 외롭게 놓여 있다. 빨간 옷을 입고 담배를 문 창녀 귀신이 어두운 로비에 외로이 앉아 있는 듯한 풍경.

반바지에 윈드브레이커를 입고 슬리퍼를 신은 순철은 엘리베이터에서 내렸다. 텅 빈 소파를 지나 텅 빈 프런트를 향해 순철은 발걸음을 옮겼다. 프런트에 팔꿈치를 괴고 순철은 고개를 들어 벽에 붙은 시계들을 쳐다봤다. 뉴욕, 도쿄, 런던, 서울의 현재 시간을 알려주는 커다란 시계들. 시침과 분침들이 아무런 소리도 없이, 알 수 없는 미래를 향해 조용히 움직이고 있었다. 하지만 사이공의 현재 시간을 알려주는 시계는 어디에도 없었다.

프런트 아래에서 얼굴 하나가 불쑥 튀어나왔다. 깜짝 놀란 순철은 눈살을 찌푸렸다. 나비넥타이였다. 나비넥타이가 빙글빙글 웃더니 턱짓으로 호텔 밖을 가리켰다. 순철은 짧게 한숨을 내쉬고는 성큼성큼 호텔 정문을 향해 걸어나갔다.

육중한 회전문을 힘껏 밀고 순철은 호텔 밖으로 나왔다. 인도로 난 계단 아래, 제복을 입은 보안 요원이 플라스틱 의자에 앉아 있다. 힘겹게 계단을 내려온 순철은 보안 요원과 눈이 마주쳤다. 어둠이 내린 사이공의 뒷골목보다 더 어두운 낯빛을 가진 보안 요원은 순철을 향해 고개를 끄덕였고, 시커먼 손가락으로 길 건너를 가리켰다. 순철의 몸은 나비넥타이의 턱짓, 보안 요원의 손짓을 따라 움직이고 있었다. 손짓과 턱짓에 움직이는 밤거리의 유령처럼.

담배를 꺼내 문 순철은 어둠에 묻힌 길 건너편을 바라봤다. 낯익은 누군가가 어둠 속에서 어깨를 웅크리고 서 있는 게 보인다. 씨클로 영감이었다. 순철은 라이터를 꺼내 담배에 불을 붙인 후 천천히 길을 건넜다. 영감이 길을 건너는 순철을 향해 한쪽 손을 살짝 올렸다.

어둠 속에 웅크린 영감을 본 순철의 심장이 쿵쾅거렸다. 100달러짜리 몇 장과 함께 호텔 주소가 적힌 메모를 영감에게 건넸던 기억이 떠올랐다. 무슨 일이 생기면 이리 오라는 메모.

'기승의 딸이 어떻게 된 걸까.'

순철의 머릿속이 하얘졌다.

쿵쾅거리는 심장, 하얗게 변한 뇌수, 붉게 물든 발을 가진 한 남자가 급하게 길을 건넜다. 길 건너의 씨클로 영감은 빨리 오라는 손짓을 연신 순철에게 보냈다.

길을 건넌 순철의 눈앞에 영감의 야윈 등판이 보였다. 야윈 등판이 뚜벅뚜벅 밤거리를 걸어갔다. 순철은 절뚝거리며 영감을 쫓았다.

못에 찔린 발 때문에 순철은 영감을 따라잡을 수가 없었다. 순철은 영감을 쫓아 약 50미터를 걸었다. 영감은 좁고 기다란 빌딩과 빌딩 사이에 난 좁은 골목 입구에서 멈췄다. 영감이 순철을 향해 고개를 돌렸다. 영감의 손가락이 골목 안을 가리켰다. 골목은 사내 두 명이 함께 들어갈 수 없을 정도로 좁았다. 그 속은 끝을 알 수 없는 심연처럼 캄캄했다. 검디검은 심연을 향해 영감이 성큼성큼 들어갔다. 순철은 조용히 그 뒤를 따랐다.

'저 한없는 어둠 속에 기승의 딸이 누워 있는가.'

순철은 헉헉대며 영감의 뒤를 따랐다.

검은 어둠이 똬리를 튼 골목은 비좁았다. 아무것도 보이지 않는 골목 속에서 차가운 냉기가 흘러나왔다. 순철의 앞에서 걷던 영감이 갑자기 시야에서 사라졌다. 희미하게 보이던 야윈 등판이 사라진 그 순간, 순철의 눈앞에는 순수한 어둠만이 버티고 서 있었다.

순철은 몸을 틀었다. 하지만 몸을 돌릴 수가 없었다. 누군가의 억센 손길이 순철의 한쪽 어깨를 눌렀다. 옴짝달싹하지 못할 정도로 강력한 힘이었다. 순철은 비틀거리며 한 손을 뻗어 축축한 콘크리트 벽에 손바닥을 갖다 댔다.

억센 팔뚝 하나가 순철의 어깨를 누름과 동시에 또 하나의 억센 팔뚝이 목을 휘감았다. 순철의 뒤통수에서 역한 암내가 풍겼다. 순철의 어깨를 누르던 팔뚝 끝이 반짝 빛났다. 뾰족한 금속 물질이 순철의 갈빗대 사이를 파고들었다. 금속 물질의 끝이 순철의 심장에 닿는 순간, 순철의 목구멍에서 붉은 피가 콸콸 솟구쳤다. 목구멍에서 꾸역꾸역 올라오는 핏덩어리. 강인한 한 남자의 심장 안에 있던 붉은 피가 목구멍으로 상승하는 순간이었다.

순철은 한쪽 무릎을 꿇으며 눈을 치켜떴다. 온 힘을 다해 가까스로 고개를 돌렸다. 어깨를 누른 억센 팔뚝, 심장을 꿰뚫은 금속 물질을 쥔 팔뚝을 가진 커다란 얼굴이 순철의 눈동자에 아른거렸다.

순철은 낯익은 한 남자를 보았다. 무표정한, 커다란 얼굴의 남자는 표도르였다. 수완나품 공항의 표도르.

순철의 양쪽 무릎이 완전히 꺾였다. 표도르는 순철을 가볍게 한 손으로 안더니, 소리 나지 않게 축축하고 차가운 골목 바닥에 뉘였다. 표도르는 바닥에 누운 순철의 얼굴을 들여다봤다. 한 남자가 죽어가는 순간을 태연하게 바라보던 표도르가 순철의 가슴에 박힌 금속 물질을 조심스럽게 빼냈다. 그는 더운 김이 올라오는 칼날을 순철의 뺨에 쓱 하고 닦았다.

푸른 눈동자 한복판에 한 남자의 얼굴이 보였다. 표도르의 푸른 눈동자 속에서 입을 쩍 벌린 남자는 순철 자신이었다. 순철은 죽어가는 자신의 모습을 표도르의 눈동자 속에서 볼 수 있었다.

순철은 마지막 힘을 다해 고개를 옆으로 돌렸다. 입 안의 핏덩어리를 가까스로 뱉었다.

"왜 나를……."

순철의 중얼거림에 표도르의 입술 끝이 살짝 움직였다. 표도르는 마지막 선심이라도 쓰는 듯 입을 열었다.

"유어 와이프."

표도르가 고개를 숙였다. 표도르는 순철의 귓가에 암내 나는 입을 갖다 대고 중얼거렸다.

'네 놈의 부인 때문이야. 나를 원망하진 마라.'

순철은 표도르의 말을 똑똑히 이해할 수 있었다. 어두운 골목 바닥에 누워 순철은 푸껫의 아내를 생각했다.

'아내가 나를 죽인다고?'

순철은 두 딸의 얼굴을 떠올리려 애썼다. 강아지처럼 품으로 뛰어들던 두 딸의 얼굴이 기억나지 않았다.

순철의 얼굴 옆으로 쥐새끼 한 마리가 다가왔다. 쥐새끼와 눈이 마주친 순철은 힘겹게 고개를 돌려 검은 골목길을 바라봤다. 기승과 대수와 도식과 함께 걷던 사이공의 밤거리. 그 거리를 다시 한 번 걷고 싶었다. 냄새 나고 더러운 골목길, 아무도 없는 사이공의 밤거리를 성큼성큼 걷고 싶었다. 어깨로 바람을 휙휙 가르던 사이공의 밤거리를.

순철은 표도르의 푸른 눈동자를 봤다. 반짝이는 푸른 눈동자 속에 한 남자가 헐떡이고 있었다. 헐떡이는 남자를 간직한 눈동자 너머로 검푸른 하늘이 보였다. 밤하늘을 떠다니는 구름 한 조각 너머로 푸르스름한 달 한 조각도 보였다. 높다랗고 기다란 빌딩 사이에 난 좁은 골목에 누워 바라본 사이공의 밤하늘은 좁고 길었다. 좁고 긴 밤하늘에 떠 있는 조각난 달. 그 달 너머에 거대한 검은 눈이 보였다. 검은 눈이 죽어가는 순철을 위로라도 하려는 듯 인자한 눈길로 순철을 쏘아봤다.

거대한 검은 눈을 응시하던 순철이 조용히 눈을 감았다. 검푸른 구름과 조각난 달과 거대한 검은 눈과 쥐새끼 한 마리와 푸른 눈의 표도르가 순철의 마지막을 조용히 지켜봤다.

쪼그려 앉은 표도르가 순철의 마지막 숨을 확인했다. 순철의 숨이 멎은 것을 확인한 표도르는 순철의 주머니를 뒤져 지갑과 휴대전화를 꺼내고는 거대한 몸을 일으켰다. 두툼한 손바닥으로 옷을 툭툭 턴 표도르는 엄지와 중지를 겹쳐 눌렀다. 골목에 딱 소리가 퍼졌다. 골목 깊은 곳, 어둠 속에서 두 남자가 튀어나왔다. 씨클로 영감과 프라이드 택시 운전사였다. 표도르는 그들에게 푸르스름한 돈뭉치를 건넸다. 표도르는 환한 밤거리를 향해 뚜벅뚜벅 걸었다. 뒤도 돌아보지 않았다.

씨클로 영감이 '영차' 하며 순철의 양팔을 잡았다. 영감의 손아귀에서 순철의 한쪽 팔뚝이 골목 바닥에 툭 하고 힘없이 떨어졌다. 프라이드 운전사가 순철의 양발을 잡았다. 영감과 운전사는 아무런 표정 없이 순철을 들었다. 순철을 든 그들은 표도르의 반대 방향으로 뒤뚱뒤뚱 걸어갔다. 순철의 팔 하나와 윈드브레이커 자락이 골목 바닥에 질질 끌렸다. 순철의 슬리퍼 한 짝이 힘없이 길바닥에 떨어졌다. 순철의 임종을 지켜본 쥐새끼 한 마리가 골목 바닥의 구석에 숨어 아쉽다는 듯 입맛을 쩝쩝 다시며 찍찍거렸다.

검은 하늘에서 느닷없이 떨어진 빗방울이 질질 끌려가는 순철의 얼굴을 때렸다. 수천 수만의 검은 빗방울들이 못처럼 망치처럼 검은 하늘에서 쏟아졌다. 순철의 눈에서 한 줄기 피눈물이 흘러내렸다. 피눈물이 순철의 뺨을 적셨다. 검은 비와 붉은 눈물이 사이공의 더러운 땅으로 스며들었다.

달랏행 미니버스

린과 도식, 거대한 백인 여자를 태운 달랏행 미니버스는 시속 80킬로미터의 속도로 사이공에서 하노이로 향하는 1번 도로를 털털거리며 달렸다. '달랏 180km'라는 글씨가 새겨진 나무 표지판이 버스의 곁을 스쳐 지나갔다. 비뚤어지고 덜렁거리는 표지판 너머로 누런 땅덩어리가 끝도 없이 펼쳐졌다. 누런 땅 곳곳에 삐쩍 마른 소 몇 마리가 풀을 뜯으며 이따금 하늘을 향해 울부짖었다. 30여 분을 달리자 누런 땅이 끝나고 고무나무 숲이 나왔다. 독사들이 우글거리는 고무나무 숲 주위에는 쥐새끼 한 마리의 기척도 없었다. 시퍼런 하늘에 뜬 태양은 누런 땅과 고무나무 숲을 말려 죽이려는 듯 이글거렸다.

'달랏이라.'

스멀스멀 올라오는 코코넛 냄새에 코를 찡그리며 도식은 달랏을 생각했다.

꽃의 도시라는 달랏, 해발 1천600미터 고산 지대에 위치한 작은 휴양 도시 달랏, 베트남 신혼부부들의 인기 신혼여행지라는 달랏, 한국의 초가을이 사시사철 계속된다는 달랏, 늦은 밤 소주 한 잔 하기에 딱 좋다는 달랏, 에어컨을 틀지 않고도 쾌적하게 살을 섞을 수 있다는 달랏.

도식은 순철, 기승, 대수와 함께했던 달랏을 떠올렸다.

골프, 농담 따먹기, 삼겹살에 소주 한 잔, 또다시 골프. 도식에게 달랏은 골프의 도시였다. 사이공에서 출발하는 달랏행 베트남에어라인 여객기에 탑승해 달랏에 내려서는, 운전기사에게 짐을 떠맡기고 그들은 달랏 팰리스 골프장으로 향했다. 호텔 버스를 타고 골프장으로 직행했다. 그 옛날 베트남의 황제가 라운드를 즐겼다는 달랏 시내 복판에 위치한 골프장.

공 치고 술 먹고 떡 치고, 공 치고 떡 치고 술 먹고의 나날들. 달랏은 도식에게 술과 공과 교접의 도시였다. 하지만 이번 달랏행 미니버스에는 술도 없고 공도 없다. 교접도 없을 것이 분명했다. 낯선 여자가 순철의 허벅지에 머리를 베고 누워 있을 뿐이다. 코코넛 향을 온몸에서 발산하는 젊디젊은 당돌한 여자.

도식의 허벅지를 베고 있던 린이 몸을 살짝 비틀었다. 그녀의 입가에서 살짝 침이 흘렀다. 코코넛 냄새를 풍기는 달콤한 침. 도식은 엄지손가락을 들어 그녀의 입가를 훔쳤다. 축축해진 손가락을 버스 시트에 쓱 하고 닦았다.

직진은 하노이. 좌회전은 달랏. 시속 40킬로미터로 속도를 줄인 미니버스가 하노이와 달랏의 갈림길에서 왼쪽으로 차체를 틀었다. 린이 눈을 번쩍 뜨더니 도식을 한참 동안 쳐다봤다. 여기가 어디냐, 너는 누구냐는 눈빛. 흐트러진 머리카락을 가는 손가락으로 쓰다듬으며 린이 주섬주섬 몸을 일으켰다. 양팔을 올리고 기지개를 크게 켜는 린의 겨드랑이가 눈에 들어왔다. 야드르르하고 푸르스름한 겨드랑이. 린은 도식을 흘깃 쳐다보더니 차창에 머리를 기대고 다시 잠을 청했다.

어디선가 질질 짜는 소리가 들렸다.

'환청인가.'

도식은 고개를 갸웃거렸다.

질질 짜는 소리가 또다시 들렸다. 그러더니 뚝 멈췄다. 털털거리는 버스의 엔진음, 쉭쉭거리는 에어컨 소리 사이사이에 누군가의 울음소리가 분명히 들렸다. 환청이 아니었다.

도식은 고개를 뒤로 돌렸다. 질질 짜는 소리는 버스의 맨 뒷자리에서 흘러나왔다. 거대한 백인 여자가 고개를 푹 숙이고 울고 있었다. 질질 짜는 소리는 곧 대성통곡으로 바뀌었다. 백인 여자가 엉엉 울었다. 도식은 우는 백인 여자를 멍하니 쳐다봤다. 린은 아랑곳하지 않고 차창에 머리를 기댄 채 잠을 잤다. 나이를 짐작할 수 없는 운전기사는 끝없이 펼쳐진 길을 똑바로 쳐다보며 운전대를 꽉 잡고 있었다.

백인 여자의 울음소리를 들으며 도식은 망상에 빠졌다.

배낭여행 도중 우연히 만난 멋진 남자. 남자와의 격렬한 하룻밤. 달랏 여행을 함께하자는 달콤한 약속. 하지만 멋진 남자는 결국 오지 않았다. 이러지도 저러지도 못하게 된 여자는 혼자 버스에 올랐을 터였다. 열대의 도로를 달리는 버스 속에서 여자는 깨져버린 환상을 생각했으리라. 이글거리는 태양, 알 수 없는 미래를 향해 쭉 뻗은 좁은 도로, 끝없이 펼쳐진 이국의 들판을 가로지르다 여자는 알 수 없는 불안에 사로잡혔고 결국 울음을 터트린다. 멋진 버스, 멋진 날씨, 멋진 길이 있지만 멋진 남자는 결코 없다는 황량한 현실이 그녀를 울게 만들었을 것이다.

도식의 망상을 깨운 것은 린의 목소리였다. 한국어와 베트남어를 반씩 섞어놓은 듯한 억양. 린의 가느다란 목소리가 도식의 귓가를 파고들었다.

"멍 때리는 건가요?"

의자에 똑바로 앉은 린이 초롱초롱한 눈빛으로 물었다. 그녀는 팔짱을 끼고 있었다. 백인 여자의 울음소리는 멈춘 지 오래됐다.

"낮잠은 충분히 잔 거요? 하긴 오늘이 첫날밤인데 낮엔 푹 자두는 게 좋지. 밤엔 한잠도 못 잘 테니까."

시답잖은 도식의 농담을 린은 깨끗하게 무시했다.

"그나저나 오늘부터 당신은 내 마누란데 말이지. 난 당신을 거의 몰라. 그런데 당신은 나를 많이 아는 것 같더군. 나에 대해 또 뭘 아나?"

도식이 린에게 물었다.

"부인과 사별한 늙어가는 남자. 기승과 흐엉 부부의 사업 동반자. 아, 그 사업이라는 게 얼마 전 망했다는 것도 알죠. 우리 할아버지와 고향이 같은 남자. 섹스를 좋아하지만 그리 잘하지는 못하는 한

심한 남자. 술을 매일 마시는 남자. 말이 별로 없는 남자. 친구가 거의 없는 남자. 그나마 있는 친구 몇몇은 실종됐거나 죽어가고 있다는 것도 안답니다. 친구가 죽어가도, 사업 동반자가 사라져도 태평한 남자. 냉혹한 건지, 잔인한 건지, 태평한 건지 속을 영 알 수 없는 남자. 터프가이 흉내를 내고 싶은 남자. 처음 보는 여자에게 청혼을 받은 남자. 하룻밤 자준다는 조건에 청혼을 승낙한 남자. 이 정도면 많이 아는 건가요? 내가 모르는 뭔가가 또 있나요?"

눈을 똑바로 뜬 린이 또박또박 답했다.

"당신은 천재야."

도식이 허탈한 표정으로 읊조렸다.

"난 냉혹하지도 잔인하지도 못해. 멍청할 뿐이야. 나를 남편으로 맞은 당신은 참으로 현명한 여자라는 생각이 들어. 멍청한 남자를 한껏 이용하는 영리한 여자야, 당신은."

도식이 혼잣말을 하듯 말했다.

"아 참, 궁금한 게 하나 있어. 흐엉과 기승을 잘 아나? 그들이 당신에게 뭐라고 한 말 없소?"

"……."

도식의 질문에 린은 아무 말도 하지 않았다.

"흐엉의 집에 가서 한국 말 공부도 시켜줬으면 기승과도 잘 알겠네. 그들 부부와 친했소?"

도식이 다시 그녀에게 물었다.

린이 차창 밖으로 고개를 돌리며 입을 열었다. 버스는 오르막으로 진입하는 참이었다. 차창 밖으로 이름 모를 열대의 나무가 가득한 푸른 산이 보였다. 베트남의 나무는 하나같이 몸통이 두툼했다. 앙상한 베트남 사람들과는 전혀 달랐다.

“당신은 흐엉과 기승을 얼마나 알죠? 그들과 친했어요?”

린이 물었다. 그녀의 목소리와 눈동자가 어느새 촉촉해졌다.

“얼마나 친했냐고? 글쎄…… 그렇게 친하지는 않은 사이였던 것 같군. 지금 생각해보니 말이야. 흐엉이 죽었고, 기승은 어디로 갔는지 모르겠고. 내 생각엔 당신이 잘 알 것 같은데. 흐엉이 죽은 이유와 기승이 어디로 갔는지…… 그렇지 않나?”

도식이 린의 눈동자를 빤히 쳐다보며 물었다. 린이 얕은 한숨을 내쉬었다.

“흐엉이 살해됐다고 생각해요? 내 생각엔, 그녀는 스스로 목숨을 끊었어요. 사업에 큰 문제가 생겼다고 말하곤 했죠. 음울하고 절망적인 표정으로. 헤쳐나갈 방법이 없다고 내게 말했어요. 하지만 그녀가 설마 자살할 거라곤 생각지 못했어요. 그토록 사랑하는 딸과 남편을 둔 채 말이죠.”

“사업에 큰 문제가 생겨? 그녀가 뭔 사업을 하는지는 아오?”

“그녀는 내게 말했죠. 한국에서 온 돈으로 떼돈을 벌었다고. 베트남에선 상상할 수 없는 엄청난 거액을 말이죠. 돈이 돈을 벌었다고 할까요? 그녀의 고향 마을에서 돈놀이를 했다고 들었어요. 한국에서 온 돈이 눈덩이처럼 불어났던 거죠. 그거 알아요? 베트남 시골에 사는 많은 이는 은행에 못 가요. 은행에 가도 돈을 빌려주지 않죠. 몇 년 전, 그녀는 그 틈을 파고들었어요. 베트남이 개방된 후 운 좋게 돈 벌 틈을 파고들었던 거죠. 돈이 돈을 낳는 시절이 한동안 계속됐을 거예요. 우리 시골에서도 그렇게 돈 번 사람이 많아요. 벼락부자가 된 사람들 말이죠. 그 사람들 대부분 달랏에 건물 짓고, 집 짓고, 일본제 자동차 굴리며 잘 살아요. 흐엉도 거기서 멈췄으면…… 아마 지금쯤 가족과 함께 행복한 나날을 보내고 있을 거예요."

"그런데 뭐가 문제였소?"

"흐엉이 말했어요. 호찌민, 사이공으로 오는 순간부터 일이 꼬였다고. 돈이 많이 모였고, 시골에서는 더 할 일이 없어 새로운 투자처를 찾아 사이공에 왔다고 했어요. 그런데 여기 사이공이 흐엉의 고향인 시골과 같지는 않았을 거예요. 그녀가 몇몇 사람에게 사기를 당했던 것 같아요. 돈을 떼이고, 그 돈을 막기 위해 사채를 융통하고……. 사채업을 하는 이가 사채를 쓴 거죠. 또 흐엉이 사이공 시내에 식당도 몇 개 열었어요. 나도 그 식당에서 아르바이트 잠깐 했죠. 한데 식당에 문제가 생겼어요. 계약이 엉터리였던 거예요. 권리금도 한 푼 챙기지 못한 채 몇 달 만에 접었다고 들었어요. 사이공에서 사업을 넓히려 했는데, 조금씩 망가진 거죠."

"그렇군. 난 처음 듣는 이야기요. 헌데 웃기지 않아? 흐엉의 남편, 그러니까 기승 형이 그런 사실을 몰랐던 거요? 와이프의 사업이 그렇게 망가지고 있었으면 제일 먼저 남편과 의논을 했을 텐데."

"흐엉은 남편을 두려워했어요. 최근에 흐엉과 맥주 몇 번 마시며 이야기했는데, 그녀는 남편이 자기를 버릴까 무서워 벌벌 떨었어요. 사업이 망한 걸 알면 남편이 자기를 버리고 갈 거라고 말했죠."

"그러니까 기승 형이 흐엉의 사업이 박살 난 걸 최근에 알았고,

본인은 내뺐고, 흐엉은 스스로 목숨을 끊었다는 거요?"

"그런 것 같아요, 아마도."

"그렇군. 흐엉은 나에 대해 뭐라고 하던가요? 그녀가 뭐라고 했기에 당신은 나와 결혼할 생각을 한 거요? 물론 진짜 결혼은 아니지만……."

"난 한국으로 가고 싶었어요. 우리 할아버지 고향으로 말이에요. 할머니가 할아버지 소식을 듣고 싶어 한다는 얘기는 핑계예요. 물론 어느 정도는 사실이지만요. 한국에 가서 일을 하고, 그곳에서 자리를 잡고 싶었어요. 아주 어릴 적부터. 그래서 대학에서 한국어를 배웠어요. 통역, 개인교사 아르바이트도 많이 했어요. 그런데 한국으로 가는 절차가 굉장히 힘들었어요. 관광 비자가 나오기는 하지만 몇 달 지나면 불법 체류자 신세가 돼요. 유학을 갈까 생각도 했는데 집에 돈이 없었어요. 한국으로 취업은 더욱 힘들죠. 정정당당하게 한국으로 가기는 틀렸구나. 그렇게 생각하고 있었는데, 얼마 전 흐엉에게 당신 얘기를 들었어요. 당신이 여기 온 이유, 여기서 하는 일, 앞으로의 계획, 그리고 당신 고향을 말이죠. 흐엉은 당신의 고향을 가봤다고 했어요. 묵호라는 도시. 묵호라는 말을 듣는 순간 망치로 머리를 맞은 것 같았죠. 우리 할아버지 고향이 묵호라는 건 말했죠?"

"묵호라……. 흐엉이 그 동네를 가봤다고?"

"남편과 한국에 갔을 때 한국 이곳저곳을 돌아다녔다고 했어요. 그중에 묵호를 간 거죠. 무척이나 아름다운 곳이라고 했어요. 푸른 바다, 붉은 태양이 빛나는 곳이라고요."

"푸른 바다와 붉은 태양이라…… 여기에도 푸른 바다와 붉은 태양은 널린 것 같은데."

도식의 말에 린이 도식을 잠시 쏘아봤다.

"흐엉이 그랬어요. 당신과 결혼하라고. 아마 결혼하자고 하면 할 거라고. 내 사정을 이야기하고, 서류상으로 결혼만 해주면 된다고 하면 흔쾌히 승낙할 거라고 했죠. 당신과 결혼하라는 말이 흐엉의 유언이 된 셈이죠."

"당신 가족은 별말이 없는 거요? 내가 당신 아버지라면, 아버지뻘 되는 늙은 한국 남자와 결혼한다는 딸을 혼내줄 것 같은데."

"할머니에게 말했어요. 할아버지 고향에서 온 남자와 결혼하겠다고요. 전화로 그 말을 했더니 할머니가 흐느끼시더군요. 할아버지 고향으로 가서 할아버질 찾아보겠다고 했어요. 또 그곳에서 자리를 잡고 할머니를 초청하겠다고도 했죠. 농담 아니에요."

"그랬더니 할머니가 박수라도 치던가?"

"아뇨. 우는 소리만 들었어요."

"도대체 묵호라는 동네에 가서 뭘 할 생각이지? 묵호가 어떤 곳인지는 알아?"

"그건 당신이 상관할 바가 아닌 것 같군요. 미안하지만."

"당신 말이 맞군. 그렇지……. 한국은 언제 갈 생각이오?"

"달랏에서 일정을 마치고 사이공으로 돌아가야 해요. 달랏에 가는 가장 큰 이유는 당신과 함께 관청에 가서 결혼 신고를 하기 위해서예요. 베트남에서는 고향에 가서 결혼 신고를 해야 돼요. 남편이랑 같이. 그 일이 끝나면 사이공으로 가서 몇 가지 해결할 일이 있어요. 그 일만 끝나면 바로 한국으로 갈 거예요."

"그렇게 한국이 가고 싶소?"

도식의 질문에 린이 옅은 한숨을 내쉬었다.

"당신은 여기 왜 왔어요? 한국에 그냥 있지. 당신이 여기 온 것과 마찬가지라 생각해요. 내가 한국으로 가겠다는 이유도."

"……."

앞으로 쭉 뻗은 구불구불한 도로를 똑바로 쳐다보며 운전하던 과묵한 버스 운전사의 귓바퀴가 쫑긋거렸다. 린과 도식의 대화를 엿듣기라도 하는 듯. 흐느끼며 통곡하던 거대한 백인 여자가 드르렁거리며 코를 골았다. 린과 도식의 대화가 달콤한 자장가라도 되는 양. 가늘고 푸른 소나무의 뾰족한 잎들이 구불구불한 산길을 오르는 버스의 차창에 스쳤다. 린과 도식의 대화가 시끄러워 귀에 거슬리기라도 한다는 듯.

묵호를 아는가

달랏으로 가는 내내 버스 운전사는 벙어리처럼 말이 없었다. 미니버스는 지저분한 휴게소에 한 번 멈췄다. 벙어리 운전사는 휴게소에 딸린 다 쓰러져가는 허름한 외관의 주유소 앞으로 차를 몰았다. 입을 꾹 다문 운전사는 자물쇠가 채워진 연료통 뚜껑을 가까스로 열고 기름을 채웠다. 기름을 가득 채운 운전사는 도식과 린과 백인 여자를 휴게소 식당으로 안내했다.

그들은 플라스틱 원형 테이블에 앉아 함께 따뜻한 밥을 먹었다. 바짝 구워진 돼지고기 한 점이 얹어진 쌀밥 한 접시를 린은 소리 없이 열심히 먹었다. 도식은 차가운 커피 한 잔을 마시며 식은 밥 몇 숟가락을 입에 넣고 대충 씹어 넘겼다. 밥 위에 얹힌 달걀 프라이는 반쪽만 먹었다. 버스 운전사와 백인 여자는 아무 말도 없이 꾸역꾸역 제 앞에 차려진 음식을 먹었다. 백인 여자가 운전사에게 웃으며 뭐라고 말을 걸었고, 운전사는 심각한 표정으로 고개를 끄덕였다.

기름을 가득 채운 미니버스는 배를 대충 채운 사람들을 태우고 달랏을 향해 출발했다. 햇살을 잔뜩 받은 평원 위의 길은 햇빛이 침투하지 못하는 깊은 산속의 길로 바뀐 지 오래였다. 열대의 나무들은 흔적도 없이 사라져버렸다. 열대의 나무를 대신한 것은 소나무 군락이었다. 소나무가 가득한 구불구불한 산악 도로를 버스는 천천히 올라갔다.

린은 차창에 머리를 기대고 잠을 청했다. 달콤한 침은 더 이상 흘리지 않았다. 백인 여자는 포켓북을 꺼내 무릎 위에 펼쳤다. 말이 없는 운전사는 30분에 한 번씩 필터가 타기 직전까지 담배를 피웠다. 도식도 덩달아 담배에 불을 붙였다. 버스의 에어컨은 꺼진 지 오래였다. 버스를 휘감은 공기는 선선했다. 묵호의 가을바람 같았다.

휴게소를 떠나 달랏으로 향하는 버스 안에서 도식은 묵호와 기승과 아내를 생각했다. 이제는 영원히 사라져버린 고향과 아내와 친구들을. 꿈에서도 볼 수 없을 고향과 아내와 친구들을.

도식은 고향을 생각했다.

고등학교를 마치고 도식은 묵호를 떠났다. 도식의 아버지는 수십 톤 급 오징어잡이 어선 십여 척을 거느린 선주였다. 묵호의 유지였다. 하얀 바지에 하얀 구두를 신고 파이프를 문 멋쟁이 아버지.

어머니는 첩이었다. 어린 시절 도식은 학교에서 마주치는 배다른 형제들로부터 구박을 받았다. 걸핏하면 손찌검을 당했다. 첩의 자식이라는 놀림도 받았다.

묵호항 어판장 앞 언덕배기 한복판에 아버지의 집이 있었다. 도식의 아버지는 판잣집들이 가득한 어판장 앞 언덕배기에 2층짜리 양옥을 지었다. 붉은 벽돌 양옥의 테라스에서는 어판장이 한눈에 내려다보였다. 도식의 아버지는 테라스에서 담배를 피우며 자신의 어선들을 말도 없이 바라보았다. 도식은 그런 아버지를 가끔씩 올려다봤다. 아버지와 아버지의 어선들, 바다를 쳐다보며 도식은 푸른 바다 저 너머로 날아가는 갈매기가 되고 싶었다.

도식이 사춘기에 접어들었을 무렵, 어머니가 농약을 먹고 죽었다. 어머니가 세상을 떠난 후 도식은 어머니와 함께 살던 판잣집을 나와 아버지의 양옥에 들어갔다. 배다른 형제들과 함께 살았다. 구박과 천시는 계속됐다. 도식은 공부에만 열중했다. 어서 빨리 묵호를 떠나고 싶었다.

도식은 서울의 명문 대학에 별 어려움 없이 진학했다. 그의 배다른 형제들은 장성한 지 오래였고, 도식의 아버지는 어느새 끙끙 앓는 병든 노인이 되어 있었다. 서울에서 올림픽이 열리던 해 가을, 도식은 아버지가 죽었다는 연락을 받았다.

도식은 망해가는 집안의 살풍경을 초상집에서 목격했다. 도식의 철없는 형제들이 아버지의 어선을 담보로 돈을 빌렸다는 흉흉한 소문이 초상집에 떠돌았다. 소문은 현실로 다가왔다. 초상집에 빚쟁이들이 몰려왔고, 상주이자 도식의 배다른 형제 중 장남은 술에 취했다. 장례식 내내 장남은 조문을 받는 마룻바닥에 널브러져 있었다.

장례식이 끝나자마자 도식은 서울로 올라왔다. 몇 달 후, 서울에서 도식은 묵호 언덕배기 양옥이 빚쟁이들에게 넘어갔다는 소식을 동네 친구들에게서 들었다. 빚을 짊어진 그의 배다른 형은 자살했고, 그 아래 동생은 어디론가 사라져버렸다고 했다. 아버지의 어선은 한 척도 남지 않았다는 말도 들었다.

아버지의 장례식 이후 도식은 묵호에 단 한 번도 내려가지 않았다. 형제들과 친지들과도 연락을 끊고 살았다. 도식의 머릿속에 고향은 없었다. 잊고 싶었던, 잊혀진 고향의 풍경이 한국말을 잘하는 베트남 여자의 입에서 흘러나오기 전까진.

도식은 아내를 생각했다.

학비와 생활비를 대주던 아버지가 죽자 집안은 풍비박산이 났다. 대학 생활 내내 도식은 아르바이트로 바빴다. 돈을 벌어야 졸업을 할 수 있었다. 돈을 벌어야 밥을 먹을 수 있었다.

힘겹게 대학을 졸업한 도식은 가까스로 작은 광고회사에 취직했다. 밤을 새우며 광고 문구를 쥐어짜냈다. 쥐꼬리만 한 월급을 받으며 일했던 회사는 대형 광고회사의 하청업체였다. 아내는 대형 광고회사 직원이었다. 도식은 연애를 시작했고, 아내 집안의 반대를 무릅쓰고 결혼이라는 걸 할 수 있었다. 결혼 후에도 아내는 몇 년 동안 직장을 다녔다. 빛나는 미래를 향해, 행복한 가정을 향해 도식과 그의 아내는 묵묵히 냉정한 현실과 맞섰다.

도식은 10년 가까이 광고회사, 편집회사, 잡지사 등을 전전하며 일했다. 20세기가 끝나갈 무렵, 인터넷 비즈니스라는 새로운 영역이 도식의 눈앞에 펼쳐졌다. 도식은 과감히 월급쟁이 생활을 때려치웠다. 아내의 적금을 깨 작은 사무실을 차렸고, 회사 시절 종종 만나 술잔을 기울이던 명민한 친구들을 사무실로 데려왔다. 소일거리로 영화, 음악, 문학 등을 섭렵하던 명민한 한량들을 한데 묶은 도식은 며칠을 고심한 끝에 프레젠테이션 파일 몇 장을 만들었다. 30분도 채 걸리지 않은 인터넷 사업과 관련된 프레젠테이션이 끝나자 강남 한복판의 대형 사무실과 최신 사무집기가 도식의 눈앞에 얌전히 놓였다. 수십억 원의 현찰이 도식의 회사 통장에 곧바로 입금됐다. 벤처, IT 산업이라는 신조어가 낳은 눈먼 돈뭉치였다.

도식과 아내는 강남 인근 신도시 아파트로 집을 옮겼다. 회사 돈으로 고급 승용차를 뽑았다. 삼겹살에 소주를 마시던 도식은 17년산 양주를 빨았다. 분 냄새를 풀풀 풍기는 미녀들 사이에서 접대를 받았고, 접대를 베풀었다. 남아도는 시간을 주체할 수 없어 주말마다 아내와 여행을 떠났다. 계절이 바뀔 때면 아내와 가까운 이웃나라로 짧은 해외여행을 다니기도 했다.

아내는 이내 직장을 그만뒀다. 도식은 아내에게 아이를 갖자고 말했다. 아내도 흔쾌히 도식의 제안을 받아들였다. 냉대를 감추지 않았던 처가 식구들이 환한 웃음으로 도식을 맞이했다. 아내는 곧 아이를 가졌다. 건강한 아들을 낳았다. 도식이 집에 늦게 와도 그의 아내는 말없이 미소를 지으며 도식을 반겼다. 돌도 되지 않은 아들은 도식을 보며 까르르 웃었다.

도식의 호시절은 끝도 없이 이어질 것처럼 보였다. 계속되는 술자리에 건강이 염려됐지만, 그까짓 건강은 아무것도 아니었다. 언제나, 어떤 상황에서도 주인이라면 반갑게 맞아주는 강아지 같은 아내와 퍼내고 퍼내도 비워지지 않는 화수분 같은 돈다발에, 친구들과의 즐거운 대화와 오직 자유만이 존재하는 상쾌한 시간이 도식의 주위를 에워쌌다. 그런 시절이 몇 년이나 계속됐다. 회사의 규모는 날로 커졌다.

도식의 호시절은 느닷없이 끝났다. 도식의 회사가 코스닥 상장 회사와의 합병을 앞두고 있을 무렵이었다. 연일 계속되는 술자리와 접대, 아름답고 썩어빠진 매춘부들과의 교접에 도식의 몸뚱이는 늘어질 정도로 흐물흐물한 상태였다.

새벽 2시경, 도식은 강남의 한 호텔 침대 위에 알몸으로 누워 있었다. 땀을 뻘뻘 흘리며 요분질에 열중이던 어린 창녀가 도식의 배 위에 앉아 있었다. 침대 곁 협탁 위에 놓인 도식의 휴대전화에서 다급한 벨소리가 울렸다. 발신 번호는 아내였다. 도식이 아무리 늦어도, 외박을 해도 결코 전화를 걸지 않던 순종적인 아내였다. 도식은 짜증이 났다. 전화를 받지 않았다. 아랫도리를 요리조리 놀리던 창녀의 몸짓에 도식이 힘겹게 반응을 보이던 순간, 휴대전화가 다시 울렸다. 손짓으로 어린 창녀를 치운 도식은 짜증스런 손길로 통화 버튼을 눌렀다. 아내였다. 뭐라고 중얼거리는 아내의 목소리가 생소했다.

"뭐라고? 무슨 일이야, 이 시간에?"

도식의 성난 목소리에 아내는 또다시 무슨 말인가를 중얼거렸다. 빨리 집으로 오라고, 속삭이는 듯한 아내의 목소리가 도식의 귓가를 파고들었다.

도식은 분 냄새를 대충 지우고 새벽의 도로를 질주해 집에 도착했다. 아파트 현관문을 열었다. 피비린내가 진동했다. 손목을 그은 아내가 거실에 얌전히 누워 있었다. 아내는 도식을 바라보며 희미한 미소를 지었다. 강아지 같은 미소를. 아내의 손목 근처에 검붉은 핏덩어리가 작은 산처럼 쌓여 있었다. 아내의 손목에서는 여전히 핏방울이 울컥울컥 새어나왔다. 아내는 덜렁거리는 손을 들어 아파트 베란다를 가리켰다. 반쯤 열린 베란다 창문에서 차가운 겨울바람이 따뜻한 거실로 스며들었다.

도식은 셔츠를 벗어 아내의 손목을 묶었다. 그러고는 천천히 걸어가 베란다 밖으로 고개를 내밀었다. 저 멀리 시멘트 바닥에 널브러진 익숙한 형체가 도식의 눈에 들어왔다. 도식의 아들이었다.

아내는 죽어갔다. 도식은 양손으로 아내의 얼굴을 감쌌다. 몇 년 만에 만져보는 아내의 얼굴은 차가웠다. 유난히 검었던 아내의 눈동자는 더욱 검게 보였다. 도식은 아내의 검디검은 눈동자를 바라봤다. 아내는 아무 말도 하지 않았다. 도식도 말을 하지 않았다. 도식의 눈에서 눈물 한 방울이 또르르 떨어졌다. 도식의 눈물이 아내의 검은 눈을 적셨다. 아내가 마지막으로 본 것은 도식의 흐리멍덩한 눈동자였다.

아내는 우울증을 앓고 있었다. 도식 모르게 병원을 다녔고 약을 먹었다. 산후 우울증에 걸린 아내는 돌도 채 지나지 않은 아들을 11층 아파트 베란다에서 던져버렸다. 무딘 식칼을 직접 갈아 가느다란 손목을 갈랐다. 손목이 덜렁거릴 정도로. 그런 힘과 용기가 어디서 나왔는지 도식은 알 수 없었다. 아내와 아들은 그렇게 도식의 곁을 떠났다.

아내와 아들의 장례식을 치른 도식은 회사에 사표를 냈다. 아내 명의의 아파트는 전세로 내놓았다. 아내와 아이의 보험금을 수령했다. 전세금과 보험금의 절반을 떼어 처가에 송금했다.

도식은 서울 종로의 뒷골목에 작은 오피스텔을 얻었다. 그러고는 몇 달 동안 오피스텔의 구석에 처박혀 술을 마셨다. 혼자 마시는 술에 질려서 도식은 무작정 해외로 떠났다. 태국, 라오스, 인도네시아, 베트남의 뒷골목을 떠돌았다. 매일 술을 마셨다. 매일 잠자리를 바꿨다. 매일매일 잠자리를 바꾸고 여자를 갈아치우는 떠돌이 생활이 1년 넘게 계속됐다.

정처 없이 해외를 떠돌던 도식은 호찌민시티에서 우연히 기승을 만났다. 기승의 소개로 순철과 대수도 만났다.

도식은 기승과 순철, 대수를 생각했다.

기승은 도식의 대학 2년 선배였다. 기승을 호찌민에서 만나게 되리라곤 생각도, 상상도 못했다. 종로의 오피스텔 구석에서, 동남아 대도시의 뒷골목 호텔에서 홀로 지내는 동안 도식이 연락을 주고받은 이는 손에 꼽을 정도였다. 기승이 베트남 호찌민에 있다는 소식을 알고 있던 대학 동창 한 명이 도식에게 전화번호를 전했다.

호찌민시티, 사이공이라 불렸던 도시의 뒷골목 한국 식당에서 도식은 기승과 소주잔을 기울였다. 서먹했던 선후배 사이였던 남자 둘은 소주잔을 앞에 두고 함께 늙어가는 친구가 됐다. 이후 기승의 소개로 순철과 대수를 만났다.

기승은 선했고 말이 많지 않았으며 듬직했다. 고민이 있을 때 속내를 털어놓을 수 있는 사내였다. 순철은 사내다웠지만 말이 많았고 거침이 없었다. 곤경에 처한 친구를 보면 손을 먼저 내미는 사내였다. 대수는 말이 없었고 사납고 거칠었다. 위기에 처한 친구를 위해 몸을 쓸 수 있는 사내였다.

외롭고 쓸쓸한 타국 생활에 지친 걸까. 도식은 기승의 집을 자주 방문했다. 작은 얼굴에 미소가 가득한 기승의 아내, 아빠를 보며 까르르 웃는 기승의 딸을 보며 잠시나마 안도했다. 기승의 집을 방문할 때면, 어둠 속에서 빛을 향해 걸어가는 듯한 기분이 들었다. 아내와 아들이 세상을 떠난 이후 단 한 번도 느껴보지 못한 충만감에 도식은 가볍게 몸을 떨었다.

도식은 기승의 집 인근에 작은 아파트를 하나 얻었다. 일주일에 서너 번은 기승의 집을 찾았다. 기승과 그의 아내와 함께 미지근한 사이공 맥주에 얼음을 타서 마셨다. 얼음 탄 사이공 맥주를 마실 때면, 사이공의 시원한 밤기운이 도식과 기승의 주위를 맴돌고 있다고 느꼈다.

기승의 사업, 정확히 말하면 기승 아내의 사업에 도식은 달러 뭉치를 보탰다. 아내의 죽음 후 도식의 회사 지분은 열 배 넘게 부풀려진 상태였다. 한국의 회사로 연락해 그중 일부를 팔아 현금으로 바꿨다.

도식은 기승의 사업을 믿지 않았다. 기승이 말하는 달콤한 배당금보다는 기승과 순철 그리고 대수와 함께 사이공의 밤거리를 걷고 싶었을 뿐이었다. 도식은 투자의 대가로 기승과 대수와 순철을 얻었다. 그들과의 싱거운 농담, 즐거운 한때가 투자의 대가라고 도식은 생각했다.

기승과 대수, 순철 그리고 도식에게는 공통점이 있었다. 도식은 그들과 술을 마시며 서로의 공통점을 곱씹었다.

목표를 손쉽게 달성한 남자들. 한때는 건실했던 남자들. 목표를 이뤘지만 그 대가로 뭔가를 잃어버린 남자들. 그 뭔가가 무엇인지 알지 못하는 미련한 남자들. 하지만 그 뭔가를 애타게 되찾으려 애쓰는 한심한 남자들.

한때는 건실했던, 하지만 지금은 미련하고 한심할 뿐인 남자들이 기승과 대수, 순철 그리고 자신이라 생각했다.

도식은 기승을 생각했다.

사라지기 이틀 전, 기승이 도식에게 전화를 걸었다. 기승과 도식은 푸미홍의 한 노천카페에 앉아 붉게 물든 저녁놀을 바라보며 쓰디쓴 커피를 마셨다. 기승은 도식에게 사업이 끝났다고 통보했다. 그리고 딸이 자신의 친딸이 아니라는 말도 전했다. 그 딸의 아버지가 대수라는 말도 읊조렸다.

도식은 놀라지 않았다. 어머니가 농약을 마시고 죽은 이후, 도식은 그 어떤 일에도 동요하지 않았다. 도식의 눈앞에서 한 여자가 죽은 적이 있었다. 광고 회사에 다닐 무렵, 도식은 광고주를 만나려고 지하철을 기다렸다. 젊은 여자가 달려오는 지하철 객차에 몸을 던졌다. 여자의 몸은 수십 조각의 고깃덩어리로 변했다. 도식의 눈앞에서 객차에 몸을 던지는 여자, 산산이 부서지는 여자를 바라보며 도식은 "여자가 몸을 던졌군" 하고 중얼거렸다. 날이 선 자신의 바지에 튄 검붉은 살점을 무심히 바라볼 뿐이었다.

"그래서 어떻게 할 참이야?"

도식의 질문에 기승은 대수와 순철을 불렀다고 말했다. 대수와 순철과 도식의 앞에서 사업이 끝났음을 말할 거라고 기승은 힘없는 목소리로 중얼거렸다.

"대수의 딸은 어떻게 할 참이야?"

도식의 두 번째 물음에 기승은 아무 말도 하지 않았다. 도식과 기승의 눈앞에 펼쳐진 붉은 노을이 희미해졌을 무렵, 기승은 이렇게 말했다.

"나나 흐엉에게 무슨 일이 생기면 내 딸을 좀 부탁한다. 그럴 일은 없겠지만, 혹여 무슨 일이 일어나면 말이다."

기승은 테이블 위로 두툼한 봉투 하나를 내밀었다.

"네 투자 원금 전액이다. 원금을 상환한다는 의미이기도 하고, 내 딸을 부탁한다는 뜻도 담겼다. 넣어둬라."

도식은 돈다발이 담긴 봉투를 기승 쪽으로 다시 밀었다. 돈은 필요 없다고 말했다. 그 돈을 사태 해결에 보태라고 말했다. 뜻은 잘 알았으니 딸은 걱정하지 말라고 도식은 기승에게 강조했다.

기승에게 무슨 일이 일어났는지 도식은 알 수 없었다. 알고 싶지도 않았다. '짧았던 사이공의 생활이 끝나가는구나'라고 속으로 중얼거렸을 뿐이다. '사이공을 떠나면 이제 어디로 가지?' 하는 질문만이 머릿속에서 맴돌 뿐이었다.

도식은 희미해진 노을을 향해 멀어지는 기승의 뒷모습을 쳐다봤다. 그의 어깨에 내려앉은 사이공의 노을은 핏빛이었다. 듬직했던, 하지만 이제는 쓸쓸해진 어깨를 가진 한 사내가 도식의 곁을 떠나고 있었다.

농약을 마시고 죽은 어머니, 속수무책으로 집안이 몰락해가는 모습을 지켜보며 무력감에 몸을 떨다 죽었을 아버지, 뼈가 보일 정도로 손목을 그은 아내, 어머니에 의해 11층 베란다에서 던져진 아이의 환영이 멀어져가는 기승 너머로 보였다. 그들은 기승이 걸어가는 핏빛 노을 속에서 서로 손을 잡고 춤을 추며 웃고 있었다.

그날 이후 기승은 종적을 감췄다. 기승의 아내는 죽어버렸다. 대수는 반쯤 죽었다. 기승의 딸이자 대수의 딸이자 흐엉의 딸은 피투성이로 발견됐다. 아마 기승도 이 세상에서 사라져버렸을 게 틀림없었다.

기승이 대수를 죽였을까. 기승이 흐엉을 죽였을까. 기승이 대수의 딸을 피투성이로 만든 걸까.

도식은 의아했지만, 현실을 있는 그대로 받아들였다. 언제나 그랬던 것처럼. 한 가지 다행인 것은 기승의 딸을 순철이 발견했다는 소식이었다.

'순철이라면 걱정할 거 없어.'

달랏에서의 일정을 빨리 끝내고 사이공으로 돌아가 기승의 딸을 보고 싶었다.

"다 왔어요."

생기 넘치는 젊은 여자의 목소리에 도식이 눈을 떴다. 린이 기쁨에 넘치는 목소리로 외쳤다.

차창 밖에서 불어오는 한낮의 바람은 서늘했다. 우편엽서에나 나올 법한 밝고 화려하고 고풍스러운 집들이 차창 밖을 천천히 스쳐 지나갔다. 린이 가느다란 팔을 쭉 펴고 기지개를 켰다. 기지개를 켜며 가슴을 내밀었다. 그녀의 귀여운 분홍빛 젖꼭지가 얇은 셔츠 밖으로 도드라졌다.

거대한 백인 여자가 자그맣게 탄성을 내질렀다. 운전사는 여전히 말이 없었다. 도식은 긴 한숨을 내뱉으며 담배를 꺼내 물었다. 도식은 한쪽 손을 차창 밖으로 내밀었다. 달랏의 바람이 손바닥에 닿았다. 땀에 젖은 끈끈한 손바닥이 금세 말랐다. 물기 없는 보송한 바람이 산들거렸다.

거무스름한, 세상의 기원

일곱 시간을 달린 미니버스는 프랑스식 건물 앞에서 스르르 멈췄다. 버스의 문짝이 덜커덕 열렸다. 검은 양복을 입은 남자가 환하게 웃으며 도식과 린을 쳐다봤다. 군인처럼 머리카락을 짧게 자른 남자였다. 린이 버스에서 내렸고 도식과 백인 여자가 그 뒤를 따랐다.

"웰컴 투 달랏."

검은 양복의 남자가 우렁차게 말했다. 고함을 치는 것 같은 굵고 낮은 목소리였다.

프랑스풍의 4층짜리 호텔은 아주 오래 전에 지어진 건물 같았다. 100년도 넘은 듯한 고색창연한 호텔. 담쟁이넝쿨이 우거진 붉은 벽돌에 세월의 흔적이 덕지덕지 묻어 있었다. 높이는 4층이지만 옆으로 무척이나 긴 건물이었다. 호텔의 바로 옆에 호텔보다 더 오래된 듯한 고풍스러운 성당이 자리를 잡고 있었다. 붉은 벽돌의 호텔과

삼각형의 뾰족한 첨탑을 얹은 오래된 성당 외벽에 달랏의 투명한 햇살이 내리쬈다.

버스에서 내린 도식은 고색창연한 호텔과 성당을 바라봤다. 도식은 숨을 깊게 들이쉬었다. 달랏의 공기에는 축축함이 없었다. 공기에서 바스락거리는 소리가 나는 것 같았다.

린과 도식은 두꺼운 카펫이 깔린 로비로 들어섰다. 오래된 건물에서 나는 칙칙한 냄새가 풍겼다. 곱게 늙어간 상류층 노인에게서 나는 그런 냄새. 로비에 들어선 도식의 눈에 흑백영화에나 나올 법한 엘리베이터가 보였다. 육중한 철문이 쿵 하며 열리는, 굵은 철망에 둘러싸인 옛날식 엘리베이터.

도식은 고개를 들어 천장을 보았다. 로비의 천장은 3층까지 뚫려 있었다. 3층 천장에는 커다랗고 화려한 샹들리에가 붙어 있었다. 천박함을 찾을 수 없는 최고급 창녀의 웃음처럼 샹들리에는 반짝거렸다.

"베트남 황제의 별장을 호텔로 개조한 건물이에요."

도식의 앞에서 성큼성큼 걷던 린이 도식 쪽으로 고개를 돌리며 말했다. 달랏의 오후 햇살을 닮은 웃음이 얼굴에 떠돌았다.

"황제의 별장이라. 당신 부자군. 여기 굉장히 비싸 보이는데."

도식이 비협조적으로 말했다.

린은 도식의 말에 아무런 대꾸도 없이 프런트로 성큼성큼 향했다. 그녀의 걸음걸이는 당당했고 거침이 없었다.

프런트 직원 한 쌍이 린에게 환하게 미소 지었다. 콤플렉스를 찾아볼 수 없는 순진무구한 미소였다. 도식은 린의 표정을 볼 수 없었다. 앙증맞은 뒤통수를 쳐다보며 도식은 린의 뒤에 가만히 서 있을 뿐이었다. 이러지도 저러지도 못하는 무력한 중년 남자의 자세로.

"여권 줘요."

린이 고개를 돌리며 박력 있게 말했다.

도식은 뒷주머니에서 여권을 꺼냈다. 도식이 꺼낸 여권의 겉표지는 너덜너덜했다. 너덜너덜해진 여권을 가진 사내의 표정도 너덜너덜했다.

검은 양복의 남자가 린의 무거운 트렁크를 끌고 엘리베이터로 향했다. 린과 도식이 그 뒤를 따랐다. 엘리베이터의 철망문이 천천히 열렸다. 린과 도식과 검은 양복이 엘리베이터에 차례차례 올랐다. 쇠붙이와 쇠붙이가 마주치는 소리를 내며 엘리베이터는 천천히 상승했다. 도식은 천장을 올려다봤다. 엘리베이터의 천장도 굵은 철망이었다. 철망 사이로 도르래와 굵은 쇠사슬이 서로 육중하게 얽혀 삐거덕 소리를 냈다.

린이 객실 창문을 활짝 열었다. 양쪽으로 활짝 열리는 프랑스식 창문이었다. 나지막한 산등성이에 갖가지 모양의 집들이 다닥다닥 붙어 있었다. 하늘은 파랬고 산도 파랬다. 파란 산과 파란 하늘에 푹 파묻힌 듯한 달랏의 집들은 묘지 같았다. 파란 하늘과 파란 산을 배경으로 설계된 쓸쓸한 무연고 공동묘지.

파랗고 노랗고 빨간, 묘지 같은 지붕들이 호텔 객실에서 한눈에 내려다보였다. 도식은 산 사람이 몸을 묻고 있을 달랏의 집들을 내려다보며 천천히 담배를 피웠다.

커다란 수건을 몸에 두른 린이 도식의 등 뒤로 다가왔다. 바스락거리는 소리도 나지 않았다. 달랏의 집들을 내려다보던 도식이 몸을 돌렸다.

"나랑 결혼해준 대가에요. 빨리 나를 가져요."

린이 속삭이듯 말했다. 그녀는 눈을 내리깔고 서 있었다. 린이 몸을 감고 있던 커다란 수건을 풀었다. 차가운 알몸이 고스란히 드러났다. 그녀의 알몸에 달랏의 햇빛이 내리비쳤다. 피부에 맺힌 차가운 물방울들이 오후의 햇살을 받아 반짝반짝 빛났다. 빛이 나는 싱싱한 육체였다.

"지금은 안 돼."

"……."

"그게 안 서. 술을 마시지 않으면. 미안해."

성가셔 하는 듯한 도식의 말투에 린이 까르르 웃음을 터트렸다. 사춘기 소녀 같은 웃음이었다. 그녀의 웃음 뒤로 연약한 목젖이 환하게 드러났다. 분홍색의 목젖.

"그럼 빨리 마셔요."

분홍색 목젖에 분홍색 빰에 분홍색 유방을 가진 젊은 여자가 턱짓으로 냉장고를 가리켰다.

"어서요. 시간이 많지 않으니까."

침대 시트 속으로 알몸을 비벼넣으며 린이 말했다. 커다란 침대 속으로 쏙 들어간 그녀가 하얀 시트를 가슴까지 당겼다.

"난 씻지도 않았는데. 샤워라도 할까?"

누에고치처럼 누운 린을 내려다보며 도식이 말했다.

"샤워하지 말아요. 난 땀 냄새가 좋아요. 거친 남자의 땀 냄새. 난 땀 냄새에 흥분해요. 양치도 하지 말아요. 난 입 냄새가 좋아요. 입 냄새로 남자를 알 수 있죠. 오줌을 싸고 오세요. 난 남자의 페니스와 고환에 묻어 있는 오줌 냄새가 좋아요. 난 개처럼 남자를 핥고 빨아요. 개들이 비누 냄새 좋아하는 것 봤어요? 난 개가 될 거예요. 당신을 핥아줄 거예요. 컹컹."

눈을 동그랗게 뜬 린이 도식을 올려다보며 말했다.

'미친 여자 아닌가.'

도식은 속으로 중얼거리며 냉장고를 열었다. 타이거 맥주 한 캔을 꺼냈다. 창가로 다가섰다. 묘지 같은 집들을 내려다보며 도식은 담배를 물었다. 파란 하늘 한복판에 하얀 뭉게구름 한 조각이 떠 있었다. 하늘과 가까운 도시인가. 달랏의 하늘은 눈이 부실 정도로 파랬다. 손을 뻗으면 닿을 것 같았다.

파란 하늘과 하얀 구름을 쳐다보던 도식의 눈살이 찌푸려졌다. 익숙하지 않은 눈부심과 밝음 때문이었다.

도식은 맥주를 마시지 않았다. 차가운 맥주를 마시기에는 어울리지 않는 도시였다. 도식은 담배를 피우지도 않았다. 독한 담배 연기를 들이켜기에도 어울리지 않는 공기였다.

파란 하늘과 하얀 구름과 푸른 산등성이와 울긋불긋한 집들을 쳐다보던 도식이 몸을 돌려 침대 옆에 놓인 의자에 앉았다. 어느새 린은 잠이 들었다. 그녀의 봉긋한 가슴이 무방비로 드러나 있었다. 복숭앗빛 봉긋한 유방과 새침하게 날이 선 분홍색 젖꼭지도 태연하게 잠이 들었다. 눈부신 달랏의 햇살을 받은 린의 유방과 젖꼭지가 위아래로 조용히 오르락내리락했다.

도식은 살그머니 린의 몸뚱이를 감싼 시트를 들췄다. 하얀 시트가 걷히자 린의 하반신이 나타났다. 도식은 린의 가냘픈 발목을 잡았다. 그녀의 가냘픈 다리가 프랑스풍의 창문처럼 활짝 벌어졌다. 달랏의 투명한 오후 햇살이 그녀의 허벅지 사이를 내리쬐었다. 도식은 멍한 눈빛으로 린의 음부를 바라봤다. 따스하고 투명한 햇살에 환히 모습을 드러낸 거무스름한 세상의 기원을.

도식은 린의 음부에 머리를 처박았다. 개처럼 킁킁거렸다. 린의 음부에서는 코코넛 향기가 물씬 풍겼다. 도식은 코코넛의 껍질을 살짝 핥았다. 백태가 낀 더러운 혀로.

린의 음부는 코코넛 열매 같았다. 겉은 딱딱하고 속에는 수액이 찰랑거리는 작은 코코넛 열매. 도식은 더러운 혀와 번들거리는 입술과 덜렁거리는 이빨과 검은 때가 낀 손톱이 달린 무신경한 손가락으로 열매를 깨려 애썼다. 햇빛을 잔뜩 받은 코코넛 열매는 쉽사리 열리지 않았다. 달콤한 수액이 조금씩 흘러나올 뿐이었다.

린이 몸을 뒤척이더니 눈을 번쩍 떴다. 강렬한 오후의 햇살에 린이 눈살을 찌푸렸다.

"뭐하는 거예요?"

린이 다리를 오므리며 말했다.

"아무것도."

도식이 번들거리는 입술을 손등으로 닦으며 말했다.

"어서 이리 와요."

도식이 옷을 벗었다. 알몸이 된 도식이 린의 곁을 파고들었다. 린이 가냘픈 팔을 내밀어 도식에게 팔베개를 해줬다. 태아처럼 몸을 웅크린 도식이 린의 분홍색 젖꼭지를 입에 물었다.

"베트남 여자들 보지에선 왜 코코넛 냄새가 나는 걸까?"

린의 젖꼭지를 입에 문 도식이 웅얼거리며 물었다.

"코코넛? 한국 여자들의 거기에선 어떤 냄새가 나죠?"

젖꼭지를 도식에게 내준 린이 간지러운 목소리로 물었다.

"글쎄. 기억이 안 나. 어떤 냄새가 났을까? 아, 모르겠어. 베트남 여자들의 보지에서 늑맘(베트남 전통 젓갈의 한 종류) 냄새가 날 거라고 상상했거든. 그런데 늑맘이 아닌 코코넛이야. 달콤한 코코넛."

웅얼거리는 도식을 바라보던 린이 살며시 미소 지었다.

젖꼭지를 입에 문 도식이 조용해졌다. 엄마의 젖을 문 갓난아기처럼 도식은 새근새근 잠이 들었다. 린은 새근새근 들썩거리는 도식의 어깨를 가만히 토닥였다.

When I die bury me face down so the whole world can kiss my ass

"잘 잤어요?"

알몸으로 침대 위에 웅크리고 자던 도식의 눈이 천천히 떠졌다. 창문은 여전히 활짝 열린 채였다. 도식이 느릿느릿 몸을 일으켰다. 창문 너머로 붉은 노을이 보였다. 파란 하늘을 붉게 물들인 노을이 달랏의 집과 들과 산을 휘감고 있었다.

"얼마나 잔 거지?"

도식이 고개를 흔들며 린에게 물었다.

"두 시간?"

창가에 서서 창밖을 내다보던 린이 말했다. 낡은 청바지에 늘어진 스웨터를 입은 그녀의 얼굴에 붉은 노을이 가득했다.

"이제 어디로 가지?"

"옷 입어요. 우리 집으로 가야죠. 우리 가족하고 저녁 먹기로 했잖아요. 서둘러요."

린이 사무적으로 말했다.

도식은 욕실로 들어갔다. 뜨거운 물을 틀어 짧게 샤워를 마쳤다. 욕실에서 나오니 검은색 양복 한 벌이 침대 위에 누워 있었다. 시체처럼 누운, 주름 하나 없는 깨끗한 양복을 흘깃 쳐다보며 도식이 물었다.

"당신이 준비한 건가?"

"당신 옷이 마음에 들지 않아서요. 이거 입도록 해요. 괜찮죠?"

도식은 말없이 옷을 입었다.

양복을 차려 입은 도식의 몰골은 시체 같았다. 노련한 장의사의 손길에 새롭게 태어난 하류층 시체.

"당신 집에는 어떻게 가지? 택시를 타야 돼? 택시 타면 얼마나 걸려?"

"그냥 따라와요. 말도 참 많으시네. 내가 알아서 할 텐데……."

"괜찮으면 자동차를 빌리는 게 어떨까? 명색이 사위인데, 폼나게 자가용 몰고 가자고. 돈은 내가 내지."

"그러시든지."

도식과 린을 태운 검은색 도요타 캠리가 달랏 외곽 도로를 천천히 빠져나갔다. 운전대를 잡은 도식이 담배를 꺼내 물었다. 딸깍. 린이 낡고 낡은 지포라이터를 열어 도식의 눈앞에 내밀었다. 경유 타는 냄새가 차 안을 가득 메웠다. 지포가 딸깍 소리를 내며 닫혔다. 린의 가냘픈 손바닥 안에서.

담배에 불을 붙인 도식이 운전석 창문을 내렸다. 푸르스름한 담배 연기가 푸르스름한 달랏의 저녁 공기 속으로 황급히 빠져나갔다.

도식은 손짓으로 지포를 달라고 말했다. 린이 새침한 표정으로 라이터를 건넸다.

지포의 한쪽 면에는 초등학생이 그린 듯한 헬리콥터 한 대가 새겨져 있었다. 라이터의 뒷면에는 무학자가 쓴 듯한 비뚤비뚤한 영어 문구가 새겨져 있었다.

'When I die bury me face down so the whole world can kiss my ass(내가 죽어 자빠지면 나를 뒤집어 묻어주오. 망할 놈의 세상이 내 똥구멍에 키스할 수 있도록).'

문구를 한 번 들여다보고는 도식은 지포를 자신의 주머니에 넣었다.

"가짜 월남전쟁 골동품 같군. 내가 가져도 될까?"

"할아버지의 유품이라는데, 당신 마음대로 해요. 결혼 선물이라 치죠."

"고마워."

린과 도식은 한동안 말이 없었다. 석양을 머금은 소나무와 형형색색의 꽃들이 가득한 달랏의 도로를 벗어난 캠리가 구불구불한 산악도로로 접어들었다. 급경사의 아스팔트 도로 옆으로 끝을 알 수 없는 호수가 보였다. 노을을 받아 황금빛으로 물든 호수 위로 하얀 초저녁 별 하나가 희미하게 모습을 드러냈다. 달랏을 적셨던 붉은 노을은 천천히 거무스름한 어둠에게 자리를 내주고 있었다.

가로등도 없는 시골길을 캠리는 천천히 달렸다. 한 시간쯤 달렸을까. 캠리는 작은 마을 앞에서 멈췄다. 도식은 어둠 속에 묻힌 차창 밖의 마을을 바라다봤다. 흑백 서부 영화를 보는 듯한 느낌이었다. 노란 불빛의 가로등 하나가 어두컴컴한 거리를 밝히고 있었다. 희미하게 불을 밝힌 마을 입구에 위치한 잡화점에는 인기척이 없었다. 뚜껑에 녹이 잔뜩 슨 콜라병, 오렌지색 불량 음료 몇 병, 제조 연도를 알 수 없는 정체불명의 과자, 정박아를 위한 딱지가 진열되어 있을 법한 잡화점이었다. 나무 판으로 벽을 대고 나무를 깎아 지붕을 인 허름한 집 몇 채, 쓰러지기 일보 직전의 잡화점이 옹기종기 머리를 맞댄 마을이었다. 인적이 없는 잡화점 옆 오른편으로 난 비포장도로를 향해 린이 손가락을 내밀었다.

"이쪽으로 가요."

"얼마나 더 가야 해?"

"아주 잠깐."

어둠 속에서 마른 먼지가 풀풀 날렸다. 캘리는 쿵쾅거리며 달렸다. 차 한 대가 겨우 빠져나갈 수 있는 비포장도로였다. 어둠 속에 묻힌 길은 끝도 없이 계속됐다. 상향등을 켠 도식은 조심조심 핸들을 조작했다. 10여 분을 달렸을까. 백열등을 환하게 밝힌 외딴 집이 어둠 속에서 느닷없이 나타났다.

"여기예요."

린이 읊조렸다.

널빤지를 붙이고 이어 만든 낡고 좁은 2층짜리 목조 주택에서 도식은 낯선 사람들과 밥을 먹었다. 공허한 눈빛의 노파가 도식의 손을 부여잡았다. 도식은 노파의 손가락을 들여다봤다. 노파의 왼손 약지에 '미스터 림'이라는 영어 문구가 새겨져 있었다. 도식은 쭈글쭈글한 손가락에 새겨진 쭈글쭈글한 미스터 림을 슬쩍 어루만졌다. 노파는 린의 할머니였다. 한국으로 도망친 미스터 림의 생사를 확인하고 싶다는 그 할머니가 도식의 눈앞에 있었다. 노파는 도식의 손을 어루만지며 눈물을 글썽였다.

눈물을 훔치는 노파의 옆에 한 여인이 자리를 잡고 있었다. 도식과 비슷한 또래의 중년 여인은 린의 어머니였다. 린과 쌍둥이처럼 닮은 린의 어머니는 도식에게 고개를 끄덕이며 눈인사를 건넸다. 린의 어머니가 식사 내내 도식의 음식을 챙겼다. 쌍둥이 자매가 눈앞에 앉아 있는 것 같았다.

도식의 앞에 놓인 접시에 김이 나는 하얀 쌀밥이 수북이 쌓였고, 쌀밥 위에 큼직한 돼지고기 한 덩어리와 고약한 향이 나는 채소 볶음이 얹혀졌다. 도식은 아무 말 없이 밥을 먹었다. 도식의 옆에 앉은 린은 작은 새가 우는 듯한 억양으로 끊임없이 재잘댔다. 눈물을 글썽이는 노파와 도식의 반찬을 챙기는 여인도 끊임없이 재잘댔다.

길고 긴 저녁식사가 끝났다. 린의 어머니가 찌그러진 양은 잔에 커피를 내왔다. 곧 쓰러질 것처럼 기운 나무 식탁에 커피 몇 잔이 놓였다. 도식은 쓰디쓴 커피를 홀짝였다. 노파와 여인과 린은 도식을 홀로 남겨놓고 옆방으로 건너갔다. 노파와 여인과 린이 무슨 수작을 벌이는지 도식은 알 수 없었다. 알고 싶지도 않았다. 도식은 커피를 마시며 담배를 피웠다. 담배 연기가 온 집 안에 가득 차더니 이내 어디론가 사라져갔다.

“가요, 호텔로.”

“당신은 여기서 자는 게 어떻겠소? 엄마랑 할머니랑 같이. 나는 혼자서 호텔로 가면 될 것 같군.”

“아뇨. 같이 가요. 내일 아침 일찍부터 일이 많아요. 여기서 빨리 일 끝내고, 사이공으로 가야 해요.”

“무슨 일?”

“벌써 까먹었어요? 달랏 시청에 가서 혼인신고를 해야잖아요.”

“아, 그렇군. 그럼, 그러지 뭐.”

집을 나온 도식은 말도 없이 웅크리고 있던 캠리에 올라탔다. 운전석에 앉은 도식은 백미러를 쳐다봤다. 촉촉한 눈을 가진 노파가 흔드는 손바닥이 보였다. 미스터 림이 새겨진 손가락이 달린 하얀 손바닥이 좌우로 흔들렸다.

목조 주택의 현관에서 린과 그녀를 빼닮은 한 여인이 두런두런 이야기를 나누었다. 좁고 낡은 현관의 백열등 불빛 아래 서 있는 여자 둘은 연극배우 같았다. 관객이 단 한 명도 없는 썰렁한 무대에 올라선 무명 연극배우들. 그 배우들이 뭐라고 말하는지 도식은 알아들을 수 없었다. 어머니와 얘기를 나누던 린이 현관을 받친 나무 기둥에 몸을 기댔다. 그녀는 팔짱을 끼고 있었다. 린의 어깨에 한쪽 손을 얹은 어머니가 귓속말로 뭐라 중얼거렸다. 린의 할머니는 여전히 손을 흔들고 있었다.

린이 캠리에 올라탔다. 멍한 눈빛의 노파와 팔짱을 낀 여인과 흑백 서부영화의 세트 같은 낡은 목조 주택이 어둠 속에서 서서히 사라져갔다.

캠리는 왔던 길을 되돌아갔다. 어둠의 색깔은 확연히 짙어졌다. 상향등 불빛 속에서 누런 먼지 떼가 신이 나서 춤을 췄다. 자동차는 아래위로 요동쳤다. 도식의 뱃속에서 트림이 나왔다. 린이 작은 손바닥으로 코를 감싸 쥐었다. 도식은 모르는 척 가속페달을 힘껏 밟았다.

"할머니가 뭐랍디까?"

"……."

"혹시 손녀사위가 너무 멋져 죽을 지경이라고 하지 않았나?"

"……."

"어머니는 뭐라 해요?"

"……."

"내 눈에 흙이 들어가지 않는 이상 중늙은이 같은 사윗감은 볼 수 없다고 안 그래요?"

"……."

"벙어리도 아니고, 당신 귀가 먹은 건가?"

"좀 조용히 해요. 피곤해요. 당신 원래 말 별로 없지 않나요? 뭐가 그리 신이 나서 조잘거려요?"

도식의 질문에 린이 혀를 차며 말했다.

"미안하오. 어린 신부 얻어서 흥분했나보지. 닥치고 있으리다."

태연했던 도식의 얼굴이 다시 굳어졌다. 잠시나마 생기가 넘쳤던 도식의 눈가에 해묵은 피로가 되살아났다.

떠오른 사내, 뜯겨진 사내

달랏은 겨울이었다. 느닷없는 추위에 덜덜 떠는 듯한 하얀 별 하나가 캄캄한 하늘에 떠 있었다. 차창 밖에서 스며드는 칼날 같은 바람에 도식은 양복 깃을 목 위로 여몄다. 얇은 셔츠 차림의 린은 몸을 잔뜩 웅크렸다. 예상치 못한 겨울바람에 도식은 어리둥절한 기분이 들었다. 겨울바람을 쐰 지가 얼마만인지. 한국에서도 느낄 수 없었던, 그 옛날 어린 시절의 기억에만 겨우 존재하는 음흉한 겨울바람이었다.

도식은 캠리의 히터 스위치를 올렸다. 베트남에선 한 번도 사용하지 않았던 히터 스위치였다. 운전석 좌우 구멍에서 따뜻한 바람이 새어나왔다. 차창을 꼭 닫은 도식은 엄지발가락에 힘을 꽉 줬다. 발가락으로 가속페달을 끝까지 밟았다. 캠리는 가로등도 없는 산악도로를 정신없이 내달렸다. 하얀 달빛과 죽어가는 별빛이 만든 색채가 앞 멀리에 던져졌다. 움츠린 하얀 별과 칼날 같은 바람과 얼어붙기 직전의 커다란 호수와 벌벌 떠는 소나무들이 캠리를 휙휙 스쳐 지나갔다.

오리털 재킷을 입은 한 남자가 탄 커다란 오토바이가 아슬아슬한 차이로 캠리와의 추돌을 피했다. 중심을 잃기 전, 가까스로 멈춘 오리털 재킷은 도식과 린이 탄 캠리를 향해 욕설을 퍼부었다. 남자의 욕설을 듣지 못한, 들을 리도 없는 캠리는 내리막길에서도 브레이크를 밟지 않았다. 전속력의 캠리는 기적적으로 황제의 별장에 도착했다. 바람과 달과 별의 호위 덕분이었다.

호텔 객실은 따뜻했다. 도식은 아무 말 없이 옷을 훌훌 벗었다. 알몸이 된 도식은 한 치의 망설임도 없이 침대 위로 몸을 던졌다. 린과 눈도 마주치지 않았다. 씻지도 않았다. 양치도 하지 않았다. 잘 자라는 인사도 없었다. 한 번 하고 싶다는 추파도 던지지 않았다. 피곤하고 졸린 눈을 연신 끔뻑일 뿐이었다.

린은 침대 속으로 기어들어가는 도식을 입술을 꾹 다물고 쳐다봤다. 푹신한 베개에 머리를 묻은 도식은 이내 코를 골았다.

린은 욕실로 들어갔다. 욕실의 천장 한 구석에 매달린 커다란 방열전구에서 따뜻한 열기와 빛이 흘러나왔다. 방열전구가 발산하는 열기를 온몸으로 느끼며 린은 천천히 옷을 벗었다. 첫날밤을 준비하는 신부처럼 린은 정성껏 몸을 씻었다. 욕실에서 나온 린은 트렁크를 열고 잠옷을 꺼냈다. 꽃무늬가 새겨진 싸구려 잠옷이었다. 여고생들이 즐겨 입는 평범한 분홍색 잠옷.

객실 천장 한 구석에 설치된 작은 통풍구에서 따뜻한 바람이 흘러나왔다. 어울리지 않는 잠옷을 입고 수천 달러는 족히 나갈 듯한 마호가니 의자에 앉은 린은 마호가니 원목으로 테를 두른 커다란 거울에 비친 자신의 얼굴을 바라봤다. 거울 속에는 낯익은 젊은 여자가 작은 손으로 턱을 괴고 앉아 있었다. 낯익은 젊은 여자 뒤로 하얀 시트가 깔린 싱글베드 두 개가 보였다. 그중 하나에 알몸의 중년 남자가 큰대자로 누워 있었다.

길고 긴 하루가 끝나가고 있었다. 베트남 황제의 별장을 개조했다는 호텔의 넓디넓은 침대 위에 중년의 남자가 코를 골며 자고 있다. 아버지뻘일 것이 분명한 낯선 남자였다.

황제의 별장이었다는 호텔의 하루 숙박 비용은 린의 한 달 월급보다 비쌌다. 객실은 린이 공부했던 대학의 교실만큼 넓었다. 코 고는 소리가 아련하게 들릴 정도로. 호텔의 천장은 그녀가 어린 시절 놀러 다녔던 성당처럼 높았다.

두 번째 보는 낯선 남자에게 결혼하자고 말했다. 불만 가득한 인상의 낯선 남자는 그러자고 답했다. 낯선 남자 앞에서 알몸으로 가랑이를 벌렸다. 낯선 남자가 더러운 입으로 킁킁대며 가랑이를 탐했다. 낯선 남자와 가족을 만나러 갔다. 가족에게 낯선 남자를 남편감이라고 소개했다. 가난에 지친 가족. 그들은 축하한다고 말했다. 할머니는 눈물을 글썽였고, 어머니는 꼬깃꼬깃한 지폐 몇 장을 건넸다.

많은 일이 있었던 하루를 돌아보던 린은 고개를 옆으로 돌렸다. 마호가니 협탁 위에 놓인 휴대전화가 애타게 울었다. 분홍색의 소녀 취향 휴대전화. 코를 골던 도식이 몸을 뒤척였다. 분홍색의 소녀 취향 잠옷을 걸친 린이 휴대전화 액정을 쳐다봤다. 발신자는 '민'이었다. 도식을 취조했고, 죽어가는 대수의 소지품을 뒤졌고, 싸늘한 고깃덩어리로 냉동고에 누워 있던 흐엉의 몸을 살펴보던 호찌민 공안국의 민 형사. 린은 휴대전화의 통화 버튼을 눌렀다.

"어디야? 지금 빨리 왔으면 좋겠는데."

"지금 못 가요. 여기 달랏이에요. 무슨 일이죠?"

"어디라고? 달랏? 달랏에는 왜?"

"전에 이야기했잖아요. 혼인신고 때문에 왔어요. 이 시간에 무슨 일이에요?"

"그렇군. 그럼 언제 올 수 있나? 내일 오전 중엔 올 수 있지? 비행기 타고 와. 교통비 줄게. 알았지?"

"오전 중에는 힘들어요. 빨리 가더라도 오후 늦게나 도착할 거예요."

"그래? 아무튼 너무 늦지는 마."

"알았어요. 그런데 무슨 일이냐고요?"

"김기승, 잘 알지? 죽은 흐엉 남편 말이야. 김기승이 떠올랐어."

"떠오르다니, 그게 무슨 말이에요?"

"말 그대로. 사이공 강에서 발견됐어. 불어터진 시체로. 아…… 그리고 또 하나. 오순철이란 남자 알아?"

"이름은 알아요."

"그 인간도 발견됐어. 땅미 시장 인근 쓰레기장에서. 한 놈은 물에서 떠올랐고, 한 놈은 쓰레기장에서 개들에게 뜯겼지."

"……."

"양도식이는 잘 있나? 결혼 신고는 한 거야? 그러고 보니 양도식 친구들이 다 죽었군."

"옆에 있어요."

"그렇군. 아무튼 내일 보자고. 수사 보고서 한국어로 옮겨서 한국 영사관에 넘겨야 하니까."

"알았어요. 그런데 병원에 있는 김대수 씨는 어떤가요? 김기승 씨의 딸은요?"

"김대수는 그냥 그래. 김대수가 깨어나야 보고서 작성이 빨리 끝나는데……. 죽지도 않고 깨어나지도 않고 그냥 그대로야. 김기승 딸은 푸미홍 FV(프랑스-베트남)병원으로 옮겨놨어. 당신이 부탁한 건데……. 걱정하지 마. 상태도 괜찮아지는 것 같아."

"알았어요. 고마워요."

"고맙긴. 그럼 내일 보자고."

린은 분홍색 휴대전화를 거울 앞에 조용히 내려놨다. 의자에서 일어나 조용히 침대 쪽으로 걸어갔다. 그녀는 무릎을 모으고 침대 발치에 걸터앉았다. 그녀의 두 손은 허벅지 사이에 얌전히 놓여 있었다. 깍지를 낀 작은 손이었다.

린의 등 뒤에서 도식의 코 고는 소리가 여전히 들렸다.

창문이 조금 열려 있었다. 산등성이로 향한 창문 틈 사이로 서늘한 바람이 조금씩 들어왔다. 자리에서 일어난 린은 창가로 다가가 창문을 조용히 닫았다. 린은 차가운 창문에 얼굴을 갖다 댔다. 통통한 코끝이 차가운 창문에 닿았다. 코끝이 시렸다. 린은 눈을 크게 떴다. 창밖을 내다봤다. 아무것도 보이지 않았다. 한참이 지나자 어둠 속에 웅크린 산등성이가 보였다. 어둠을 응시하던 린은 고개를 돌려 도식을 쳐다봤다. 이불을 걷어찬 도식이 침대에 모로 누워 배를 긁었다.

새벽 2시 20분이었다.

3부 죽음이 너를 구원할 것이다

목표를 손쉽게 달성한 남자들, 목표를 이뤘지만 그 대가로 뭔가를 잃어버린 남자들, 그 뭔가가 무엇인지 알지 못하는 남자들, 하지만 그 뭔가를 되찾으려 애쓰는 남자들. 한때는 건실했던, 하지만 지금은 상실되고 미련하고 한심할 뿐인 남자들이 우리였다.

베트남의 소년 영웅

호찌민시티 외곽에 위치한 호찌민시 경찰서 공안국 형사과 과장, 타이 응우웬 민의 사무실. 남아도는 예산을 주체하지 못해 졸부 스타일로 건설된 신식 건물의 구석진 곳에 똬리를 튼 어두운 방이다.

이탈리아산 대리석이 깔린 사무실의 한쪽 구석에 어질러진 책상 하나가 놓여 있다. 휑하니 널따란 사무실 때문에 책상은 초라할 정도로 작아 보인다. 하지만 호두나무 재질의 책상은 무척이나 넓었다. 평범한 사무원이 사용하는 책상보다 두 배는 크다. 콧물 묻은 화장지, 잉크가 새는 싸구려 볼펜, 너덜너덜한 삼류 잡지, 언제 읽었는지 알 수 없는 고서적 같은 서류로 어질러진 책상 구석에 맥북 한 대가 놓여 있다.

새벽 2시가 넘도록 보고서 작업에 열중하던 민 형사가 하품을 하면서 크게 기지개를 켰다. 깍지를 낀 손가락을 뒤통수에 갖다 댄

민 형사가 굵은 목을 좌우로 흔들었다. 우두둑 소리가 휑한 방을 울렸다. 하품을 하고 기지개를 켠 민 형사는 자세를 가다듬었다. 입술을 꼭 다물고 맥북 화면을 꼼꼼하게 쳐다봤다. 민 형사의 어깨 뒤 창문으로 희미한 달빛이 새어들었다. 달빛을 받은 컴퓨터 화면이 명멸하듯 깜박거렸다.

제목 : 아이리스 아파트 변사 사건 수사 중간 보고서

작성자 : 호찌민시티 경찰서 공안국 형사과장 타이 응우웬 민

제2009-1267호

수신 : 호찌민시티 경찰서 공안국장

참조 : 호찌민시티 경찰서 공안국 형사국장 /
호찌민시티 주재 한국 영사관 영사과장

사건 개요 1

2009년 11월 8일 10시, 호찌민시티 푸미흥 소재 아이리스 아파트 1101호에서 응우웬 티 흐엉(여성, 32세, 이하 흐엉)의 시신이 발견됐다. 시신이 발견된 장소는 아이리스 아파트 1101호의 화장실이다. 흐엉의 목에는 노끈(별도 제출-증거자료 1 참조)이 걸려 있었으며, 노끈은 화장실 샤워기에 묶여 있었다. 흐엉을 발견한 후 경찰에 신고한 이는 아파트에서 청소부로 일하는 응오 티 응옥(57세)이다.

흐엉은 한국 국적의 남편 김기승(44세), 딸 김세희(8세)와 함께 아이리

스 아파트 1101호에서 거주했던 자다. 흐엉은 자신의 이름으로 아이리스 1101호의 집주인인 팅 추앙(38세, 타이완 국적)과 임대 계약을 맺었던 것으로 확인됐다.

변사자 흐엉의 목에서 손가락 자국이 발견됐다. 부검 결과, 흐엉의 목에서 발견된 손가락 자국은 변사자의 죽음과는 아무런 연관이 없다는 소견이 나왔다. 변사자의 사인이 자살로 추정된다는 것이 부검의의 소견이다. 목에 손가락 자국이 있기는 하지만 변사자의 사체에서 타살 흔적을 찾을 수 없다는 것이다(별도 제출-부검보고서 참조).

흐엉은 호찌민에서 레스토랑, 의류 판매점 등의 사업체를 운영했던 자다. 하지만 최근 들어 사업 운영에 문제가 생겼고, 심각한 자금 압박을 받은 것으로 확인됐다.

사건 초기, 호찌민시 공안국은 흐엉의 변사 사건을 부검보고서 및 관련자들의 증언(별도 제출-증인보고서 참조) 등에 근거해 단순 자살 사건으로 결론지었다.

변사자 흐엉의 발견 이후 김대수(사건 개요 2 참조), 김기승(사건 개요 3 참조), 오순철(사건 개요 4 참조) 등 흐엉과 관련된 인물들이 연달아 사체로 혹은 큰 부상을 입은 채 발견됐다.

호찌민시 공안국은 흐엉과 그녀의 남편인 김기승, 김기승의 친구인 김대수, 오순철 사건을 동시에 수사하는 중이다.

사건 개요 2

2009년 11월 8일 15시, 호찌민시티 푸미흥 소재 아이리스 아파트 지하 주차장 창고에서 한국 국적의 김대수(남성, 35세)가 후두부에 부상을 입은 채 발견됐다. 피해자가 발견된 장소는 대낮에도 인적이 거의 없는 곳이다. 김대수를 발견해 신고한 이는 아이리스 아파트에서 경비원으로 일하는 남 프엉(남성, 28세)이다. 김대수는 발견 후 호찌민시티 1군에 위치한 벤탄 시민 병원으로 후송됐다. 김대수는 심각한 뇌손상을 입었으며 출혈이 과다했다는 것이 의료진의 소견이다.

흐엉의 시신이 발견된 아이리스 1101호 화장실 바닥에서 김대수의 혈흔(별도 제출-증거자료 2 참조)이 발견됐다. 김대수는 1101호 화장실에서 둔기로 인한 후두부 부상을 입은 것으로 추측된다. 현재 김대수는 의식불명 상태다. 의식을 회복할 가능성은 매우 낮다고 의료진은 밝혔다. 호찌민시티 공안국은 한국 영사관 측에 연락을 취해 김대수의 신병 처리 방안을 결정지을 예정이다.

호찌민시티 공안국은 사건 발생 다음 날인 11월 9일 오전 9시, 김대수에게 위해를 가한 용의자로 아이리스 경비원인 남 프엉을 체포했다. 남 프엉은 아이리스 아파트 주차장에서 김대수를 발견해 이를 경찰에 신고했던 자다. 호찌민시티 7군에 위치한 남 프엉의 집에서 미화 12만 달러(별도 제출-증거자료 3 참조)가 발견됐다.

남 프엉은 "주차장에 쓰러진 김대수의 주머니에서 미화 12만 달러를 발견했을 뿐"이라는 주장을 펼치고 있다. 하지만 수사팀은 아이리스 아파트 지하 경비원 사무실에 소재한 남 프엉의 개인 사물함에서 범행에 사용된 것으로 추정되는 쇠망치(별도 제출-증거자료 4 참조)를 발견했다. 쇠망치에서는 남 프엉의 지문과 김대수의 혈흔이 확인됐다. 남 프엉이 1101호 화장실에서 김대수에게 쇠망치를 휘둘렀고, 부상을 입은 김대수를 지하 주차장으로 옮겼을 것이라는 게 수사팀의 추정이다.

또 변사체로 발견된 흐엉의 목에서 검출된 지문이 남 프엉의 것과 동일하다는 분석이 나왔다(별도 제출-증거자료 5 참조). 남 프엉은 순찰 도중 1101호의 현관이 열려 있는 것을 목격했고, 화장실에서 목을 맨 흐엉을 발견했다고 증언했다. 신고를 위해 경비원 사무실이 소재한 지하 주차장으로 가는 도중 피를 흘리며 쓰러져 있는 김대수를 발견했고, 그의 주위에 12만 달러의 현금 뭉치가 있었다는 것이 남 프엉의 증언이다.

남 프엉에 대한 조사는 아직 끝나지 않은 상태다. 수사팀은 추가 조사 및 심문을 통해 남 프엉의 범행 동기, 범행 과정, 흐엉과의 관계 등에 대한 수사를 진행할 예정이다.

호찌민시티 공안국의 조사 결과, 김대수는 11월 6일 인천에서 출발하는 호찌민행 아시아나항공에 탑승했고, 당일 밤 호찌민시티 1군 동코이에 위치한 하이바쫑 호텔에 투숙한 사실이 확인됐다. 김대수는 체크아웃을 하지 않은 상태였다.

사건 개요 3

2009년 11월 10일 21시 30분, 호찌민시티 1군에 위치한 사이공 강에서 한국 국적의 김기승(남성, 44세)이 사체로 발견됐다. 김기승의 사체를 발견한 이는 강변도로를 산책하던 타이 한(남성, 32세, 호찌민 3군 거주)이다.

김기승은 아이리스 아파트 1101호에서 변사체로 발견된 응우웬 티 흐엉의 남편이다. 김기승은 흐엉과 함께 호찌민시티에서 레스토랑, 의류 판매점 등의 사업체를 운영했던 자다.

김기승의 주머니에서 자필 편지(별도 제출-증거자료 6 참조)가 발견됐다. 자필 편지는 음식 포장용 방수 팩에 보관되어 있었고, 물에 젖지 않았다. 편지에는 자신이 처한 상황이 적혀져 있었다. 김대수와 오순철에 대한 언급도 있었다.

편지에 따르면, 김대수와 오순철은 김기승과 동업을 했던 관계다. 김기승은 사업 악화로 인해 곤경에 처했다면서, 이를 해결할 방법은 죽음밖에 없었다고 편지에 기술했다. 자신과 흐엉이, 목숨으로 빚을 갚을 것이라는 게 편지를 통해 드러난 김기승의 말이다.

김기승의 사체는 호찌민시티 5군 소재 시신 안치소로 옮겨진 상태다, 김기승의 사체에 대한 부검은 진행되지 않을 예정이다. 김기승의 사체는 호찌민시티 주재 한국 영사관과 협의를 거쳐 처리할 예정이다.

사건 개요 4

2009년 11월 10일 21시 50분, 호찌민시티 9군에 위치한 쓰레기 하치장에서 한국 국적의 오순철(남성, 44세)이 사체로 발견됐다. 오순철의 사체를 발견한 이는 쓰레기 하치장에서 재활용품을 줍던 도안 덩(58세)이다. 오순철은 사망한 김기승, 의식불명의 김대수와 친분이 있는 자다.

오순철의 사체는 대형 마대에 담겨 있었다. 오순철의 주머니에서 신분증 한 장(별도 제출-증거자료 7 참조)이 발견됐다. 신고를 받고 출동한 공안이 신분증을 수거했고, 수사팀은 신분증을 확인했다. 오순철에 대한 검시 결과, 변사자의 가슴에서 자상 흔적이 발견됐다. 칼과 같은 날카로운 흉기에 찔려 오순철의 심장이 손상됐고 과다 출혈로 인해 숨을 거뒀다는 것이 검시관의 소견이다(별도 제출-오순철 검시보고서 참조).

공안국의 조사 결과, 오순철은 11월 7일 오전 타일랜드 푸껫에서 출발하는 호찌민시티행 베트남항공에 탑승했던 것으로 확인됐다. 오순철은 김대수가 투숙했던 동코이 소재 하이바쯩 호텔에 11월 8일 23시 30분에 체크인한 것으로 확인됐다. 오순철은 체크아웃을 하지 않은 상태였다.

오순철의 사체는 호찌민시티 소재 한국 영사관에 인도될 예정이다.

사건 종합

- 한국 국적의 김기승과 그의 부인인 응우웬 티 흐엉은 사업 악화를 비관, 자살한 것으로 사료된다.
- 한국 국적의 김대수는 아이리스 아파트 경비원인 남 프엉에 의해 상해를 입은 것으로 사료된다. 우연히 사건 현장을 방문한 남 프엉이 김대수가 가지고 있던 12만 달러의 미화를 목격하고 우발적으로 범행을 저질렀다는 것이 수사팀의 결론이다.
- 한국 국적의 오순철이 누구에게 죽임을 당했는지는 밝혀지지 않았다. 동코이 하이바쯩 호텔 직원의 증언에 따르면, 오순철은 11월 9일 새벽, 호텔로 찾아온 누군가를 만나기 위해 밖으로 나간 것이 확인됐다. 오순철의 지갑 및 휴대전화는 발견되지 않았다. 오순철이 노상강도를 만나 살해됐다는 것이 수사팀의 추정이다.
- 흐엉의 딸인 김세희(8세)의 행방은 묘연한 상태다. 수사팀은 김세희에 대한 공개수사 여부를 신중히 검토하고 있다. 공개수사 여부는 한국 영사관과 협의를 거쳐 결정지을 예정이다.
- 변사자, 피해자와는 별도로 한국 국적 양도식(남성, 42세)에 대한 별도의 조사가 진행됐다(참고자료-양도식 진술조서 참조). 양도식은 푸미흥 스카이가든 아파트에 거주하는 자로, 1년짜리 장기 비자를 받

아 호찌민시티에 거주하고 있었다. 양도식이 베트남에 거주한 지는 8개월이 지났다. 양도식은 김기승·흐엉 부부와 친분이 깊었던 자로 조사됐다. 또 사망한 오순철, 김대수와도 사건 발생 즈음에 함께 식사를 하는 등 교류를 했던 것으로 조사됐다.

수사팀은 사건 수사 초기 양도식을 피의자 신분으로 연행해 강도 높은 조사를 펼쳤다. 조사 결과, 양도식의 알리바이는 입증됐다. 양도식의 알라바이를 입증한 인물은 응우웬 티 응언(여성, 22세)이다. 양도식과 응우웬 티 응언은 서로 사귀는 관계라고 증언했다.

향후 대책(내부 보고용, 기밀 2급)

- 이 사건으로 인한 외교적 파장 및 호찌민시티의 이미지 실추가 예상된다는 것이 공안국 외사과, 형사과의 우려임.
- 현재까지 발생한 두 건의 자살, 한 건의 타살, 한 건의 살인 미수 및 여아 실종 사건이 여과 없이 알려질 시, 한국 교민 사회는 물론 호찌민시티 관광 산업, 대외 이미지 등에 큰 타격이 될 것이 예상되기 때문임.
- 한국 영사관 측에서도 사건이 몰고 올 영향 및 파급 효과를 주시하고 우려함. '교민들끼리의 얽히고설킨 애정 및 금전 관계로 인한 살인 사건'으로 확대 해석될 소지가 농후하다는 지적임.
- 새로운 증거자료가 나오지 않는 한, 이 사건을 단순 자살 및 단순 강도 상해 사건으로 종결해야 한다는 것이 공안국 고위층의 견해임.
- 김기승·흐엉의 사업, 오순철, 김대수, 양도식의 금전 관계 등에 대한 조사는 베트남 수사팀에서는 진행하지 않을 예정임. 현재까지 정리

된 사건 보고서를 한국 영사관에 전달하는 것으로 베트남 공안의 역할은 끝내자는 것이 수사팀의 내부 결론임.

별도 첨부(증거자료 및 참고자료, 검시보고서, 부검보고서)

민 형사는 꼼꼼히 보고서를 읽어나갔다. 독수리 타법으로 겨우겨우 작성한 중간 보고서였다. 충혈된 눈으로 보고서를 다 읽은 민 형사는 30달러짜리 노키아 휴대전화를 꺼냈다. 신호음이 한참이나 이어졌다. 린이 전화를 받았다. 민 형사는 느릿느릿 그녀에게 용건을 말했다. 그녀는 달랏에 있다고 했다. 양도식과 함께.

린과 짧게 통화를 끝낸 민 형사는 555 담배 하나를 꺼내 물고는 싸구려 라이터로 불을 붙였다. 파르스름한 담배 연기가 어두운 방을 맴돌았다. 민 형사는 자살자, 살인자, 살해된 이들을 떠올렸다. 컴퓨터에 저장된 보고서에서만 존재하는 신세가 돼버린 한국인들. 생명체가 아닌 문자가 돼버린 한국인들을 생각하며 민 형사는 의자에서 주섬주섬 몸을 일으켰다.

민 형사는 텅 빈 경찰청 로비를 빠져나왔다. 휑뎅그렁한 로비였다. 꾸벅꾸벅 졸며 경비를 서던 애송이 경찰 하나가 민 형사를 보더니 민망하다는 듯 고개를 살짝 끄덕였다. 민 형사는 애송이의 가냘픈 엉덩이를 못이 박힌 손바닥으로 툭 쳤다. 애송이가 멋쩍은 웃음을 지었다. 늘어진 양복바지에 구겨진 하얀색 반팔 와이셔츠를 입은 민 형사는 주차장을 향해 터벅터벅 걸음을 옮겼다.

어두운 주차장 구석에 민 형사의 검은색 BMW 725가 얌전히 주인을 기다리고 있었다. 자동차에 올라탄 민 형사는 경찰서를 천천히 빠져나왔다. 민 형사의 자동차가 사이공 시내로 접어들었다. BMW 725는 원형 교차로를 천천히 지나 4층짜리 미니호텔 앞에서 멈춰 섰다. 교차로의 중심에 베트남의 전쟁 영웅 동상이 외롭게 서 있었다. 난세의 시절, 베트남을 수호했다는 소년 영웅.

호텔에서 튀어나온 젊은 경비원 하나가 민 형사에게 고개를 숙였다. 자동차에서 내린 민 형사가 호텔 문을 열고 카운터로 다가갔다. 카운터 뒤에 서 있던 중년의 살찐 여자가 민 형사를 향해 미소 지었다.

"가게 아이들, 오늘 몇 명이나 왔나?"

"직접 봐요."

립스틱을 짙게 바른 중년의 살찐 여자가 색기 가득한 입술을 삐죽거리며 얇은 공책 한 권을 민 형사에게 내밀었다. 여자의 얇은 손가락에는 가느다란 담배 하나가 끼워져 있었다. 파르스름한 담배 연기 뒤로 여자의 점이 흔들거렸다. 새빨간 입술 위의 검붉은 점.

민 형사는 손가락으로 안경을 이마 쪽으로 올렸다. 그의 눈동자에 투숙객 명부가 들어왔다. 미스 응언과 30대의 일본인 남자, 미스 바오와 40대의 한국인 남자, 미스 리엔과 40대의 한국인 남자, 미스 타오와 20대의 싱가포르 남자.

"문제 있는 남자들은 없지?"

"당연히 없죠. 누구 가겐데."

민 형사의 질문에 색기가 넘치는 새된 목소리로 중년 여자가 답했다.

장부를 살핀 민 형사가 호텔 밖으로 나왔다. BMW 725는 여전히 그르렁댔다. 젊은 경비원이 충견처럼 BMW를 지키고 있었다. 차에 올라탄 민 형사는 사이공의 도로를 달려 푸미홍으로 향했다. 10여 분을 달린 민 형사의 자동차가 푸미홍의 구석진 곳에 위치한 빌라 앞에 멈췄다. 초인종을 누르자 한 노파가 눈을 비비며 나왔다.

수영장과 울창한 정원이 딸린 푸미홍의 2층짜리 빌라는 민 형사의 집이었다. 눈을 비비며 문을 열어준 노파는 민 형사의 어머니였다. 그녀는 남베트남을 해방시킨 베트콩 열혈 전사 출신이었다.

베트남의 전쟁 영웅이라는 소년 동상이 우뚝 서 있는 교차로의 미니호텔은 민 형사의 소유였다. 한국인, 일본인, 싱가포르 남자와 호텔에 투숙한 미스 응언, 미스 바오, 미스 리엔, 미스 타오는 응오반남에 위치한 일본식 라운지 유키에서 여급으로 일하는 젊은 매춘부들이었다. 매춘부들이 우글대는 일본식 라운지 유키는 민 형사가 일본인 여성 사장과 함께 공동으로 운영하는 업소였다.

BMW 7 시리즈를 직접 모는, 사이공 한복판에서 외국인 관광객을 대상으로 매춘 영업을 하는 호텔을 가진, 아름다운 매춘부들이 우글대는 매음굴 라운지의 공동 소유자인 호찌민시티 공안국 형사과장 민의 피곤했던 하루가 끝나가고 있었다.

사이공의 안개, 끈적한 무풍지대

도식의 코앞에 놓인 것은 안개였다. 엔진 고장으로 무풍지대를 표류하는 녹이 잔뜩 슨 화물선을 덮친 거대한 해무 같은 안개.

싱그러운 산등성이도, 산등성이에 엎드린 지붕들도, 파란 하늘도, 따뜻한 햇살도 보이지 않았다. 존재하는 모든 것의 흔적을 감춰버린 희뿌옇고 서늘한 안개만이 존재할 뿐이었다.

창문을 연 도식의 눈앞에 펼쳐진 안개가 황제의 별장을 휘감고 있었다. 달랏 전체를 휘감았을 것이리라.

알몸으로 창문 앞에 선 도식의 팔뚝에 소름이 돋았다. 팔뚝에 돋은 소름이 도식의 허벅지로 번졌다. 허벅지의 소름은 사타구니로 올라왔다. 온몸에 소름이 돋은 도식은 서둘러 창문을 닫았다.

도식이 몸을 돌렸다. 고풍스러운 수면등 하나가 객실 벽면의 한쪽 구석에서 고풍스러운 빛을 발했다. 물결무늬 유리창을 통해 흘러드는 안개의 빛깔과 수면등의 고풍스러운 불빛이 서로 뒤섞인 방

안은 아늑해 보였다. 아늑한 방 안의 싱글베드 위에 소녀 같은 린이 누워 있었다. 하얀 시트를 가슴까지 올린 그녀는 눈을 꼭 감은 채 미동도 없다.

도식은 린을 향해 조용히 걸었다. 침을 흘리며 자고 있는 린. 도식은 그녀의 입가로 얼굴을 가져갔다. 꼭 다문 입에서 달콤한 코코넛 냄새가 나는 것 같았다.

린의 곁에 누운 도식은 왼팔로 그녀의 가느다란 목을 살며시 감쌌다. 그의 오른 손바닥이 린의 봉긋한 가슴을 움켜쥐었다. 한 손바닥에 쏙 들어가는 적당한 크기의 젖가슴. 그녀가 눈을 감은 채 몸을 살짝 뒤틀었다. 목을 감싼 도식의 왼팔이 린의 허리로 내려갔다. 봉긋한 가슴을 움켜쥐었던 도식의 오른손이 린의 사타구니 쪽으로 향했다. 그녀가 다리를 살짝 오므렸다.

보송보송한 사타구니를 더듬던 도식의 오른 손바닥이 린의 허벅지 사이를 벌렸다. 따뜻한 허벅지가 활짝 열렸다. 도식의 검지 끝이 축축해졌다. 발기한 페니스가 린의 몸속으로 진입했다. 단도직입적인 페니스였다. 린의 자궁은 축축하고 따뜻했다. 순종적인 자궁이었다.

린은 묵묵히 도식을 받아들였다. 입술을 꼭 다문 린은 양다리를 쭉 펴 무릎을 꼭 붙인 구부정한 신병의 부동자세로 도식을 견뎠다. 그녀의 손가락과 손바닥은 도식의 몸에 닿지 않았다. 침대 시트를 꽉 붙잡고 있었다.

도식은 린의 꼭 다문 입술과 건조한 눈꺼풀을 바라보며 허리를 천천히 움직였다. 그녀의 눈꺼풀은 열리지 않았다. 꼭 다문 입술도 벌어지지 않았다. 그녀는 아무 말도 하지 않았다. 기쁨의 신음소리도 내지 않았다. 쾌락의 찡그림도 드러내지 않았다.

도식은 린의 건조한 입술에 거칠게 입을 맞췄다. 검은 눈꺼풀과 바스락거리는 눈썹을 입술로 핥았다. 그녀의 가는 입술이 살짝 벌어졌다. 도식은 딱딱한 치아의 감촉을 혀로 느꼈다. 감정이 없는 단정한 치아 뒤에 숨어 있던 부드러운 혀가 도식의 입술을 슬쩍 핥았다. 순수한 욕망을 머금은 축축한 혀가 도식의 더러운 혀와 슬며시 얽혔다.

5분여 만에 도식은 천천히 사정했다. 뭉클뭉클 솟아나온 다량의 정액이 린의 자궁 속으로 마구 쏟아졌다. 도식은 린에게서 조용히 떨어져나왔다. 린은 여전히 눈을 뜨지 않았다. 그녀의 손가락과 손바닥은 여전히 시트를 움켜쥐고 있었다. 린의 손바닥은 땀으로 축축했다.

도식은 린의 가랑이 사이를 들여다봤다. 입을 꼭 다문 조개 같은 거무스름한 린의 가랑이 사이는 여전히 보송보송했다. 단 한 방울의 습기도 머금고 있지 않았다. 도식은 린의 가랑이 사이를 한참 동안 쳐다봤다. 무릎을 꿇은 자세로.

린이 눈을 떴다. 벌떡 일어난 그녀가 욕실로 향했다. 도식은 벌러덩 누웠다. 천장을 바라보던 도식은 휴대전화를 들어 기승에게 전화를 걸었다. 기승의 휴대전화는 꺼져 있었다. 도식은 대수에게 전화를 걸었다. 대수의 휴대전화도 꺼져 있었다. 도식은 순철에게 전화를 걸었다. 모르는 사람이 전화를 받았다.

"넌 누구냐?"

도식이 베트남어로 물었다. 순철의 휴대전화가 뚝 꺼져버렸다.

아무 일도 없었다는 듯 태연한 표정으로 린이 욕실에서 나왔다. 도식은 침대 위에 그대로 누워 있었다. 알몸의 린이 도식을 향해 미소 지었다. 물방울이 뚝뚝 떨어지는 그녀의 몸을 바라보며 도식이 물었다.

"이제 뭘 하면 되지?"

"아무것도. 오늘이면 다 끝나요."

도식을 내려다보며 린이 답했다. 그녀는 생글생글 웃고 있었다.

"이제 어디로 가지?"

린의 차가운 엉덩이를 쓰다듬으며 도식이 물었다.

"그걸 왜 내게 물어요? 당신이 원하는 곳으로 가요. 혹시 갈 곳이 없나요?"

엉덩이를 쓰다듬던 도식의 손을 탁 쳐내며 린이 답했다. 냉정한 손길이었다. 냉담한 말투였다.

호텔 앞에 검정색 도요타 캠리가 대기하고 있었다. 도식이 빌린 자동차였다. 도식과 린은 캠리를 타고 달랏 시내를 천천히 관통했다. 사람들로 분주한 시장과 커다란 나무들이 가득한 대학과 한가한 관공서 건물을 지나친 그들은 프랑스 식당으로 향했다.

도식은 팬케이크와 커피와 달걀 프라이와 바게트 한쪽을 주문했다. 린은 코코넛 주스 한 잔을 시켰다. 도식은 아무 말도 없이 주문한 음식을 꾸역꾸역 먹었다. 린은 연신 휴대전화 액정을 바라보며 코코넛 주스를 몇 모금 삼켰다.

린과 도식은 달랏 한복판에 자리 잡은 한 건물로 이동했다. 무사태평한 관리들이 진을 치고 있는 오래된 관공서 건물이었다. 린은 능수능란한 태도로 결혼 절차를 마쳤다. 도식의 건강진단서, 신분증 사본 등 결혼에 필요한 서류는 린이 가지고 있었다. 까다롭고 복잡한 서류 접수 도중 린이 도식에게 한마디 건넸다.

"흐엉이 준비해준 서류예요. 당신 관련 서류들 말이에요."

도식은 아무 말도 하지 않았다.

결혼 서류 작성과 접수는 오전에 끝났다. 관공서를 나온 린과 도식은 호텔로 돌아왔다. 린이 체크아웃을 마쳤다. 도식은 호텔 프런트에 자동차 키를 반납했다. 도식과 린은 미니버스를 타고 달랏 공항으로 향했다. 사이공에서 달랏까지 그들을 데려다준 미니버스였다. 벙어리 운전사는 보이지 않았다. 상조 회사 직원 같은 분위기를 풍기는 검은 양복의 사내가 린과 도식을 공항까지 태워다주었다. 도식이 1달러를 검은 양복에게 건넸다. 공손한 손바닥이 달러를 챙겼다.

"김기승 씨가 죽었어요."

달랏 공항 탑승자 대기실의 불편한 의자에 앉은 린이 눈을 내리깔고 중얼거렸다.

"어젯밤 사이공 강에서 발견됐대요."

도식이 얕은 한숨을 내쉬었다.

"오순철 씨도 죽었어요."

도식의 얼굴이 찌푸려졌다.

린이 고개를 돌려 도식을 똑바로 쳐다보며 말했다.

"땅미 시장 알죠? 거기서 발견됐대요. 흉기가 심장을 관통해 즉사한 것으로 보인대요."

순철이 죽었다는 말에 도식이 고개를 들어 린을 쳐다봤다. 도식의 눈빛은 멍해 보였다.

"당신, 호찌민 경찰서 다시 한 번 가야 돼요. 오순철과 김기승 씨 시신을 확인할 사람이 필요해요. 또 민 형사가 당신에게 몇 가지 물어볼 것이 있대요. 나랑 같이 가면 돼요."

린이 도식을 쳐다보지 않고 말했다.

"김기승 씨 딸은 걱정하지 말아요. 흐엉이 나한테 딸을 맡아달라고 했어요. 김기승 씨 딸, 다친 건 알죠?"

도식은 담배를 꺼내 물고 흡연실로 걸음을 옮겼다. 린이 흡연실로 향하는 도식의 뒷모습을 물끄러미 바라봤다.

달랏에서 출발하는 사이공행 베트남에어라인 여객기는 한산했다. 도식은 창가에 앉았다. 린은 복도석에 앉았다. 도식과 린의 뒷좌석에 아랍계로 보이는 남자 두 명이 엉덩이를 걸쳤다. 그들의 겨드랑이에서 지독한 암내가 풍겼다. 여객기가 이륙하고 환기 장치가 가동한 후에야 암내는 종적을 감췄다.

"흐엉이 딸을 부탁했다고?"

"네."

"그 대가로 뭘 받았지?"

"당신이 상관할 바는 아닌 것 같은데요."

"얼마나 받았어?"

"……."

"기승이 내게 부탁했어. 딸을 맡아달라고. 그 아이 아버지가 내게 부탁했지. 그런데 그 딸의 어머니는 내가 아닌 당신에게 부탁한 거야. 그 문제에 대해 우리 이야기 좀 해야 할 것 같은데……."

도식이 차창 밖을 스치는 거무스름한 비구름을 쳐다보며 말했다. 빗방울로 변하기 직전의 구름이 여객기의 차창을 쉼없이 때렸다. 갑작스런 비구름의 습격에 러시아제 소형 여객기의 동체가 부르르 떨렸다.

"그래요. 흐엉이 내게 돈을 줬어요. 두툼한 봉투 한 장. 봉투엔 2만 달러가 들어 있었어요. 그 돈 덕분에 난 더 이상 몸을 팔지 않게 됐어요. 한국에 갈 서류도 만들 수 있었죠. 물론 당신이랑 하룻밤 보낸 호텔 숙박비, 비행기 티켓도 그 돈으로 지불했어요. 또 한국으로 갈 비용도 해결됐죠. 난 흐엉에게 빚을 갚아야 돼요. 내가 그 아이를 보살펴줄 거예요."

"돈은 언제 받은 거야?"

"한 달쯤 됐어요."

"다른 말은 없었던가?"

"……."

"당신, 조만간 한국 간다면서? 아이는 어떻게 하고?"

"데리고 갈 거예요. 내가 데리고 가서 키울 거예요. 그건 걱정하지 말아요."

"아이를 데리고 간다……."

"그래요. 내가 데리고 가요."

"그럼 나는 아이를 위해 뭘 해주면 되지?"

"당신이 뭘 할 수 있겠어요. 당신 몸 하나 건사하지도 못하는 사람 아닌가요?"

"당신은 그 아이 어머니가 되는 거야. 당신이 그 아이를 한국에 데리고 간다면 말이지. 그러면 나는 아이 아버지가 되는 셈이군. 당신과 나는 부부니까. 언제까지 부부일지는 잘 모르겠지만."

"아버지 노릇할 생각은 접으세요. 그럴 용기도 없겠지만. 내가 알아서 잘 키울 거예요. 난 받은 것은 갚아주는 사람이에요."

"받은 것은 갚아준다. 멋진 말이군. 그래, 잘 해보라고. 난 빠질 테니."

30여 분의 비행 후, 러시아제 베트남에어라인 여객기가 하강을 시작했다. 털털거리며 비구름을 관통한 여객기는 사이공 떤선녓 공항 활주로에 소리 없이 착륙했다.

도식은 비에 젖은 활주로를 물끄러미 쳐다봤다. 후끈한 사이공의 열기가 도식의 가슴속에 소리 없이 밀려들어왔다. 아름답고 시원하고 화창한 달랏은 어디론가 사라져버렸다. 무덥고 끈끈하고 암울한 사이공이 도식의 눈앞에 펼쳐졌다.

살의

"이쪽이 아니잖아. 어디로 가는 거지?"

택시 뒷좌석에 몸을 묻은 도식이 린의 뒤통수를 향해 물었다. 한 달은 방치된 더러운 수건에서 나는 듯한 음습한 냄새가 택시 안을 가득 채웠다.

떤선녓 공항을 빠져나온 린과 도식은 택시에 올라탔다. 린은 조수석에 앉았고 도식은 뒷자리에 앉았다. 그들이 탄 택시는 폭우가 퍼붓는 사이공 시내를 겨우겨우 통과하던 참이었다.

우비를 뒤집어쓴 오토바이들이 시동을 켠 채 물바다가 된 거리에 둥둥 떠 있었다. 사이공의 검은 하늘에 파란 번갯불이 번쩍거렸다. 하늘에서 쏟아지는 굵은 빗방울들이 택시의 지붕을 마구 때렸다. 택시의 스피커에서 처량한 분위기의 베트남 노래가 흘러나왔다.

빗방울과 구름과 번개 때문에 택시 안은 어두컴컴했다. 한낮이었지만 택시 안은 저녁 같았다. 택시 밖은 한밤중 같았다.

"호찌민 경찰서 신관으로 가는 중이에요. 당신이 이전에 조사받았던 경찰서는 옛날 건물이에요. 경찰서가 신축됐어요. 일부 부서는 벌써 옮겼거든요."

린이 고개를 돌리지 않고 답했다.

사이공 시내를 벗어난 택시는 흙탕물이 콸콸 흐르는 광막한 강을 가로질러 떠 있는 낡은 교량을 건넜다. 교량을 건넌 택시는 퍼붓듯 내리는 굵은 빗방울을 견디며, 물바다에 둥둥 떠 있는 듯한 오토바이들을 요리조리 피하며 달렸다.

택시가 누런 벌판 위에 건설된 신축 건물로 향했다. 건물의 입구에 반듯한 경비 초소가 있었다. 시멘트 냄새가 채 마르지 않은 직사각형의 반듯한 건물이었다. 경비 초소 앞으로 누런 흙탕물이 콸콸 흘렀다.

경비 초소 앞에 경찰 제복을 입은 젊은 남자가 짝다리를 짚고 서 있었다. 불량한 표정의 젊은 남자가 택시 안을 흘깃 쳐다봤다. 택시는 짝다리를 짚은 남자를 무시하고 내달렸다. 초소를 지난 택시는 신축 건물의 현관 앞에 스르르 멈췄다.

돈 냄새가 물씬 풍기는 높다란 건물이다. 기름진 얼굴의 사내들과 단정한 스커트를 입은 젊은 여자들이 시간을 때우며 돈을 챙기는 곳이었다.

차가운 대리석 바닥은 빛이 날 정도로 깨끗했다. 말끔하게 칠해진 페인트 벽에는 의미를 알 수 없는 그림을 품은 크고 작은 액자들이 걸려 있다.

강철 재질의 엘리베이터 문짝이 소리 없이 열렸다. 린이 주머니에서 카드 한 장을 꺼냈다. 그녀는 카드를 엘리베이터의 보안 장치에 슬쩍 갖다 댔다. 윙 하는 소리와 함께 엘리베이터가 상승했다. 엘리베이터는 8층에 멈췄다. 어두컴컴한 복도 끝에 민 형사의 사무실이 있었다.

린이 사무실 문을 열었다. 창문을 내다보고 서 있는 민 형사의 뒤통수와 등판이 보였다. 민 형사의 짧고 굵은 손가락에 푸른 연기를 내뿜는 기다랗고 얇은 담배 한 개비가 들려 있었다.

민 형사가 몸을 천천히 돌렸다. 유행이 한참 지난 금테 안경 속의 눈동자가 인사를 건넸다. 친근한 눈빛이었다.

성큼성큼, 민 형사가 도식의 앞으로 걸어왔다. 그러더니 기름진 손을 내밀어 도식에게 악수를 청했다. 도식은 얼떨결에 악수를 받았다. 민 형사는 도식의 손을 잡더니 천천히 흔들었다. 낮고 굵은 음성으로 민 형사가 뭐라고 말했다. 옆에 서 있던 린이 킥킥 웃었다.

"하이, 유 아 마이 프렌드."

민 형사가 어색한 억양으로 영어를 내뱉었다. 말투와 달리 그의 표정에는 어색함이 없었다.

"자기와 내가 친구니까, 당신도 내 친구라는 말이에요."

린이 킥킥 웃으며 말했다.

'병신, 지랄하고 자빠졌네.'

도식이 속으로 중얼거렸다.

민 형사가 도식에게 555 담배를 건넸다. 도식은 민 형사가 건넨 담배를 입으로 던져 물었다. 민 형사가 싸구려 라이터를 꺼냈다. 도식은 빰이 쏙 들어가도록 담배를 힘껏 빨며 민 형사를 쳐다봤다. 민 형사가 슬쩍 웃었다. 순진무구한 미소였다. 동정 어린 미소라 불러도 무방했다.

'변태 새끼.'

도식이 담배 연기를 천천히 내뱉으며 속으로 말했다.

민 형사가 린에게 서류 뭉치를 건넸다. 엄숙한 표정으로 민 형사는 린에게 장광설을 늘어놓았다. 그녀는 귀를 쫑긋 세운 충견처럼 민 형사의 말을 묵묵히 새겨들었다.

린이 민 형사의 책상에 앉더니 맥북 뚜껑을 열었다. 널따란 책상 위에는 맥북 말고 아무것도 없었다. 티끌 하나 없이 깨끗한 책상이었다. 경찰의 책상이라고는 믿기 힘든 깔끔한 책상.

린은 재빠른 손놀림으로 타이핑을 시작했다. 민 형사가 건넨 서류 뭉치는 베트남어로 작성된 사건 보고서였다. 흐엉과 기승과 순철과 대수의 사건 경위가 담겨 있는 보고서.

도식은 사무실의 한쪽 구석에 멀거니 서 있었다. 민 형사가 도식을 힐긋 쳐다보더니 아무 말도 없이 사무실을 나갔다. 도식은 사무실 한쪽 구석에 처박혀 있던 접이식 의자를 들고 린의 곁으로 다가갔다. 그녀는 베트남어로 작성된 보고서를 한글로 옮기고 있었다. 린의 옆에 나란히 앉은 도식은 담배를 피우며 사건 보고서를 읽어 나갔다. 그녀의 타이핑 속도에 맞춰.

린이 작업을 끝냈다. 그녀가 고개를 돌려 도식을 빤히 바라봤다.

"다 봤어요?"

"응. 그렇게 된 거였군."

"이 보고서를 믿어요?"

"믿을 수밖에……."

린이 조용히 맥북을 닫았다. 도식에게 뭔가를 물어보려 입술을 열려는데 동시에 사무실 문이 거칠게 열렸다. 무거운 문짝 뒤로 남녀 한 쌍이 모습을 드러냈다.

길고 뾰족한 새끼손톱으로 이빨을 쑤시는 중년의 남자는 민 형사였다. 짧은 치마를 입은 여자는 응언이었다. 코코넛 냄새를 풀풀 풍기는 여자, 200달러짜리 여자. 도식에게는 특별히 100달러에 할인을 해줬던 유키의 매춘부 응언이 민 형사 곁에 찰싹 붙어 있었다.

민 형사와 응언의 뒤로 한 남자가 사무실로 들어섰다. 턱에 살집이 붙은 남자, 예의 바르지만 가식뿐인 미소를 가진 남자, 복지부동 공무원의 전형적인 특성이 온몸에 덕지덕지 붙은 남자, 도식에게 500달러를 빌려줬던 남자, 김기승과 함께 잠시 동안 일을 했다는 남자, 호찌민 주재 한국 영사관의 이수성이었다.

수성의 뒤로 검은색 정장을 입은 여자 한 명이 유령처럼 모습을 드러냈다. 40대 초반으로 보이는 여자였다. 비싸 보이는 검은색 정장 속 몸은 20대로 보였다. 남아도는 시간을 주체하지 못해 격한 운동에 중독된 여자의 몸매였다. 검은 정장 여자가 고개를 살짝 들어 도식을 쳐다봤다. 여자가 고개를 살짝 끄덕였다. 누구더라. 누굴까. 어디서 많이 본 듯한 얼굴이었다.

도식을 본 수성이 함박웃음을 지었다. 도식을 본 응언은 고개를 숙이고 살짝 웃었다.

이빨을 쑤시던 민 형사가 린을 향해 손짓을 보냈다. 자기 쪽으로 오라는 신호 같았다. 보고서 작성을 끝낸 린이 순종적인 걸음으로 민 형사를 향해 걸어갔다. 도식은 여전히 접이식 의자에 앉아 있었다.

민 형사가 린에게 뭐라 말했다.

“나가요.”

린이 도식을 향해 큰소리로 외쳤다. 도식이 주섬주섬 몸을 일으켰다.

“어딜 나가?”

도식이 린에게 물었다.

“시신 확인하러요. 김기승과 오순철과 흐엉을 만나러 시신 안치소에 갈 거래요.”

린이 또박또박 말했다.

‘기승을 만난다. 순철을 만난다. 흐엉을 만난다. 시신 안치소에서…….’

도식이 속으로 중얼거렸다.

“당신은 무슨 일이오?”

도식이 수성에게 물었다.

“기승 형을 확인하러 왔소. 오순철 씨도 봐야지. 내가 영사관 직원이라는 거 잊었어요? 아…… 골치 아프고 복잡해요. 세 명이 다 죽어버리다니.”

“그렇군요.”

수성의 덤덤한 답변에 도식이 맥 빠진 목소리로 중얼거렸다. 수성이 버릇없는 미국인처럼 손바닥을 위로 하고 어깨를 으쓱했다.

"너는 여기 왜 왔니?"

도식이 응언에게 영어로 물었다.

"민 형사한테 볼일이 있어 왔어요. 비즈니스. 아 참, 당신 린과 결혼했다면서요? 축하해요."

이빨을 쑤시던 민 형사 옆에 찰싹 붙어 있던 응언이 유창한 영어로 말했다.

"웬 비즈니스? 축하? 고맙군. 그런데 너 매춘 혐의로 조사받았다고 들었는데 잘 해결된 거야?"

"그럼요. 아무 문제없어요."

응언이 다정한 눈빛으로 도식을 쳐다보며 말했다.

'미친년. 미친 새끼. 개 또라이 같은 병신 새끼들.'

도식의 가슴속 저 깊숙한 곳에서 느닷없이 욕설이 튀어나왔다.

의미를 알 수 없는 미소의 200달러짜리 여자, 응언의 치마를 벗기고 싶었다. 부패한 정액 냄새, 싸구려 화장품 냄새, 늑맘 냄새가 날 게 분명한 더러운 보지 구멍을 쑤시고 싶었다. 녹이 슨 철근이 좋을까. 날카로운 가시가 촘촘한 나뭇가지가 좋을까. 썩어 문드러진 보지 구멍에 철근과 나뭇가지를 쑤셔넣고 싶었다.

길고 더러운 손톱으로 이빨을 쑤시는 민 형사의 주둥이를 부수고 싶었다. 어린애의 머리통만 한 돌멩이로 그 더러운 이빨을 박살내고 싶었다. 이빨에 불꽃이 튈 정도로 돌멩이를 내리치고 싶었다. 이빨을 부순 다음, 싸구려 라이터를 켜 나불거리는 입술을 녹이고 싶었다. 입술과 잇몸이 흐물흐물 녹을 때까지 라이터를 켜놓고 싶었다. 싸구려 라이터 불빛에 녹아내리는 하얀 뼈를 보고 싶었다.

함박웃음을 보내는 수성의 목을 매달고 싶었다. 수성의 발목에 노끈을 묶어 천장에 거꾸로 매달고 싶었다. 거꾸로 매달린 수성의 목을 커다랗고 날카로운 칼로 따고 싶었다. 콸콸 솟는 피를 양동이에 받고 싶었다. 그 피로 국을 끓이고 싶었다. 부글부글 끓는 국을 들고 나가 거리의 주정뱅이들에게 술국으로 나눠주고 싶었다.

킥킥, 킥킥, 킥킥 웃어대는 린의 눈알을 빼고 싶었다. 작은 칼로 눈알을 도려낸 후 눈알 뒤의 텅 빈 구멍을 보고 싶었다. 도려낸 눈알을 와삭 터트려 먹고 싶었다. 입 속에서 터지는 좆같은 눈알의 맛을 음미하고 싶었다. 코코넛 냄새가 나는 린의 순결한 보지를 회칼로 도려내고 싶었다. 너덜너덜 잘린 보지를 손에 들고 뛰놀고 싶었다. 피가 뚝뚝 떨어지는 털 달린 장난감을 하늘 높이 던져버리고 싶었다.

보지에 철근이 박힌 어린 창녀, 주둥이가 터지고 이빨이 깨져 흐느적대는 부패 경찰, 온몸의 피가 다 빠져 얼굴이 창백해진 복지부동 관료, 사타구니에 검은 구멍이 뻥 뚫린 교활한 여자가 힘을 합쳐 어깨를 짓누르는 것 같았다.

영차영차, 영치기 영차. 망할 유령들이 덩실덩실 춤을 추며 도식의 어깨를 힘껏 누르고 있었다.

도식이 갑자기 휘청거렸다.

난데없는 살의가 번득댔다. 오직 도식의 뱃속에서만. 난데없는 망상이 춤을 췄다. 오직 도식의 머릿속에서만.

"당신, 괜찮아요?"

휘청대는 도식을 바라보던 린이 물었다. 인자하고 다정한 아내 같은 말투였다.

"괜찮아. 시신 안치소로 가자고. 빨리 그들을 보고 싶어."

쓰러지기 일보 직전의 도식이 한 손으로 차가운 벽을 짚으며 겨우겨우 말했다.

시신 안치소

시신 안치소는 경찰서 지하 3층에 박혀 있었다. 도식과 린과 민 형사와 웅언과 수성과 검은 정장을 입은 정체 모를 여인이 시신 안치소로 향하는 널따란 엘리베이터 안에서 아무 말 없이 서 있었다. 시체들이 애용하는 엘리베이터에는 거울도 없었다. 반짝반짝 빛나는 차가운 엘리베이터는 커다란 금속 재질의 관 같아 보였다.

도식의 옆에 서 있던 검은 정장 여인의 어깨가 가늘게 들썩거렸다. 그녀의 눈에서 흘러나온 미지근한 눈물 한 방울이 도식의 발등 위로 떨어졌다. 도식이 고개를 돌려 검은 정장 여인을 바라봤다. 도식은 이내 고개를 돌려 수성을 쳐다봤다. 도대체 누구냐는 눈빛이었다.

"오순철 씨 와이프 되십니다. 양도식 씨와는 초면이신가요?"

수성이 얕은 한숨을 내쉬며 조용히 읊조렸다.

"아, 그렇군요. 여기까지 오셨군요. 저도 많이 놀랐습니다. 저는 양도식이라고 합니다. 순철 형에게 말씀 많이 들었습니다."

비굴한 말투로 도식이 말했다. 도식은 주눅이 잔뜩 든 자세였다.

"네."

오순철의 아내 김은혜가 눈을 똑바로 뜨고 말했다. 붉게 충혈된 은혜의 눈동자가 도식의 눈앞에 어른거렸다.

철커덩. 엘리베이터의 문이 열렸다. 살아 있는 시체 같은 표정의 사람들이 죽어버린 사람들을 확인하기 위해 우르르 내렸다. 서로 뒤엉킨 살아 있는 시체들은 시신 안치소의 문을 박차고 우르르 들어갔다.

절망적인 냄새가 가득한 시신 안치소는 아직 정리가 채 되지 않아 어수선하기 짝이 없었다. 캡슐호텔 같은 냉동고가 들어찬 한쪽 벽면엔 전깃줄이 여기저기 튀어나와 있었다. 낡아빠진 작업복을 입은 인부 두 명이 살아 있는 시체들의 등장에 화들짝 놀라는 표정을 지었다. 그들은 고개를 돌려 뒤를 쳐다보다가 이내 평정을 되찾고 전기 공사를 재개했다.

하얀 가운을 입은 젊은 남자 한 명이 도식과 그 일행을 맞았다. 두꺼운 플라스틱 안경테를 코에 걸친 음침한 표정의 젊은 남자가 걸친 하얀 가운에는 누렇고 검붉은 얼룩이 군데군데 묻어 있었다. 분홍색 고무장갑을 낀 남자가 가식뿐인 미소를 지으며 도식과 민 형사 일행을 냉동고 쪽으로 안내했다.

철커덩. 21번 냉동고의 문이 활짝 열렸다. 분홍색 고무장갑이 시신 한 구를 꺼내려 애썼다. 냉동고의 발판에 문제가 있는 걸까. 하얀 가운의 남자가 전기 공사에 열중이던 인부 두 명에게 뭐라고 소리쳤다. 헐레벌떡 뛰어온 인부 두 명이 시신을 힘겹게 꺼냈다. 인부들은 맨손으로 시신의 어깨와 발을 잡아 들었다.

깜박이는 형광등 불빛 아래 모습을 드러낸 낯익은 얼굴. 김기승이었다. 기승의 얼굴은 평안해 보였다. 턱과 눈두덩이 약간 부어 있었지만, 평화롭게 잠을 자는 것 같았다. 평안해 보이는 얼굴과는 달리 기승의 몸집은 두 배로 불어 있었다. 퉁퉁 부은 괴물 같은 몸뚱이에 붙어 있는 기승의 행복한 표정. 도식은 기승을 흔들어 깨우고 싶었다.

금방이라도 눈을 번쩍 뜰 것 같은 기승을 도식은 말없이 내려다봤다. 갑자기 수성이 어깨를 들썩이며 낮게 흐느꼈다. 린은 고개를 돌려 기승을 외면했다. 순철의 아내, 은혜는 눈을 질끈 감았다. 민 형사는 시신 안치소 입구에서 누군가와 큰 소리로 통화하느라 바빴다.

휴대전화를 손에 든 민 형사가 터벅터벅 철제 침대 곁으로 걸어왔다. 민 형사가 베트남어로 린에게 뭐라고 말했다. 하얀 가운을 입은 젊은 남자가 잽싸게 고무장갑을 벗었다. 그의 손에서 서류 한 장이 팔락거렸다.

"시신 확인서에 서명이 필요하답니다."

린이 민 형사의 말을 전했다. 그녀의 건조한 눈이 수성과 도식을 훑었다.

고무장갑을 다시 낀 남자가 수성에게 서류를 건넸다. 서류를 꼼꼼히 살펴본 수성이 와이셔츠 주머니에서 볼펜을 꺼내 서류 하단부에 자신의 이름을 정성스럽게 적었다. 서명을 끝낸 수성이 차가운 철제 침대 위, 기승의 머리 옆에 서류를 놓았다. 수성이 볼펜을 도식에게 건넸다. 볼펜을 든 도식의 손가락이 알코올 중독자의 그것처럼 가늘게 떨렸다. 도식은 수성의 이름 옆에 자신의 이름을 아무렇게나 적었다.

아무 일도 없었다는 듯, 김기승은 다시 냉동고로 들어갔다.

철커덩. 27번 냉동고의 문이 열렸다. 이번에는 순철이 등장했다. 왼쪽 가슴에 하얀 솜뭉치를 훈장처럼 덕지덕지 붙인 순철. 순철의 팅팅 부은 오른발에는 더러운 붕대가 칭칭 감겨 있었다. 하얀 솜뭉치가 붙어 있는 순철의 가슴 아래로 굵고 긴 칼자국이 선명했다. 부검으로 생긴 메스 자국이었다. 순철의 배와 가슴을 가른 메스 자국은 의료용 스테이플러로 봉합된 상태였다. 좀비 같은 시신으로 변한 순철은 눈을 살며시 뜨고 있었다. 오만한 눈이었다. 죽어서도 오만한 눈. 그 눈동자에 무한한 오만이 들어 있었다.

도식이 휘청거렸다. 은혜가 털썩 주저앉았다. 수성이 팔을 뻗어 은혜를 일으켜 세웠다. 도식이 입술을 깨물었다. 은혜가 춤을 추듯 어깨를 들썩이며 조용히 흐느꼈다.

분홍색 고무장갑이 서류 한 장을 도식의 눈앞에 내밀었다. 도식이 서류를 낚아채듯 받았다. 도식이 서류를 은혜 앞으로 슬며시 밀었다. 은혜가 떨리는 손으로 서류에 서명했다. 도식이 은혜의 서명 옆에 자신의 이름을 휘갈겼다. 지렁이 같은 이름.

서명 절차를 마친 도식은 손을 뻗어 순철의 눈꺼풀을 쓰다듬었다. 순철의 눈꺼풀은 닫히지 않았다. 순철은 냉동고 속으로 다시 들어갔다. 오만과 분노로 가득한 눈을 부릅뜬 채.

고깃덩어리가 된 순철과 기승을 뒤로하고 도식은 발걸음을 옮겼다. 휘청거리는 은혜를 부축한 수성이 도식의 뒤를 따랐다. 린과 응언이 뭐라 재잘대며 시신 안치소를 빠져나왔다. 민 형사가 시신 안치소 입구에서 고무장갑과 귓속말을 나누었다.

"협조에 감사드립니다."

사무적인 표정으로 린이 말했다. 린은 민 형사의 말을 은혜와 도식에게 전하는 중이었다.

시신 안치소를 빠져나온 한 무리의 사람들이 계단을 통해 지상으로 올라왔다. 반드르르 광택이 나는 대리석이 깔린 경찰서 로비에서 민 형사는 도식과 은혜에게 악수를 청했다. 축축한 민 형사의 손바닥을 잡은 도식은 아무 말도 하지 않았다. 민 형사의 눈을 똑바로 쳐다볼 뿐이었다. 민 형사의 뒤에 멈춰 선 응언은 먼 산을 쳐다봤다.

"그럼, 이제 여기 올 일은 없는 거요?"

축축해진 손바닥을 바지에 슬쩍 닦으며 도식이 린에게 물었다.

"글쎄요. 무슨 일이 있으면 연락이 갈 거예요. 그렇지 않나요?"

린이 수성을 바라보며 말했다.

"아직 수사가 다 끝난 게 아니니까요. 하지만 시신 확인 과정은 다 끝났습니다. 시신을 어떻게 처리할지는 유족들이 결정해야 될 문제죠."

수성이 침착하게 말했다.

"무슨 일 있으면 바로 연락한답니다."

린이 인형 같은 목소리로 은혜에게 민 형사의 말을 전했다. 도식과 악수를 마친 민 형사는 어느새 등을 돌려 엘리베이터로 향하고 있었다.

"저기…… 잠깐 시간 좀 내주실 수 있으세요?"

시신 확인 절차 내내 아무 말도 하지 않던 은혜가 도식을 빤히 쳐다보며 물었다.

"그럼요. 어디 찻집이라도 갈까요?"

"네, 고맙습니다."

"영사관 차로 모셔다드리겠습니다. 시내로 가시죠."

은혜와 도식을 번갈아 쳐다보던 수성이 끼어들었다.

수성이 타고 온 검은색 소나타 승용차가 경찰서 로비 앞에 대기하고 있었다. 외교 번호판을 붙인 자동차였다. 도식과 수성과 은혜는 경찰서 로비를 조용히 빠져나왔다. 퍼붓듯 내리던 빗방울은 멈춘 지 오래였다. 언제 빗방울이 퍼부었냐는 듯 태양이 이글거렸다.

강렬한 햇살에 도식이 눈을 찌푸렸다. 은혜는 에르메스 가방에서 짙은 선글라스를 꺼내 눈을 가렸다. 수성이 성큼성큼 소나타로 다가가더니 뒷자리 문을 활짝 열어젖혔다. 은혜가 조심스럽게 소나타에 올라탔다. 손등으로 햇살을 가린 도식은 잠시 이글거리는 사이공의 태양을 똑바로 쳐다봤다.

"양도식 씨!"

소나타에 올라타려는 도식을 향해 린이 고함쳤다.

"연락 주세요. 기다리고 있을게요."

경찰서 로비에 선 린이 작은 손으로 나팔을 만들어 도식에게 소리쳤다. 린의 얼굴에는 미소가 가득했다. 사랑스러운 미소였다.

'미친년.'

도식이 속으로 중얼거렸다.

도식은 린을 향해 다정하게 손을 흔들며 소나타에 올라탔다. 에어컨의 냉기, 싸구려 방향제, 은혜의 몸에서 발산되는 향수 냄새가 소나타에 가득했다. 소나타 조수석에 몸을 묻은 수성이 운전사에게 뭐라고 말했다. 맥주병을 부숴 제작한 듯한 조악한 선글라스를 낀 콧수염 운전사가 수성을 향해 고개를 끄덕였다.

수성이 타고 온 영사관 자동차가 경찰서를 빠져나와 사이공 시내 한복판에 위치한 다이아몬드 플라자 인근 커피숍 앞에 멈췄다.

소나타에서 도식이 내렸다. 사이공의 습기와 열기가 무방비 상태의 도식을 휘감았다. 그의 얼굴과 목에 굵은 땀방울이 줄줄 흘러내리기 시작했다. 수백 달러가 넘는 선글라스로 눈을 가린 은혜가 도식의 뒤를 따라 소나타에서 내렸다. 조수석의 문이 열리더니 양복을 입은 수성이 내렸다. 땀을 흘리는 도식이 앞장섰고 검은 옷의 은혜가 그 뒤를 따랐다. 수성이 두리번거리며 도식과 은혜의 뒤를 졸졸 쫓았다.

'쭝웬'이라는 간판을 내건 커피숍은 한국 자본으로 세워졌다는 다이아몬드 플라자 건너편에 똬리를 틀고 있었다. 쭝웬은 밝은 연두색의 3층짜리 의류 매장과 5층짜리 오피스 빌딩 사이에 끼어 있었다. 겉에서 보면 쭝웬은 야외 정원에 차려진 야외 커피숍이었다. 가지가 울창한 거목 몇 그루가 쭝웬의 정원 곳곳에 자리를 잡았고, 나무 그늘 밑에 고급 원목 테이블 몇 개가 옹기종기 모여 있었다.

거목이 만드는 커다란 나무 그늘, 시원한 기운을 품은 푸르른 잔디밭을 지나면 커피숍 본채가 나왔다. 밖에서는 보이지 않는 본채의 문 너머에 넓고 어두운 홀이 있었다. 자줏빛 카펫이 깔린 홀에는 안락한 소파와 테이블 몇 개가 놓여 있었다.

도식과 은혜는 나무 그늘과 잔디밭을 지나 쭝웬의 본채 안으로 발걸음을 옮겼다. 두 사람은 서로 마주 보고 앉았다. 그들 사이에 붉은 보를 깐 대형 테이블이 놓여 있었다. 도식의 옆에 수성이 슬쩍 앉았다.

차가운 물방울이 송골송골 맺힌 커다란 유리잔에 담긴 아이스커피가 테이블 위에 놓였다. 비굴한 미소를 가진 중년의 웨이터가 도식과 은혜, 수성을 흘깃 쳐다보더니 홀 밖으로 사라졌다. 떠나간 옛사랑을 영원히 기다리겠다고 맹세하는 베트남 여가수의 구슬프면서도 맹랑한 목소리가 홀 안에 울려퍼졌다.

"그이에게 도식 씨 이야기 많이 들었어요. 기승 씨도요."

커피를 한 모금 홀짝인 은혜가 말문을 열었다. 커피가 반쯤 담긴 유리잔에 빨간 립스틱 자국이 선명하게 찍혔다.

"……."

도식은 대꾸하지 않았다.

"강도의 칼에 찔린 것 같다고 베트남 경찰이 말하더군요. 사건 단서도 없고, 아마 쉽게 해결되지 않을 거라고요."

고개를 숙인 은혜가 빨간 입술을 오물거리며 말했다. 도식의 옆에 앉은 수성이 고개를 끄덕거렸다.

도식은 담배를 꺼내 물었다. 불은 붙이지 않았다.

"사고 일어난 날 저녁에 그이와 통활 했어요. 기승 씨가 사라졌다고 하더군요. 기승 씨 사업도 망한 것 같다는 말을 얼핏 했어요. 전 무슨 소린가 했죠. 기승 씨가 죽고 기승 씨 부인도 죽고 그이도 죽었다니…… 어떻게 이런 일이……."

은혜가 고개를 들어 도식을 쳐다봤다. 그녀의 눈동자는 완전히 젖어 있었다.

"아이들에겐 아직 아빠 사고 소식을 말하지 못했어요. 뭐라고 해야 할지 모르겠더군요. 그이 시신도 어떻게 해야 할지……."

"이런 말씀 드리긴 뭐하지만, 오순철 씨 시신은 여기서 화장할 수 있습니다. 시신 운구하는 것에 비해 그쪽이 낫죠. 보셔서 아시겠지만 시신 상태도 좀 그렇고요. 제 말 이해하시죠?"

수성이 차가운 유리잔 표면에 손바닥을 연신 비비며 말했다.

"아, 물론이죠. 신경 쓰지 마세요. 제 남편 때문에 번거롭게 해드려서 죄송해요."

은혜가 피곤한 목소리로 수성의 말에 답했다. 그녀가 하얀 손수건을 꺼내 눈가를 훔쳤다. 붉은 혀로 빨간 입술을 핥았다.

"저를 왜 보자고 하셨습니까?"

도식이 은혜에게 물었다. 도식의 말투에서 끈적한 피곤함이 묻어나왔다.

"……."

"할 말 없으시면 일어나겠습니다. 저도 이것저것 처리할 일이 많아서요."

도식이 담배에 불을 붙이며 단호하게 말했다.

"남편 장례 부탁드릴게요. 화장해주세요. 사례는 하겠습니다. 조용히 처리하고 싶어요. 강도 칼에 찔려 죽은 남편과 함께 돌아가고 싶지는 않아요. 사례는 하겠습니다."

은혜가 에르메스 가방에서 두툼한 봉투를 꺼내며 말했다. 도식이 벌레를 씹은 듯한 표정을 지었다.

"유골은요?"

도식이 담배 연기를 길게 내뿜으며 중얼거렸다.

"알아서 해주세요. 죄송합니다."

도식은 한동안 말이 없었다. 수성은 눈동자를 굴리며 고개를 갸웃거렸다. 순철의 아내, 은혜가 눈물을 훔치며 고개를 숙였다.

"알겠습니다. 부인의 뜻이 그렇다면 할 수 없죠. 제가 알아서 하겠습니다."

도식이 사무적으로 말했다.

"화장하는 건 별 문제없나요?"

테이블 위에 놓인 크리스털 재떨이에 한 모금 빤 담배를 비벼 끈 도식이 수성을 보며 물었다.

"제가 돕죠. 화장하는 거 말입니다."

수성이 번들거리는 은혜의 이마를 똑바로 응시하며 말했다.

"오늘 저녁에 푸껫으로 돌아가신다고 했나요? 영사관에 저랑 같이 가시죠. 베트남 경찰이 남편 분의 유품을 가져왔어요. 별건 없지만."

"아니에요. 바로 공항으로 갈게요. 유품은 필요 없어요."

은혜가 자세를 바로잡으며 말했다.

"그렇군요. 그럼 유품은 제가 알아서 처리하겠습니다."

수성이 움찔하며 말했다.

도식이 은혜가 건넨 봉투를 주머니에 쑤셔넣으며 일어났다. 수성도 주섬주섬 몸을 일으켰다. 손거울을 꺼낸 은혜는 거울을 뚫어져라 쳐다보며 화장을 살폈다.

커피숍을 나온 도식은 수성과 악수했다. 수성이 택시를 불렀다. 은혜가 택시에 올라탔다. 수성이 택시 운전사에게 큰 소리로 "상바이 떤선녓(떤선녓 공항)"이라 외쳤다. 은혜가 탄 택시가 멀어져갔다. 도식은 은혜가 남긴 봉투를 슬쩍 열어봤다. 종이끈으로 묶인 달러 한 뭉텅이가 보였다. 도식은 봉투에서 100달러짜리 지폐 열 장을 빼내 수성에게 건넸다.

"지난번 빌린 돈이오. 500달러는 이자요. 받아요."

씁쓸한 미소가 수성의 얼굴에 번졌다. 수성은 도식이 건넨 빳빳한 달러 열 장을 구겨진 양복바지 주머니에 찔러넣었다.

"미스 린과 결혼했다는 이야기는 들었어요. 린이 며칠 전 영사관에 결혼 서류를 접수했습니다. 한국 영사관에서 처리해야 할 절차는 다 끝났어요. 축하해야 하는 거죠?"

멀어져가는 택시 꽁무니를 물끄러미 바라보며 수성이 말했다.

"축하요? 그거 참 고맙네요."

남의 일을 말하듯 도식이 중얼거렸다. 얼굴에서 땀이 줄줄 흘러내렸다.

인자한 얼굴의 호찌민 아저씨

순철의 아내 은혜, 얼간이 같은 표정이 주특기인 영사관 직원 수성과 헤어진 도식은 택시를 잡아타고 푸미흥의 원룸 아파트로 향했다. 응언과 함께 경찰에 연행된 후 가보지 못한 그 집. 도식은 주머니에서 열쇠를 꺼내 현관문을 열었다. 며칠 전의 살풍경이 고스란히 보존되어 있었다. 우발적인 살인 사건이 일어난 뒷골목 범죄현장 같았다.

바닥에는 어수선한 구둣발 자국이 선명했다. 침대 발치에서 현관까지 핏방울이 남긴 검은 얼룩이 선을 그리고 있었다. 경찰의 곤봉에 맞아 깨진 도식의 머리통에서 나온 핏방울이었다.

딱딱하게 굳어버린 핏방울을 쳐다보던 도식은 손바닥으로 머리통을 쓰다듬었다. 머리통의 상처는 흔적도 없이 사라졌다. 마음만 먹으면 언제라도 볼 수 있던 기승과 그의 아내도 사라졌다. 고깃덩어리가 되어 냉동고에 누워 있는 기승을 생각하며 도식은 냉장고

문을 열고 잭다니엘을 꺼냈다. 허리를 굽혀야 열 수 있는 소형 냉장고의 전원 플러그는 뽑혀져 있었다. 도식은 뜨뜻미지근한 잭다니엘을 입에 물고 벌컥벌컥 들이켰다. 뱃속 깊은 곳에서 울컥하며 뜨거운 뭔가가 올라왔다.

도식은 짐을 쌌다. 싸구려 옷 몇 벌, 소설 나부랭이 몇 권, 여권, 지갑, 통장, 검은 곰팡이가 핀 면도기, 반쯤 남은 애프터셰이브 한 통, 뒤꿈치가 닳은 고무 슬리퍼가 트렁크 속으로 들어갔다. 트렁크 하나로 정리할 수 있는 삶. 그 삶이 언제까지 지속될지 도식은 갑자기 궁금해졌다.

은혜가 건넨 봉투에는 100달러짜리 지폐 100장이 들어 있었다. 수성에게 건넨 1천 달러를 빼고도 9천 달러가 남았다. 도식은 지갑에 달러 뭉치를 쑤셔넣었다. 지폐 때문에 지갑이 접히지도 않았다. 도식은 뚱뚱해진 지갑을 뒷주머니에 억지로 밀어넣었다.

한 손에 낡은 트렁크, 또 한 손에 찰랑거리는 잭다니엘 병을 든 도식은 아파트 밖으로 나왔다. 지갑 때문에 엉덩이가 불룩해진 도식을 본 택시 운전사가 허둥지둥 열쇠를 돌려 시동을 걸었다. 털털거리는 택시 지붕 저 너머로 붉게 물들기 시작한 사이공의 하늘이 어른거렸다.

"디 칵산(호텔), 뉴월드 사이공."

고개를 뒤로 젖힌 도식이 택시 운전사의 붉게 물든 뒤통수에 대고 외쳤다. 도식은 잭다니엘 병을 들어 한 모금을 꿀꺽 마셨다. 늙은 택시 운전사가 고개를 느릿느릿 돌렸다. 흥미진진한 표정이었다.

푸미흥을 벗어난 택시는 천천히 움직였다. 퇴근길의 정체 때문이었다. 잭다니엘을 조금씩 목구멍으로 흘려 넘기며 도식은 멍한 눈으로 차창 밖을 내다봤다. 택시가 뉴월드 호텔에 도착했다. 임무를 완수한 운전사가 고개를 돌려 도식을 바라봤다. 도식은 손가락으로 더 가자는 신호를 보냈다. 운전사는 말없이 고개만 끄덕였다.

뉴월드 호텔을 지난 택시가 지긋지긋한 꼬리 물기가 하루 종일 반복되는 교차로를 가까스로 빠져나왔다. 교차로의 중심에는 동상이 하나 있었는데, 동상의 주인공은 앳된 소년이었다. 치마처럼 생긴 베트남 전통 의상을 입은 소년은 한 손을 높이 들고 있었다. 소년의 손가락 끝은 어딘가를 가리키고 있었다. 나를 따르라는 듯한 늠름한 자세였지만, 소년의 표정은 왠지 시무룩해 보였다. 도식은 고개를 들고 소년 동상의 얼굴을 물끄러미 쳐다봤다. 오토바이와 자동차가 내뿜는 매연에 콜록거리는 시무룩한 표정의 소년을.

"베트남 왕실을 구한 전쟁 영웅이라우."

늙은 운전사가 백미러로 도식을 바라보며 베트남어로 말했다. 운전사는 활짝 웃고 있었다.

'미친 새끼.'

도식은 거울에 비친 운전사를 노려보며 속으로 중얼거렸다.

"옹 어이, 스탑 히어."

교차로를 지나자마자 도식이 외쳤다.

택시가 4층짜리 호텔 앞에서 가까스로 멈췄다. 택시의 오른쪽 바퀴 두 개는 인도에 올라탄 상태였다. 도식이 비스듬히 기운 택시에서 힘겹게 몸을 빼냈다. 그는 50만 동짜리 지폐 한 장을 조수석 쪽에 던졌다. 운전사가 도식을 힐끔거리며 바람에 날아가기 직전의 지폐를 허겁지겁 수습했다.

경찰처럼 옷을 차려 입은 젊은 남자가 호텔 문을 잽싸게 열었다. 도식은 텅 비어버린 잭다니엘을 인도에 힘껏 던져버렸다. 잭다니엘이 데굴데굴 굴러갔다. 도식은 자신만만한 걸음걸이로 호텔 로비로 들어갔다. 무표정한 젊은 남자가 도식의 낡은 트렁크를 잽싸게 받아들었다. 도식이 호텔로 들어서는 바로 그 순간, 호텔 간판 조명이 소리 없이 불을 밝혔다. 붉고 푸른 '칵산 하오틴'이란 간판 불빛이 도식의 얼굴에 어른거렸다.

빨간 루주를 짙게 바른 살찐 여자가 로비로 들어서는 도식을 힐끗 쳐다봤다. 살찐 여자가 도식을 향해 형식적인 미소를 보냈다. 안면이 있는 여자였다.

"꼭대기 룸으로 줘. 언제까지 있을지는 모르겠어."

도식이 살찐 여자에게 여권을 건네며 베트남어로 말했다. 살찐 여자가 입을 쩍 벌리고 하품을 하며 고개를 끄덕거렸다. 여자의 입에서 상쾌한 구취가 풍겼다.

소년 영웅 옆에 우뚝 선 칵산 하오틴. 유키에서 일하는 매춘부인 응언을 살 때면 항상 왔던 그 호텔에 도식은 짐을 풀었다. 꼭대기 층에 위치한 객실에는 창문이 앞뒤로 나 있었다. 앞쪽 창을 열면 온갖 차량이 뒤엉킨 교차로가 내다보였다. 뒤쪽 창을 열면 쥐 죽은 듯 고요한 도심 한가운데의 주택가를 내려다볼 수 있었다.

엘리베이터가 없어 계단을 걸어 올라온 응언은 항상 숨을 헉헉거렸고, 도식은 헉헉대는 응언의 치마를 잽싸게 벗긴 후 욕구를 해결했었다.

초저녁의 칵산 하오틴은 적막했다. 도식은 냉장고를 열었다. 선채로 맥주를 꿀꺽꿀꺽 목구멍으로 흘려 넘겼다. 순식간에 맥주 한 병을 비운 도식은 침대를 노려봤다. 누군가의 흔적이 그대로 남아 있는 침대 위에 긴 머리카락 몇 개가 쓸쓸히 나뒹굴었다. 침대 위에 벌러덩 자빠진 도식은 호텔의 천장을 멍하니 쳐다봤다. 미세한 천장의 무늬가 천천히 요동치더니 물결처럼 흐느적거렸다. 동그란 조명등이 엿가락처럼 기다랗게 늘어났다. 천장에 붙어 있던 모기 한 마리가 날개를 퍼덕이면서 도식을 째려봤다. 흐느적거리는 천장과 엿가락처럼 늘어진 조명등과 날카로운 눈매의 모기를 멍하니 바라보면서 도식은 잠이 들었다.

도식은 꿈을 꿨다. 물에 빠진 도식은 천천히, 아주 천천히 하강했다. 지독히도 더러운 물이었다. 더러운 물은 따뜻했다. 깊이를 알 수 없게 혼탁했다. 도식의 주위로 100달러짜리 지폐가 오물처럼 둥둥 떠다녔다. 도식은 손을 뻗어 지폐 뭉텅이를 잡았다. 쓰레기 같은 지폐 뭉치는 도식의 하중을 견디지 못했다. 쓰레기 같은 지폐 뭉텅이가 도식과 사이좋게 가라앉았다.

심연을 향해 하강하는 도식의 곁에 기승이 달라붙었다. 거대한 몸뚱이에 작은 머리통을 가진 기승은 웃고 있었다. 태평하기 짝이 없는 얼굴이었다. 기승은 도식의 어깨를 꾹 누르고, 그 힘을 이용해 수면 위로 튕겨 올라갔다. 수면 위로 솟구치려는 돌고래 같았다. 매끈하고 날렵한 돌고래. 도식은 머리를 들어 기승을 쳐다봤다. 파란 하늘이 수면 밖에 있었다. 굴절된 따뜻한 햇살이 손에 잡힐 듯 가까웠다. 도식은 구부러진 햇살을 향해 손을 뻗었다. 무한한 따뜻함을 간직한 햇살은 도식의 손에 잡히지 않았다. 도식의 손에 잡힌 것은 끈적한 핏물이었다. 도식의 손바닥이 쩍 갈라졌고, 그 속에서 검붉은 피가 줄줄 흘러나왔다. 붉은 핏물이 천천히 하강하는 도식의 주위로 넓고 넓게 퍼졌다.

이번에는 순철이 도식을 향해 천천히 다가왔다. 순철은 쩍 갈라진 몸뚱이로 헤엄을 쳤다. 명치부터 사타구니까지 쩍 갈라진 순철은 내장을 빼낸 생선 같았다. 생선 인간으로 변한 순철이 도식을 향해 미소 지었다. 순철은 도식에게 윙크를 보내며 기승의 뒤를 쫓았다. 도식은 손을 뻗어 순철을 잡으려 애썼다. 하지만 순철도 순식간에 사라져버렸다.

깊고 깊은 물속의 바닥이 보였다. 저 아래 모래 바닥에 흐엉이 몸을 웅크리고 잠들어 있었다. 커다란 광어 한 마리가 촉수를 세우고 모래 속에 숨어 있었다. 흐엉은 광어 옆에서 달콤한 잠에 빠져 있다. 도식의 발끝이 흐엉의 몸에 닿았다. 흐엉이 살며시 눈을 뜨더니 도식을 보고 웃음을 터트렸다. 행복이 철철 넘치는 함박웃음을. 크게 기지개를 켠 흐엉이 발로 바닥을 툭 차더니 전속력으로 상승했다. 수면 위로 올라가는 흐엉이 도식을 향해 손을 흔들었다. 다정한 웃음과 따스한 손길이었다.

잠에서 깬 도식은 벽에 걸린 시계를 봤다. 저녁 9시였다. 붉고 푸른 네온 불빛이 천장에 어른거렸다. 침대에서 일어난 도식은 고개를 좌우로 세차게 흔들었다. 아무도 없는 호텔 객실을 한 바퀴 둘러본 도식은 쿵쾅거리며 호텔 계단을 내려왔다. 로비에도 인기척은 없었다. 호텔 밖으로 뛰쳐나온 도식은 사이공의 어둠 속으로 터벅터벅 발걸음을 옮겼다.

도식은 걸었다. 유서 깊은 사이공의 밤거리를 걸었다. 하이바쯩, 레탄톤, 티삭 거리를 천천히 걸었다. 도식은 사이공 강으로 향했다. 기승이 발견됐다는 사이공 강.

동코이 거리를 지나자 왕복 4차선의 도로 건너편에 사이공 강이 모습을 드러냈다. 사이공 강 부둣가에 거대한 선상 레스토랑이 불을 밝히고 있었다. 유람선을 개조한 레스토랑이었다. 레스토랑의 꼭대기 층에서 음악이 흘러나왔다. 사이공의 밤공기를 만끽하며 식사를 즐기는 관광객들을 위해 연주하는 라이브 밴드의 음악.

쿵쾅쿵쾅 음악 소리에 도시의 온갖 소음이 섞여들었다. 오늘이 아니면 기회가 없다는 호객꾼의 다급한 목소리, 무료한 엄마 손을 잡고 산책을 나온 아이가 떼를 쓰며 우는 소리, 음식 쓰레기를 차지하기 위해 싸움을 벌이는 떠돌이 개들의 울부짖음, 성의 없는 남자친구를 책망하는 철부지 처녀의 짜증 소리, 야바위판에 돈을 건 얼뜨기 노름꾼의 헉헉대는 신음 소리, 말도 안 되는 물건을 팔고 있는 장사꾼의 고함 소리가 밴드의 음악에 섞여들었다. 온갖 도시의 소음이 음악과 섞여 도식의 귓가에 날카롭게 파고들었다.

무자비한 소음의 행진에 질려버린 도식은 귀를 막았다. 양손으로 귀를 막은 도식은 자동차와 오토바이가 내달리는 왕복 4차선 차도로 뛰어들었다. 도식은 성큼성큼 도로를 건넜다. 놀란 자동차가 끽 소리를 내며 브레이크를 밟았다. 윗옷을 벗은 채 오토바이를 몰던

십대 소년이 도식을 향해 욕설을 내뱉었다.

도식은 껑충껑충 뛰어 길을 건넜다. 사이공 강 부둣가에는 온갖 종류의 사람들이 득실댔다. 산책을 나온 사람, 데이트를 하는 연인, 머리통만 한 카메라를 목에 걸고 주위를 두리번거리는 얼간이 여행자, 가냘픈 어깨를 통째로 드러낸 트랜스젠더 매춘부 사이를 헤치며 도식은 나아갔다. 사이공 강을 가까이서 보고 싶었다. 기승이 뛰어들었다는 사이공 강. 그 따뜻한 강 속으로 뛰어들고 싶었다.

헐레벌떡 인파를 헤치는 도식의 팔을 누군가 잡았다. 도식은 얼굴을 돌려 자신을 잡은 팔을 보았다. 핏줄이 튀어나온 좀비의 팔뚝이 사이공 강으로 향하는 도식을 잡고 있었다. 도식은 고개를 들어 좀비 팔뚝의 주인을 살폈다. 애꾸눈 노인이 도식을 빤히 쳐다봤다. 해골같이 마른 얼굴, 좀비 같은 팔뚝을 가진 애꾸 노인이 도식을 물끄러미 쳐다봤다. 노인은 애꾸이자 외팔이였다.

"안녕, 당신 일본 사람이오?"

노인이 도식을 향해 영어로 물었다. 명료한 발음이었다.

"아니, 한국 사람."

애꾸 노인에게 팔을 잡힌 도식이 대답했다.

"어딜 그렇게 가오? 당신 표정이 이상해서 그럽니다. 나랑 얘기 좀 합시다."

난데없는 노인의 제안에 도식이 어리둥절한 표정을 지었다.

"걱정하지 마시오. 난 늙어빠진 구걸꾼일 뿐이오."

"이야기를 하자고?"

"날 따라오시오."

애꾸 노인이 도식의 팔에서 손을 떼고 어둠 속으로 걸어갔다. 도식은 노인을 따라갔다. 노인은 가로등 아래 벤치에 슬며시 엉덩이를 걸쳤다. 도식은 애꾸 노인의 옆에 털썩 주저앉았다. 노인이 도식에게 담배를 가지고 있느냐고 물었다. 도식이 주머니에서 담배 하나를 꺼내 건넸다.

"믿을지 모르겠지만, 난 패망한 남베트남 정부 관료였소. 공산당이 전쟁에 이긴 후 교화소로 갔지. 교화소에서 12년을 살았소. 가족은 다 죽었지. 운 좋게 나만 살아남았어. 교화소 동료들도 많이 죽었는데, 죽음 직전에 놓인 사람들을 많이 봤다오. 길을 건너는 당신을 봤는데, 당신 얼굴이 금방이라도 죽을 사람 같았소. 그래서 부른 거요. 아니라면 다행이고."

'미친놈의 영감탱이.'

도식이 노인의 얼굴을 쳐다보며 속으로 생각했다.

"내 사연 계속 들어볼 거요?"

"아니오, 됐습니다. 난 죽을 생각 없어요. 영감님이 착각하신 거예요."

도식이 담배에 불을 붙이며 말했다.

"그럼 됐소. 1만 동만 줘요. 이야기 값이니까. 내 사연 다 들으면 5만 동인데, 젊은이에겐 1만 동만 받으면 됩니다."

희미한 가로등 불빛에 비친 애꾸 노인의 얼굴에 주름이 가득했다. 도식은 노인에게 50만 동짜리 지폐를 건넸다. 인자하기 그지없는 호 아저씨의 얼굴을 본 노인의 입이 귀까지 찢어졌다. 노인이 지폐를 받았다. 도식은 노인의 가는 손가락을 움켜쥐었다. 그러고는 손목을 아래로 꺾었다. 노인의 손가락에서 우두둑 하며 뼈가 부러지는 소리가 났다. 노인은 비명을 지르지도 못했다.

애꾸 외팔이 노인에게 50만 동을 적선하고 손가락뼈를 부러뜨린 도식은 선상 레스토랑으로 향했다. 강가 자리에 앉은 도식은 사이공 맥주 세 병을 주문해 입에 대고 벌컥벌컥 마셨다. 사이공의 강바람이 도식의 얼굴을 때렸다. 도식의 귓가를 파고들던 사이공의 온갖 소음이 어느새 사라졌다. 손가락을 바친 애꾸 노인 덕분일 수도 있었다.

맥주를 비운 도식은 선상 레스토랑에서 나왔다. 마주 오는 오토바이 운전자와 눈을 마주치며 조심조심 도로를 건넜다. 저 멀리 애꾸 노인이 보였다. 덜렁거리는 손가락의 애꾸 노인이 배낭을 멘 백인 여행자에게 무슨 말인가를 건네고 있었다.

죽을 듯이 달리는 자동차와 오토바이로 가득한 도로를 건넌 도식은 응오반남으로 향했다. 사이공 강 부둣가에서 길을 건너면 바로 나오는 거리. 매춘부들이 벌레처럼 우글대는 응오반남의 작은 광장 한복판에 도식은 우뚝 섰다.

주위를 둘러보던 도식의 눈길이 한 업소로 향했다. 도식은 성큼성큼 '유키'로 걸음을 옮겼다.

옆구리가 파인 아오자이를 입은 대여섯 명의 여급이 유키 입구에 진을 치고 있었다. 여급 중 한 명이 도식을 보더니 "꺅" 하고 소리를 질렀다. 즐거운 비명을 지른 여급은 미스 응언이었다. 그녀는 유키를 헤치고 들어오는 도식의 곁에 찰싹 달라붙었다. 행복한 웃음이 응언의 얼굴에 만발했다.

일본식 라운지 유키는 베트남 특유의 좁고 긴 2층짜리 건물 전체를 차지하고 영업을 했다. 응언을 옆구리에 낀 도식은 유키에서 제일 넓은 2층 룸으로 향했다. 스무 명이 들어가도 충분한 넓이의 룸이었다. 도식의 옆에 찰싹 붙은 응언이 달콤한 목소리로 중얼거렸다.

"린이랑 결혼했다고 해서 걱정했어. 앞으로 나 사지 않을까봐서. 계속 날 살 거지?"

도식은 응언을 쳐다봤다.

"그럼. 영원히 널 살게. 걱정하지 마. 매일 널 살지도 몰라. 근데 매일 네 몸뚱일 팔 수 있겠어?"

"당연하지. 하루에 두 번이라도 팔 수 있어. 아니, 열 번도."

응언이 살살거리며 말했다. 그녀의 가늘고 긴 손가락이 도식의 가슴을 더듬었다.

"지금 당장 사자."

도식이 뒷주머니에서 불룩한 지갑을 꺼내 지갑 속의 달러를 아무렇게나 집었다. 도식이 열 장이 넘는 100달러짜리 지폐를 응언의 가슴팍에 쑤셔넣었다.

"선불이야. 열 번 사는 값."

응언이 미친년처럼 깔깔대며 웃었다. 도식은 응언의 아오자이 상의를 움켜쥐고 찢었다. 응언의 한쪽 젖가슴이 환하게 드러났다. 도식의 손이 아오자이 하의로 향했다. 응언의 얇디얇은 아오자이 바지가 부지직거리며 갈라졌다. 짧게 깎은 파릇한 응언의 체모가 환하게 드러났다. 그녀의 음부는 따끈따끈한 묘지 같았다. 막 봉분을 씌운 어린아이의 파릇한 묘지.

"당신 미쳤어?"

응언이 토끼 눈으로 외쳤다.

"미치긴."

도식이 응언을 뒤로 돌렸다. 양손으로 어깨를 눌렀다. 응언이 무릎을 꿇었다. 도식이 급하게 바지를 내리고는 발기된 페니스를 응언의 똥구멍에 쑤셔넣었다. 응언이 비명을 질렀다.

"거기가 아니잖아."

"거기가 아니라고?"

도식이 주섬주섬 페니스를 아래 구멍으로 옮겼다. 도식은 빳빳해진 페니스를 응언의 마른 자궁에 다시 쑤셔넣었다. 겉은 푸석푸석하지만 속은 미끌미끌한 자궁.

룸의 문이 열리더니 쟁반을 든 웨이터가 들어왔다. 후배위 자세로 응언의 아래 구멍에 페니스를 쑤셔넣은 도식이 고개를 돌려 나이 어린 웨이터를 쳐다봤다. 웨이터가 싱긋 웃었다. 도식이 환하게 미소를 지었다.

"조금 있다 와."

도식이 웨이터에게 외쳤다.

"예 써!"

웨이터가 씩씩하게 대답했다.

응언의 귀여운 똥구멍을 내려다보며 허리를 흔들던 도식이 동작을 멈췄다. 응언이 고개를 힘겹게 돌려 도식을 올려다봤다. 가차 없이 페니스를 뺀 도식이 응언의 몸을 돌렸다. 응언이 도식 앞에 쪼그리고 앉자 도식은 하얀 코코넛이 잔뜩 묻은 페니스를 응언의 입 안에 쑤셔넣었다. 응언이 캑캑거렸다.

도식은 응언의 입 안에 사정했다. 정액을 입에 머금은 응언이 벌떡 일어나더니 물수건에 하얀 액체를 퉤 하며 뱉었다. 하얗고 노란 침 덩어리를 대여섯 차례 연속해서 뱉었다.

도식이 담배를 물었다. 응언도 담배를 물었다.

"너 뭐 좋은 일 있냐?"

도식의 질문에 응언이 흥분이 가라앉지 않은 목소리로 답했다.

"나 승진했어. 우리 사장이 바로 옆에 새로 가게를 열 계획이래. 나한테 마마상 하라고 했어."

"사장? 너희 사장이 누구야?"

"자기도 봤잖아, 경찰서에서. 민 형사가 여기 사장이야. 자기 몰랐구나? 아는 줄 알았는데……. 그 일 때문에 오늘 경찰서 갔다 온 거야."

응언이 재떨이에 연신 침을 뱉으며 노래하듯 말했다.

"우리 항상 가는 호텔 있잖아. 거기도 민 형사 건물이야. 공안들, 거기는 절대 단속 안 나와. 그래서 이 동네 여자들이 항상 거길 간다고. 그것도 몰랐어?"

"멋있는 사람이군. 민 형사라는 사람."

"그럼, 그것도 모르겠네? 오늘 경찰서에서 본 양복 입은 한국 사람 알지? 그 남자랑 우리 사장이랑 동업할 계획이래. 바로 옆 4층짜리 건물을 통째로 사용할 거라던데? 아, 신난다. 마마상이면 사장 다음이야. 늙은이들 옆에 앉지 않아도 된다, 그 말이야."

응언이 담배 연기를 내뿜으며 말했다. 정액 냄새를 풀풀 풍기며 재잘대던 응언이 도식의 어깨에 살짝 머리를 얹었다.

"그래? 잘됐군. 축하해."

"지금 우리 건물에 우리 사장이랑 한국 남자랑 함께 있어. 아까 들어오는 거 봤어. 아 참, 린도 여기 오는 길이래. 당신 부인 린."

응언이 깔깔대며 말했다.

"지금 어디 있지? 그 사람들에게 볼일이 좀 있는데…… 나 좀 데려다줘."

"그래? 알았어. 우리 일단 맥주라도 좀 마셔. 당신 결혼 축하해주고 싶어. 나 승진한 것도 축하해줘."

"웨이터 불러."

대기하던 웨이터가 잽싸게 들어왔다. 도식은 웨이터에게 100달러짜리 지폐 한 장을 던졌다. 웨이터의 눈이 휘둥그레졌다.

"발렌타인 투애니원."

도식이 웨이터에게 말했다.

"예 써!"

웨이터가 고함을 쳤다.

응언이 맥주잔에 발렌타인을 가득 채웠다. 도식은 맥주잔에 그득 담긴 가짜 발렌타인 한 잔을 단숨에 비웠다. 응언이 다시 잔을 채웠다. 도식은 단숨에 두 번째 잔을 비웠다.

"너 약 먹었지? 나도 좀 주라."

가짜 양주 두 잔을 비운 도식이 응언에게 말했다.

응언이 지갑에서 하얀 알약을 꺼내 자신의 혀 위에 올려놓고는 도식의 목을 끌어안고 혓바닥을 도식의 입 안으로 밀어넣었다. 비릿한 정액 냄새가 나는 응언의 혓바닥. 도식은 비릿한 그 혓바닥을 정성껏 빨았다.

"가자. 너희 사장한테."

담배를 꼬나문 도식이 자리에서 일어났다. 찢어진 아오자이를 입은 응언도 일어섰다. 매끈한 젖가슴 한쪽과 파릇한 음부가 드러난 응언이 웨이터를 불렀다. 웨이터가 분홍색 아오자이 한 벌을 가져왔다. 응언이 깔깔대며 찢어진 아오자이를 벗어던졌다. 그녀가 실실대며 분홍색 아오자이를 뒤집어썼다.

정겨운 대화

“그런데 김기승은 어떻게 된 거요?”

“그게 말이지, 그것 참…… 그냥 겁만 주라고 했는데 그 인간이 탈출을 했다지 뭐야. 탈출한 다음에 자살한 것 같소.”

“그럼 흐엉은 누가 죽인 거요?”

“죽이긴 누가 죽여. 자살한 거지. 흐엉을 죽일 일이 뭐가 있어? 일이 꼬여서 그렇게 된 거지.”

“그러니까 김기승 가족을 납치했는데, 흐엉이 탈출을 했고, 흐엉을 쫓아가 보니 김대수가 있었고, 그 현장에 지지리도 운 없는 경비원이 낀 거란 말이오?”

“아니지, 그게 아니야. 흐엉은 납치를 못했어. 김기승과 딸만 납치했지. 흐엉은 그 전에 튀었고.”

“김기승과 딸을 납치했는데, 김기승이 탈출을 했다는 거요? 탈출 후에 사이공 강에 뛰어들었고?”

"그렇지. 당신 머리가 좋군 그래. 상상력이 좋아. 이제야 알아듣는군."

"그럼 흐엉 손에서 발견된 양도식 사진은 뭐요? 그 사진 때문에 처음에 양도식이 용의자로 지목됐다면서?"

"일종의 보험이지. 혹시 몰라 양도식의 사진을 현장에 놓으라고 한 거요. 마지막 카드로 쓰려 했던 거지. 일종의 현장 소품 같은 거야, 소품."

"김기승 딸은 어떻게 된 거요? 그 어린애를 강간했소? 당신들 너무하는 거 아니오?"

"강간을 하긴 누가 강간해. 그 멍청한 놈이 일을 엉뚱하게 처리한 거지. 김기승 딸 때문에 나도 골치 아팠어. 나도 처음엔 강간당한 거라 생각했지. 강간이 아니라 생리야 생리. 초경."

"아홉 살짜리가 생리를 했다고?"

"요즘 빠른 애들 많아. 우리 딸년도 열 살에 했다니까."

"그 아이는 어디 있소?"

"그건 당신이 알 바 아니고. 잘 있으니까 걱정 말아요."

"그나저나 오순철은 어떻게 된 거요?"

"누구? 아…… 김기승이 친구 오순철? 자세한 건 나도 모르오. 그 친군 노상강도를 당한 것 같아. 그런데 칼 솜씨가 보통이 아냐. 프로야 프로. 한 방에 심장이 뚫렸거든. 얼치기 강도 솜씨는 아닌데 단서가 아무것도 없어. 목격자도 없고. 미제로 남을 가능성이 커요. 베트남 사람이 피해자가 아니라서 우리 쪽에서도 별 신경을 쓰지 않고 있고."

"김대수는 누구에게 당한 거요?"

"김대수? 벤탄 병원에 누워 있는 그 친구? 그 친군 두 번 당했어. 흐엉을 쫓던 우리 아이 하나가 아이리스 아파트로 갔는데, 글쎄 그 자리에 김대수랑 흐엉이 같이 있었다는 거 아냐. 김대수랑 흐엉이 붙어먹었던 것 같아. 내 생각엔 말이지."

"붙어먹다니?"

"아 참, 답답하네 이 사람. 내연 관계라는 말이지. 흐엉이 남은 돈 탈탈 털어 김대수에게 전하려 했다는 거야. 아이리스 아파트 화장실에서. 그 광경을 우리 아이가 딱 봐버린 거지. 그 아이가 김대수를 깠어."

"그다음엔?"

"흐엉이 김대수에게 전하려던 돈을 회수했지. 그리고 현장을 벗어나려는데 경비원에게 당한 거야."

"김대수가 쓰러진 다음에 흐엉이 바로 목을 맸다 이 말이오?"

"목을 맨 상태에서 김대수가 들어왔대. 우리 아이 말에 의하면."

"타이밍 한번 절묘하네……. 아이리스 경비원은 뭐요?"

"거기서부터 일이 꼬인 거야. 그 바보 같은 새끼 때문에 말이지. 경비원이 화장실에서 벌어진 일을 목격한 거야. 우리 아이가 김대수 까는 광경을. 물론 달러 뭉치도 봤고. 그래서 화장실에서 나온 우리 아이랑 경비원이 붙었는데, 그 사이에 정신을 차린 김대수가 돈을 챙겨서 도망을 친 거야."

"부상당한 김대수가 지하 주차장으로 도망을 갔다?"

"그렇지. 그런데 우리 아이가 경비원에게 제압을 당했지 뭐야. 아,

병신 같은 새끼. 그 새끼 밖에 있으니까 조금 있다가 면상 한 번 보라고. 어차피 계속 볼 사이니까. 그리고 경비원이 김대수를 쫓아가서 또 깐 거야. 김대수는 대갈통을 두 번 맞은 거지. 불쌍한 놈."

"당신네 아이는 어떻게 됐소?"

"피칠갑이 돼서 왔더라고. 울면서 말이지. 병신 같은 새끼. 전쟁이었다면 총살감이야, 그 새끼는."

"경비원이 입 다물고 있겠소?"

"걱정 말아요, 그 문제는. 김대수가 죽은 건 아니니까. 경비원 그놈 1년 정도만 살면 나와. 돈도 좀 먹였고. 또 감옥에서 나오면 내가 고용해주기로 했어. 그놈은 팔자가 핀 거야. 지지리도 가난한 놈이거든."

"얼마나 먹였소?"

"그건 당신이 알 거 없어. 많이 먹이지는 않았으니까 걱정 말고."

"흐엉에게 빌려준 돈은 다 회수했소?"

"회수? 허허허. 회수라."

금이 쩍쩍 간 싸구려 목재로 만든 테이블 위에 발을 올려놓은 채 고급 가죽 의자에 앉아 있던 민 형사가 허리를 숙였다. 민 형사가 책상 아래 서랍을 열더니 서류 뭉치를 꺼내 허공에 대고 툭툭 털었다. 서류 뭉치에서 떨어진 먼지가 백열등 불빛에 흩날렸다.

"이게 흐엉의 돈이오. 돈 대신 회수한 문서들."

"그게 뭐요?"

"사이공 1군, 3군 식당 문서하고 시골 집, 양어장 문서. 그리 많이 남진 않았어. 적당히 남긴 거지. 장사란 건 원래 남아야 하는 거 아니겠소."

"그 문서가 우리가 한다는 가게가 되는 거로군."

"그렇지. 당신 머리 잘 돌아가는군 그래. 마음에 들어."

테이블 위에 올려놓은 두 다리를 슬며시 내린 민 형사가 뒤통수에 깍지를 끼고 굵은 목을 좌우로 돌렸다. 테이블 위에 엉덩이를 걸치고 민 형사와 이야기를 나누던 수성이 서류에 손을 뻗었다. 수성의 손에 앞서 민 형사의 손이 서류에 먼저 닿았다. 서류 뭉치를 손에 쥔 민 형사가 서류를 부채처럼 흔들었다.

"환장하게 덥네. 여기 왜 이렇게 더워. 에어컨 설치하란 지가 언젠데, 지금도 이 모양이야."

뺄쭘한 표정의 수성이 서류 뭉치로 부채질을 하는 민 형사를 빤히 쳐다봤다.

"당신은 손해 안 봤소? 당신도 김기승에게 돈 빌려줬다면서?"

민 형사가 수성에게 심각한 얼굴로 물었다.

"손해? 당신 돈을 받았지. 내가 흐엉을 소개시켜줬잖소. 벌써 잊었소?"

"아…… 그렇지. 요즘 기억력이 영……."

테이블 위에 팔꿈치를 얹은 민 형사가 검지 끝으로 관자놀이를 톡톡 때리며 중얼거렸다.

"가게는 언제 열 예정이오?"

"다음 달 초. 옆 가게 당신 지분이 2할이니까 다음 달 말부터 매달 수익금이 나올 거요. 은행 거래 곤란한 거 알죠? 직접 받으러 와요. 여기 이곳으로 말이오. 내가 아이들에게 이야기해놓을 테니까.

계약서는 여기 있소."

민 형사가 다시 서랍을 열더니 종이 한 장을 꺼냈다.

"도장 찍을 거요? 내 서명은 없소. 대신 내 아이 서명이 있지. 아이리스에서 경비원에게 당한 그 멍청한 놈. 앞으로 잡다한 일은 그 아이가 맡아서 처리할 거요."

"됐소, 도장은 무슨. 당신을 믿고 하는 거지. 그렇지 않나요?"

수성을 올려다보며 민 형사가 씩 웃었다. 수성이 의자에 앉은 민 형사에게 손을 건넸다.

"악수로 대신합시다. 도장은 무슨 도장. 우리 이미 한 배를 탄 거 같은데. 호엉이 스스로 목을 맸다는 건 믿을 수 없군. 김기승이 스스로 물에 뛰어들었다는 것도 상상이 되질 않고 말이오."

의자에서 일어난 민 형사가 수성의 손을 잡더니 천천히 흔들었다. 민 형사가 또 한 번 씩 웃었다.

"잘해봅시다, 우리."

유키의 골방에서 두 남자가 맞잡은 손을 마구 흔들었다. 썩어빠진 미소를 지으며.

똑똑, 똑똑.

노크 소리가 들렸다. 정중한 노크였다.

"들어와."

의자에 다시 철퍼덕 주저앉은 민 형사가 노크 소리에 답했다. 골방의 나무문이 천천히 열리더니 아오자이를 입은 응언이 방 안으로 들어왔다.

"영업시간에 무슨 일이야?"

민 형사가 응언을 쳐다보며 말했다. 응언의 입가에 말라붙은 하얀 얼룩이 묻어 있었다. 도식이 배출한 정액의 흔적. 응언의 등 뒤로 낯익은 한 남자가 모습을 드러냈다. 형형한 눈빛, 수척해진 뺨, 헝클어진 머리칼의 양도식이었다.

문에 등을 기댄 도식이 방 안을 싸늘한 눈빛으로 둘러봤다. 모든 것을 포기한 듯한 도식의 눈빛에 수성이 움찔했다. 민 형사의 태연한 표정은 변함이 없었다.

도식이 멀거니 서 있던 응언을 옆으로 제쳤다. 응언이 비틀거렸다. 주머니에 손을 찔러넣은 도식이 망설임도 없이 뚜벅뚜벅 테이블 쪽으로 걸어 들어왔다.

"여기들 다 계셨군요. 반갑습니다."

도식이 조용히 외쳤다.

"할 말이 있어 왔소. 당신들에게 말이오."

도식이 또박또박 외쳤다.

"기승과 호엉, 순철, 대수까지 잘 처리해줘서 고맙소. 진심이오. 당신네들 친구도 아닌데 병원에 입원도 시켜주고, 시신도 수습해주고. 이것저것 고맙소. 정말 고마워."

도식이 테이블 위에 엉덩이를 걸치면서 말했다. 낮고 무거운 목소리였다.

"당신도 여기 있었군. 당신이 연관되어 있을지는 몰랐는데. 솔직히 조금 놀랐소."

도식이 수성을 흘깃 쳐다보며 경멸하듯 말했다.

"기승 형은 잘 있겠죠? 흐엉도 그렇고. 순철도 잘 있겠지? 당신네 경찰서 시신 안치소에 말이오."

도식이 민 형사 쪽으로 얼굴을 들이밀며 말했다. 역한 알코올 냄새에 민 형사가 몸을 뒤로 살짝 뺐다.

"내 부탁 하나 드리려고 왔소. 들어줄 거라 믿어요. 그렇죠?"

요동도 없이 의자에 앉아 있던 민 형사가 오른손을 슬며시 옮겨 허리춤의 권총을 잡았다. 수성은 민 형사의 뒤로 몸을 슬쩍 옮겼다. 응언은 어리둥절한 표정으로 문가에 서 있었다.

골방의 문이 슬며시 열리더니 민소매 셔츠를 입은 젊은 남자가 성큼 들어왔다. 그의 손에 날카로운 칼 한 자루가 들려 있었다. 젊은 남자의 어깨에는 푸르른 용 문신이 선명했다. 그의 눈에는 시퍼런 멍이 들어 있었다.

도식이 주머니에서 손을 빼려는 찰나, 용 문신의 남자가 칼을 위로 들었다. 태평한 표정으로 의자에 앉아 있던 민 형사가 왼손을 들어 용 문신의 남자를 제지했다.

"부탁이 뭐요?"

민 형사가 도식의 얼굴을 빤히 쳐다보며 물었다. 책상 아래 민 형사의 오른손은 여전히 허리춤의 권총집에 닿아 있었다.

"……."

도식은 아무 말도 하지 않았다.

"무슨 부탁이오? 빨리 말해요."

민 형사의 등 뒤에 숨은 수성이 잔뜩 겁을 먹은 목소리로 말했다. 수성의 탁한 눈동자는 도식의 등 뒤로 서서히 다가오는 젊은

용 문신 남자를 쫓고 있었다.

“여기 옆에 연다는 술집 말이오. 그 사업에 나도 끼고 싶소. 그냥 합세하겠다는 말이 아니오. 동업을 하자는 거요. 투자를 하겠소.”

한참 뜸을 들인 도식이 입을 열었다.

문가에 등을 대고 서 있던 응언이 혀를 내밀어 입가에 묻은 하얀 얼룩을 슬쩍 핥았다. 민 형사가 슬며시 허리춤의 권총집에서 손을 뗐다. 칼을 들고 있던 용 문신 남자가 앞니 사이로 침을 뱉었다. 민 형사가 양손을 깍지 끼더니 테이블 위에 슬며시 올려놓았다.

“동업이라, 투자라…… 그거 잘됐군. 마침 돈도 좀 부족했는데 말이오.”

민 형사가 사람 좋은 웃음을 지으며 말했다. 수성이 어리둥절한 표정을 지었다. 응언이 깔깔대며 웃었다. 용 문신의 젊은 남자가 민 형사를 빤히 쳐다봤다.

“다른 조건은 없소? 동업에 필요한 조건 말이오.”

“건물 구석에 방 하나 마련해줘요. 내가 지금 살 집이 없소. 업소 관리도 내가 좀 했으면 좋겠는데. 어차피 한국 손님들 많이 받아야 할 거 아니오? 내가 한국 여자들도 데려오지, 접대부로 쓸 한국 여자들. 당신 친구들, 베트남 부자들과 고위 관료들도 귀여운 한국 여자들에게 접대 받으면 좋다고 하지 않겠소?”

진지한 얼굴의 도식이 유창한 베트남어로 말했다. 민 형사가 너털웃음을 지으며 의자에서 벌떡 일어났다. 그러고는 커다란 손바닥을 도식의 어깨에 얹었다. 민 형사의 얼굴에서 웃음이 떠날 줄 몰랐다.

"내 이럴 줄 알았어. 당신, 우리 어머니보다 더 멋진 사람이야. 마음에 들어. 아주 좋아."

도식의 어깨에 얹혔던 민 형사의 큼직한 손이 도식의 야윈 손을 꽉 움켜쥐었다. 민 형사가 손을 위아래로 경쾌하게 흔들었다.

똑똑, 똑똑.

노크 소리가 방 안에 울려퍼졌다. 가냘픈 노크였다.

그 순간 도식을 제외한 모든 사람의 눈길이 문가로 향했다. 젊은 여자 얼굴이 빼꼼히 열린 문 사이로 나타났다. 도식의 법적인 아내 린이었다.

"지금 왔어? 어서 와."

린을 본 민 형사가 반가운 듯 소리쳤다.

린이 어리둥절한 표정으로 방 안으로 들어왔다.

"무슨 일이에요?"

"일은 무슨. 자, 여기 다 모였구먼. 우리 신규 업체 사람들 말이야. 내가 소개하지. 이쪽은 이수성 씨. 한국 영사관에 근무하고 있어. 우리 업소 공동 사장 중 한 명이야. 한국 손님들 많이 데리고 올 거야, 아마도. 깍듯이 대접하도록. 이쪽은 양도식 씨. 공동 사장 중 또 한 명. 업소 관리에도 참여할 예정이야. 공손하게 대하도록. 이쪽은…… 뭐야, 이년 맛이 갔네. 미스 응언. 마마상으로 승진이야. 업소 아이들 관리할 거야, 아마도. 이쪽은 미스 린. 좀 있다 한국으로 갈 예정이야. 내가 한국에서도 사업할 계획인데 린이 그쪽을 맡아서 할 거야. 자세한 거는 알 거 없고……. 이 새끼는 카이.

가게 궂은일을 도맡아서 할 거야, 이놈이. 아, 아까 이야기했죠? 경비원에게 당한 그 새끼야. 바로 이놈이. 멍청하긴 한데 겁이 없어. 카이, 인사드려."

민 형사가 도식의 손을 잡아 흔들며 말했다. 카이라는 이름의 용문신이 꾸벅 하며 고개를 숙였다. 도식이 중심을 잃고 휘청거렸다. 쓰러지기 일보 직전의 도식을 린이 안았다.

"왜 이리 취했어요? 이 사람."

도식을 품에 안은 린이 중얼거렸다.

"으허허허. 부인이라고 잘 챙기는구먼. 좋아, 아주 좋아."

도식의 손을 놓은 민 형사가 흥미진진한 얼굴로 말했다.

문가에 서 있던 응언이 비틀거렸다. 응언의 얼굴은 정맥이 비칠 정도로 창백했다.

"야, 저년 치워라. 빨리."

민 형사가 카이에게 말했다. 카이가 억센 팔로 응언의 허리를 감쌌다.

"자기 왔어? 너 여기 있는 남자들 모두랑 잤지? 그렇지? 이 걸레 같은 년."

린의 품에 안긴 도식이 멍한 눈으로 린을 보며 중얼거렸다. 린이 한심스럽다는 듯 피식 미소 지었다.

사이공의 장례식장, 맨발의 브라스밴드

터무니없이 죽어버린 기승과 흐엉이 한 줌의 재로 변했다.

기승과 흐엉 부부의 화장은 호찌민시티 변두리에 위치한 화장장에서 일사천리로 진행됐다. 그들의 시신을 실은 구급차가 화장장에 도착하자 맨발에 모자를 삐딱하게 쓴 브라스밴드 드러머가 북을 울렸다. 시골 결혼식에나 어울릴 법한 몰골의 악사들은 트럼펫과 색소폰을 요란하게 불고 북을 쾅쾅 두드리며 기승과 흐엉의 마지막 길을 축복했다.

물이 줄줄 새는 녹슨 수도꼭지 두 개가 덩그러니 벽에 박혀 있는 황량한 시멘트 방에서 기승 부부는 마지막 몸을 씻었다. 앞니가 없는 염장이의 입에선 역한 술 냄새가 났다. 형식뿐인 염은 금세 끝났다. 기승 부부는 서둘러 싸구려 나무 관으로 각자 들어갔다. 외로운 두 개의 관이 철제 엘리베이터를 타고 지하 화장장으로 향했다.

기승과 흐엉의 화장 겸 장례식에는 도식과 민 형사, 수성, 린, 김세희가 참석했다. 흐엉의 딸, 아홉 살배기 세희는 금세 기력을 회복했다. 가방에 갇혀 있다 순철의 도움으로 병원으로 옮겨졌던 세희는 울지 않았다.

위세 등등한 민 형사 덕분에 부부의 화장은 아무 탈 없이, 싱거울 정도로 빨리 끝났다. 기승과 흐엉이 검은 연기로 변해 화장장 굴뚝을 빠져나가는 동안, 세희는 린의 손을 꼭 잡고 있었다. 세희는 흑백 모니터를 통해 엄마 아빠의 마지막 가는 길을 지켜봤다.

곰팡이가 퍼렇게 핀 공동 장례식장의 벽면에 기승과 흐엉의 영정사진이 놓였다. 기승과 흐엉은 행복하게 웃고 있었다. 도식이 한국 소주 한 병을 품에서 꺼내 사진 앞에 놓았다. 린이 준비한 국화꽃 한 다발이 기승과 흐엉 앞에 놓였다.

"유골은 어떻게 할 거야?"

화장이 끝나갈 무렵, 담배를 입에 문 민 형사가 린에게 물었다.

린이 도식을 쳐다봤다.

"내가 알아서 한다고 해."

영정 앞에 담배 한 갑을 놓으며 도식이 말했다. 고양이 그림이 그려진 붉은색 베트남 담배였다.

고개를 끄덕인 민 형사가 화장장 구석의 사무실을 향해 뚜벅뚜벅 걸음을 옮겼다.

기승과 흐엉의 얼굴을 쳐다보던 도식이 손을 뻗어 세희의 머리를 쓰다듬었다. 세희는 여전히 린의 손을 꼭 잡고 있었다.

멍한 눈으로 영정을 쳐다보던 수성이 어깨를 아래위로 흔들며 살짝 흐느꼈다.

가슴에 유골함 두 개를 든 남자가 민 형사의 뒤를 따라 일행 쪽으로 걸음을 옮겼다. 화장장 직원으로 보이는 남자가 유골함 두 개를 도식에게 건넸다. 도식은 유골함을 품에 안았다. 여전히 따뜻한 기승과 호영.

"내가 없었으면 일주일 후에나 유골을 받았을 것"이라며 민 형사가 생색을 냈다. 눈이 촉촉해진 수성이 민 형사의 곁에서 고개를 끄덕였다.

심장에 칼을 맞고 죽어버린 순철도 한 줌의 재로 변했다.

사고 발생 일주일 후, 호찌민시티 경찰서는 오순철 살해 사건 수사를 내부 종결했다. 단서도 없고 증거도 없고 오직 사체만이 존재하는 미제 사건이었다.

'수사를 계속 진행할 것'이라는 경찰의 공식 발표와는 별개로, 호찌민시티 경찰 가운데 순철의 살해범을 쫓는 이는 아무도 없었다.

기승과 호영이 재로 변한 그 장소에서 순철도 같은 절차를 겪었다. 순철의 장례식에 민 형사는 오지 않았다.

화장이 끝나자, 화장장 직원은 "오순철의 유골은 3일 후에나 줄 수 있다"며 억지를 부렸다. 수성과 린이 애를 썼지만, 화장장 직원은 완강했고 불친절했다. 도식은 화장장 직원의 멱살을 잡았다. 한 가닥 가느다란 수염이 붙어 있는 직원의 턱에 주먹을 한 방 먹였다. 도식에게 맞은 화장장 직원은 경찰에게 전화를 걸었다. 제복을 입은 경찰이 출동해 도식에게 수갑을 채웠다. 수갑이 채워진 도식은 화장장을 때려부술 기세로 길길이 날뛰었다. 린의 전화를 받은 민 형사가 어슬렁거리면서 현장에 나타났고, 상황은 종결됐다. 민 형사가 현장에 도착하자마자 따끈따끈한 순철의 유골함이 씩씩거리던 도식에게 인계됐다.

순철의 아내도, 순철의 두 딸도 화장장에 오지 않았다. 도식은 혹시나 하는 마음에 화장 직전, 푸껫의 은혜에게 전화를 걸었다. 도식은 '지금은 고객의 사정으로 전화를 받을 수 없습니다'라는 차가운 기계음이 들리자 전화를 끊어버렸다.

아직도 숨이 끊어지지 않은 대수는 푸미홍 인근의 최고급 병원으로 이송됐다. 첨단 의료기기가 즐비한 졸부 전용 병원의 1인용 병실로 옮겨진 대수는 프랑스에서 공부한 의사의 집중 치료와 예쁘고 상냥한 간호사의 보살핌을 받게 됐다.

하루 이틀이 지나자 부기로 인해 두리뭉실해졌던 대수의 턱이 면도칼 같은 원래의 모습으로 되돌아왔다. 대수의 병실을 찾은 도식은 대수의 얼굴을 내려다보며 한참을 서 있었다. 대수가 언제 의식을 회복할지, 갑자기 죽어버릴지, 이대로 영원히 잠들지는 아무도 말해주지 않았다.

도식은 병원 창구로 내려가 중간 결산을 요구했고, 병원비 전액을 달러로 지불했다.

도식의 동업자가 된 수성이 비가 퍼붓는 어느 늦은 밤, 예고도 없이 도식을 찾아왔다.

수성은 기승과 흐엉, 순철의 위패에 향을 올린 후 "나가서 소주나 한잔 합시다"라고 말했다. 도식과 수성은 근처의 한국 식당으로 가 소주를 마셨다. 수성은 그간의 사정을 맥 빠진 목소리로 설명했다. 수성은 징징대며 울음을 터트리기 일보 직전의 표정을 지었다. 급기야 질질 짜더니 나중에는 엉엉 울었다.

'사이공에서 우연히 기승과 조우했으며 이후 약간의 돈을 투자했다'는 것이 수성의 고백이었다. 흐엉이 돈에 쪼들린다는 사실을 안 수성은 그녀에게 민 형사를 소개시켜줬다고 털어놓았다. 곤궁에 처한 흐엉이 민 형사로부터 많은 사채를 끌어다 썼으며, 결국 일이 이렇게 됐다는 것이 수성의 말이었다.

"민 형사가 돈 때문에 누구를 죽일 사람은 아닌데, 마음 약한 흐엉과 기승이 스스로 목숨을 끊은 것 같다"면서 수성은 울음을 터트렸다. "기승 부부는 이왕 이렇게 됐으니, 명복이나 비는 수밖에 없다"고 수성은 웅얼거렸고, "신규 업소 관리를 꼼꼼히 부탁한다"는 비굴한 부탁도 잊지 않았다.

술집을 나온 도식은 술에 취해 비틀거리는 수성의 면상에 주먹을 휘둘렀다. 하지만 만취한 도식의 주먹은 수성의 뺨을 스쳐 지나갔다. 수성과 도식은 엉겨 붙은 채 더러운 빗물 웅덩이에 나뒹굴고 말았다. 도식은 옷을 툭툭 털며 일어나면서, 수성의 손을 잡아줬다.

린의 한국행 준비는 착착 진행됐다.

여행용 가방에 담긴 채 순철에게 발견됐던 세희는 아무런 상처를 입지 않은 것으로 확인됐다.

린의 보살핌을 받으며 병원에서 며칠을 보낸 세희는 린의 집으로 거처를 옮겼다. “세희와 함께 한국으로 들어갈 준비가 거의 끝났다”는 린의 전화를 받은 도식은 “출국 전날 알려줘. 내가 배웅 갈 테니까”라고 말했다.

린은 “그러겠다”며 매정하게 전화를 끊었다.

술에 만취해 민 형사에게 동업을 제의한 도식은 유키 옆 건물 4층 꼭대기 층으로 짐을 옮겼다.

민 형사가 카이에게 지시해, 초대형 초호화 매음굴 최상층에 도식을 위한 방을 하나 마련해줬다. 용수철 몇 개가 고장 난 철제 침대, 랩톱 한 대를 놓으면 꽉 차는 작은 책상, 삐걱거리는 나무 의자, 털털거리는 모터 소리가 나는 중국산 앤티크 선풍기 한 대, 얼굴이 꽉 차는 작은 거울이 도식의 방을 장식하는 전부였다.

도식은 방 한쪽 구석에 기승과 흐엉, 순철의 유골을 안치했고, 그들의 위패를 마련했다. 매일 아침 위패에 향을 피우고 술을 올렸다.

짐을 옮기고 이틀 후, 방을 훑어본 민 형사가 ‘선물’이라며 도식에게 소형 냉장고 한 대를 보냈다. 냉장고를 가득 채운 것은 한국 소주 스무 병과 로얄 살루트 38년산 한 병이었다.

“아는 이에게 선물로 받은 것이니 제단에 올리지?”라고 민 형사는 넌지시 말했다. 도식은 민 형사가 보낸 냉장고를 열어보고는, 치밀어 오르는 화를 참지 못한다는 듯 욕지거리를 마구 내뱉었다.

로얄 살루트 38년산

사이공 최대의 매음 골목, 응오반남 한복판 4층 건물 꼭대기에 어둠이 내렸다.

도식은 응오반남의 작은 광장을 향해 난 창문을 열었다. 사이공의 상쾌한 저녁 공기가 방 안으로 밀려들어왔다. 도식은 테라스로 나가 응오반남 거리를 내려다봤다.

분홍, 빨강, 하얀색의 이탈리아와 일본제 스쿠터를 탄 젊은 여자들이 속속 모여들었다. 아직 제복을 받지 못한 견습 웨이터들이 여자들의 스쿠터를 받아 한 블록 너머 전용 주차장으로 옮기느라 분주했다. 남루한 행색의 여행자가 호기심 가득한 눈으로 골목 안을 기웃거렸다. 낡은 오토바이에 커다란 얼음 덩어리를 싣고 온 얼음 배달부는 물이 뚝뚝 떨어지는 얼음을 옮기느라 손이 얼었다. 허름한 등판에 맥주 박스를 가득 짊어진 늙은 맥주 배달부가 중심을 잡느라 휘청거렸다.

유키, 기쿠, 갤럭시, 네코, 폭시, 그린필드, 노라조, 선라이즈. 의미를 알 수 없는 업소의 네온 간판이 하나둘 불을 밝혔다.

민 형사와 도식과 수성의 돈이 들어간 업소는 며칠 후부터 본격적인 영업을 시작할 예정이었다. 도식은 민 형사의 부하인 카이로부터 공사 현황을 보고받았다. 응언은 접대부를 모으느라 정신이 없어 보였다.

창문을 닫은 도식은 냉장고를 열고 로얄 살루트 38년산을 꺼냈다. 옆 건물, 유키의 주방에서 응언이 가져온 브랜디 잔에 38년산 술을 가득 채웠다. 찰랑이는 갈색의 액체 너머로 기승과 흐엉과 순철의 위패가 보였다. 쓰디쓴 위스키에 빠져버린 기승과 흐엉과 순철을 쳐다보며 도식은 천천히 술을 들이켰다.

도식은 비어버린 잔에 다시 술을 채웠다. 금방이라도 쏟아질 듯 출렁거리는 술잔을 조심스럽게 위패 앞에 놓았다. 죽은 이의 영혼을 위로한다는 향에 불을 붙였다. 38년을 묵었다는 위스키 냄새와 향냄새가 서로 엉켜 방 안을 가득 채웠다.

술을 한 잔 마신 도식은 침대 옆에 붙은 거울을 똑바로 쳐다봤다. 펀치파마를 한 성격 고약한 남자, 굵은 황금목걸이를 목에 건 낯선 남자가 도식을 날카롭게 째려봤다. 내가, 내가 아닌 것 같은 느낌에 사로잡힌 도식은 서둘러 술을 한 잔 더 비워야겠다고 생각했다.

"당신, 스타일이 확 변했네요?"

린이 문 앞에 서서 팔짱을 낀 채 말했다.

"곱슬 파마에 목에는 황금이라. 어라, 그 옷은 또 뭐예요? 일본 영화에 나오는 야쿠자 같아요."

요란한 색깔의 알로하셔츠에 날이 선 하얀 면바지를 입고 펀치파마를 한 도식을 위아래로 훑어보며 린이 혀를 찼다.

"고급 매음굴에 살려면 이 정도는 입어줘야지. 안 그래? 그나저나 귀신처럼 소리도 없이 왔군."

"고급 매음굴? 귀신?"

도식의 말에 린이 깔깔대며 웃었다. 그녀는 해맑았다. 희망에 가득 찬 젊은 여성의 웃음이었다. 린의 곁에는 세희가 서 있었다. 세희는 여전히 린의 손을 꼭 잡고 있었다. 세희가 도식의 방 안을 둘러봤다. 호기심 가득한 눈망울.

"내일 한국으로 가요. 인사하러 왔어요. 세희도 마찬가지고요."

린이 조잘대듯 말했다.

"내일 몇 시? 나도 나갈게."

도식이 로얄 살루트의 뚜껑을 닫으며 말했다.

"저녁 8시 비행기에요, 공항에 6시까지는 가야 돼요."

"6시에 공항에서 보자고. 아니, 그럴 게 아니라 여기서 같이 출발하는 게 어때? 내가 데려다줄게. 오케이?"

"알았어요."

린이 빙글거리며 베트남 신문 한 부를 도식의 책상 위에 놓았다.

신문을 흘깃 쳐다본 도식이 볼펜과 메모지를 꺼냈다. 메모지에 한국말로 뭐라 적었다.

"당신 한국 가면 할아버지 고향 간다고 했지? 내가 옛날에 살던 집 주소인데, 여기 한 번 가보지 않을래? 주소와 우리 아버지 이름이야. 할아버지 주소 알아? 할아버질 어떻게 찾으려고? 우리 아버지 이름 대면 사람들이 알려줄지도 모르지. 묵호는 작은 동네니까."

도식이 건넨 메모지를 린이 아무 말 없이 받았다.

린은 세희의 손을 꼭 잡고 위패 앞으로 갔다. 손을 꼭 잡은 린과 세희가 위패 앞에 고개를 숙였다. 도식은 고개를 숙이는, 젊고 어리고 어색한 모녀를 쳐다봤다.

"여비에 보태. 많이 못 넣었어."

방문을 나서는 린에게 도식이 봉투를 건넸다. 린이 도식을 쳐다보더니 고개를 끄덕였다. 도식이 세희의 머리를 쓰다듬었다.

"그럼 내일 봐요."

린과 세희가 문 밖으로 나갔다.

도식이 다시 창문을 열었다. 창문 밖에는 한 사람이 겨우 설 수 있는 넓이의 작은 테라스가 있었다. 테라스로 나간 도식은 사이공의 밤거리를 내려다봤다.

100달러짜리 지폐를 웨이터에게 뿌리는 정신 말짱한 졸부, 벤츠 스포츠카를 타고 이곳저곳을 기웃대는 공산당 간부의 어린 아들, 맥주 한 조끼를 원하는 양복 입은 초로의 일본 남자, 초저녁부터 어깨동무를 하고 비틀거리며 노래를 부르는 베트남전 백마부대 참전 용사들, 팔짱을 끼고 시니컬한 눈동자로 거리의 여자들을 관찰하는 덥수룩한 수염의 프랑스 젊은이, 붉은 조명 아래 의자에 앉아 뚫어져라 휴대전화를 쳐다보는 해맑은 어린 창녀들을 내려다보던 도식은 창문을 쾅 하며 닫았다.

술을 한 잔 더 마신 도식은 침대 위로 벌러덩 누웠다. 기승과 흐엉과 순철과 대수의 피가 콸콸 흐르는 싸구려 침대. 핏물이 흥건한 그 침대에 도식은 조용히 얼굴을 묻었다.

지난 달 호찌민시티 푸미홍 아이리스 아파트에서 발견된 응우웬 티 흐엉(32세)의 사망 원인이 자살로 결론지어졌다고 호찌민시티 경찰 관계자가 밝혔다.

경찰 관계자에 따르면, 자신의 아파트 화장실에서 사체로 발견된 흐엉이 사업 악화를 비관해 목을 맸다는 것이다. 흐엉의 시신이 발견된 후, 경찰은 타살 가능성을 염두에 두고 수사를 벌였다. 사건 발생 며칠 후 흐엉의 남편인 한국인 김기승(44세)의 익사체가 사이공 강에서 발견됐는데, 부부 모두 자살했다는 것이 수사팀 관계자의 결론이다.

한편, 행방이 묘연했던 김기승·응우엔 티 흐엉의 딸은 무사한 것으로 확인됐다. 아홉 살 난 흐엉의 딸은 친지에 인계된 것으로 전해졌다.

호찌민 경찰서는 수사 결과를 한국 영사관에 통보했으며, 영사관 측에서도 호찌민 경찰의 수사 결론에 동의한다는 입장을 전한 것으로 알려졌다.

– 〈베트남 데일리〉, 12월 5일

최근 베트남을 찾은 외국인 관광객들에 대한 강도 사건이 잇달아 일어나면서 호찌민시티 치안에 비상이 걸렸다.

지난 달 호찌민을 찾은 한국인, 중국인 등이 강도를 당한 사건이 잇달아 일어났다. 안타깝게도 한국인 남성은 소중한 목숨을 잃었으며, 중국인 관광객은 경상을 입은 것으로 확인됐다.

호찌민시 경찰서 관계자는 "현금을 많이 소지하고 다니는 한국, 중국 관광객들이 강도의 표적이 될 가능성이 높다"면서 외국인 관광객들에게 주의를 당부했다. 또 비슷한 사건을 예방하기 위해 경찰이 최선을 다하고 있다는 점을 강조했다.

지갑, 휴대전화 등 소지품을 빼앗긴 채 7군 땅미 마켓 인근에서 시신으로 발견된 남자는 40대의 한국인으로 확인됐다. 경찰은 모든 수단을 동원해 강도 사건 용의자를 추적하고 있다고 강조했다.

– 〈베트남 데일리〉, 12월 5일

'지랄하네, 개새끼들.'

공항으로 향하는 택시 안에서 베트남 신문을 읽던 도식이 속으로 중얼거렸다.

하루 전날, 린이 도식의 책상 위에 놓고 간 신문이었다. 단신으로 처리된 각각의 기사에는 형광펜으로 동그라미가 그려져 있었다. 린이 그려놓은 동그라미일 것이다.

비나선 택시의 조수석에 앉은 도식은 눈을 들어 택시의 룸미러를 힐끗 쳐다봤다. 옅은 화장을 한 린과 새 옷을 입은 세희가 손을 꼭 잡고 뒷좌석에 앉아 있었다.

"한국 가니까 기분이 어때? 가슴이 두근거리나?"

도식이 룸미러를 보며 물었다.

"네, 두근거려요."

거울에 비친 도식의 눈을 똑바로 쳐다보면서 세희가 답했다. 도식은 얼른 눈을 돌렸다.

휴대전화 소리가 택시 안에 울렸다. 린이 휴대전화를 받았다. 통화를 끝낸 린이 룸미러로 도식을 쳐다봤다. 도식의 눈이 그녀와 마주쳤다. 세희는 어느새 잠이 들었다. 린의 팔뚝에 머리를 기대고.

"김대수 씨가 깨어났대요."

린이 아무렇지도 않게 얘기했다. 그녀의 표정엔 어떤 감정도 실려 있지 않았다.

"세희에게 이야기 안 할 거예요. 당. 분. 간. 은."

린이 소리를 내지 않고 입술을 움직여 말했다. 도식이 어깨를 으쓱하며 고개를 끄덕였다.

굵은 빗방울이 퍼붓듯 내리고 있었다. 어둠이 불쑥 내리기 전, 느닷없이 사이공을 흠뻑 적시는 굵은 빗방울. 매일 보는 광경이지만 도식은 거세디거센 사이공의 비를 만나면 당황스럽기 그지없었다. 이글거리는 도시를 식혀주는 스콜은 오늘도 변함없이 사이공의 모든 것을 흠뻑 적셨다.

1군 응오반남을 떠난 택시는 프랑스풍의 옛날 건물들이 즐비한 3군을 거쳐 공항으로 향했다. 도식과 린, 세희를 태운 택시는 늦지도 빠르지도 않은 시간에 떤선녓 공항에 도착했다. 공항 출국장 대합실은 온갖 사람들로 북적거렸다.

짙은 선글라스, 굵은 금 목걸이, 알로하셔츠에 하얀 바지, 가죽 슬리퍼를 신은 곱슬머리의 도식을 본 이들이 시선을 외면했다. 담배를 꺼내 문 도식은 금장 까르띠에 라이터를 켜 불을 붙였다. 대수의 라이터였다.

멀거니 서 있던 린이 까치발을 들더니 도식의 뺨에 살며시 입을 맞췄다. 입술을 뗀 린은 도식을 쳐다보며 미소 지었다. 그녀의 손을 꼭 잡은 세희가 도식을 향해 손을 흔들었다. 순진무구한 하얀 손바닥이 도식의 눈앞에 어른거렸다.

"받은 건 꼭 갚아줘야지. 당신처럼."

도식이 린과 세희를 보며 중얼거렸다. 린과 세희가 동시에 고개를 끄덕였다.

손을 꼭 잡은 린과 세희가 공항 안으로 걸음을 옮겼다. 린은 커다란 트렁크를 끌고 있었다. 세희의 작은 등판에 얹힌 것은 분홍색 가방이었다. 공항 출국장의 자동문이 열리기 직전, 세희가 천천히 고개를 돌려 도식을 쳐다봤다. 도식은 세희를 향해 고개를 끄덕였다. 세희도 고개를 끄덕였다. 린은 고개를 돌리지 않았다. 의연한 등판과 자신감 넘치는 엉덩이가 보였다.

도식은 담배를 하나 더 피웠다. 고개를 돌려 황혼을 향해 느릿느릿 하강하는 여객기를 바라봤다. 여객기 저 너머로 커다란 무지개가 보였다. 사이공의 하늘을 통째로 수놓은 반원형 무지개. 아지랑이처럼 어른거리는 황혼 저 너머에 걸쳐진 빨주노초파남보의 무지개. 사이공에서 처음 만나는 무지개였다.

부끄러움과 죄악으로 물든 낮과 거칠고 황폐한 밤의 가교 역할을 수행하는 무지개를 바라보던 도식이 고개를 돌렸다. 린과 세희는 사라지고 없었다.

갑자기 사이공에 어둠이 내려앉았다. 느닷없이 기습하는 전형적인 사이공의 어둠. 독을 가득 품었을 것이 분명한 무지개도 순식간에 사라져버렸다. 예고도 없이 찾아오는 베트콩을 닮은 사이공의 어둠, 도식은 그 어둠에 익숙했다. 그는 사라져버린 무지개를 향해 굵은 가래침을 뱉었다.

거대한 누런 가래 덩어리가 사이공의 검은 하늘을 향해 소리 없이 날아갔다. 극비리에 발사된 우주선처럼.

에필로그 멀고 춥고 무섭다

린은 러시아 남자와 몸을 섞었다. 엄청난 눈과 거센 바람에 얼어붙은 몸이 순식간에 녹아내렸다. 커다란 기쁨이 몸속을 파고들었다. 린이 부르르 몸을 떨면서 중얼거렸다. '이 남자는 누구를 죽인 걸까?' 린의 작고 가는 손가락이 러시아 남자의 탄탄한 엉덩이를 움켜쥐었다. "아 임 해피. 아 임 해피!"

다섯 시간의 비행.

여름이 겨울이 됐다.

난생 처음 만나는 겨울.

겨울이 반가웠다.

코끝이 얼어붙는 생경한 느낌이 상쾌했다.

인천공항에 내린 린과 세희는 마중 나온 친구의 자동차를 타고 서울로 향했다. 고향 친구였다. 한국으로 시집을 간 달랏의 친구. 친구 집에서 하루를 묵은 린은 세희를 친구에게 부탁했다.

"며칠 동안 혼자 지낼 수 있지?"

린의 말에 세희는 어른스럽게 고개를 끄덕였다.

서울은 추웠다.

날은 흐렸다.

춥고 뿌연 서울의 사람들은 표정이 없었다. 지하철에서 만난 크고 작고 늙고 젊은 사람들. 린은 표정이 사라진 사람들을 그저 물끄러미 쳐다봤다.

동해행 버스를 탔다.

묵호는 사라졌다고 했다.

묵호가 동해로 바뀌었다고 했다.

12월의 어느 평일 이른 아침.

동해행 고속버스는 따뜻했다. 버스엔 사람이 없었다. 승객은 린 혼자였다.

낯선 풍경이 펼쳐졌다.

곧고 길게 뻗은 한산한 고속도로. 이따금 나타나는 자동차들. 하얗게 물든 산봉우리들. 그 아래로 여전히 푸른 산들.

차창 밖으로 펼쳐지는 풍경을 물끄러미 바라봤다. 할아버지의 고향으로 가는 낯선 풍경들.

동해 터미널에 도착했다.

세찬 바닷바람이 린을 반겼다. 차가운 바람에 코끝이 빨개졌다. 햇살은 따뜻했다. 달랏의 햇살을 닮은 따스한 빛이 세찬 바람 속에 숨어 있었다.

고개를 들어 하늘을 바라봤다.

투명한 푸른 하늘이 머리 위에 펼쳐졌다. 바다를 닮은 묵호의 하늘.

택시를 탔다.

짧은 머리에 건장한 체구의 중년 남자가 린을 힐끗 쳐다봤다. 무뚝뚝한 중년 남자가 모는 택시가 묵호항으로 향했다.

묵호항에 도착했다.

할아버지의 고향, 도식의 고향이라는 묵호.

하늘에 갈매기가 날고 있었다. 공기 중엔 생선 비린내가 가득했다. 저 바다 너머 어딘가에서 뱃고동 소리가 들렸다. 끼룩끼룩 갈매기의 울음소리를 머금은 바다는 금빛이었다. 고향 달랏의 햇살처럼 빛나는 황금빛 바다를 린은 쳐다봤다.

휘날리는 은빛 머리칼, 깊은 주름이 새겨진 얼굴, 맑은 눈동자를 가진 늙은 사내들이 묵호항 구석에서 발을 동동 구르고 있었다. 페인트 통에 담긴 작은 불꽃을 쬐고 있던 위태로운 남자들은 린을 애써 외면했다.

커다란 유리컵에 가득 담긴 쓴 소주를 들이키던 늙은 남자에게 길을 물었다. 남자는 턱짓으로 등대 쪽을 가리켰다. 린은 등대로 향했다. 등대 뒤로 파란 하늘이 펼쳐져 있었다. 파란 하늘을 수놓은 하얀 구름을 쳐다보며 린은 등대 쪽으로 터벅터벅 걸음을 옮겼다.

바닷바람에 흔들거리는 판잣집 사이, 2층짜리 붉은 양옥 앞에서 린은 멈췄다. 양옥의 철제 대문은 굳게 잠겨 있었다.

린은 양옥 옆 작은 가게를 기웃거렸다. 아이들도 사지 않을 조잡한 물건을 파는 가게였다. 뚱뚱한 할머니가 가게의 어두운 구석에서 모습을 드러냈다.

"색시는 누구요? 누굴 찾아왔소?"

할머니가 린에게 물었다.

"혹시 양도식이라고 아세요?"

린은 도식의 이름을 댔다. 할머니가 한참 동안 린의 얼굴을 빤히 쳐다봤다.

"도식이라면, 옛날 양 선주네 막내아들 아닌가?"

"그분 부탁을 받고 왔어요."

린은 할아버지의 이름을 댔다. 할머니의 손가락에 미스터 림으로 남아 있는 젊디젊은 할아버지. 그 할아버지를 양도식이 찾고 있다고 린은 말했다. 할머니가 고개를 갸웃거렸다. 린이 월남 이야기를 꺼냈다. 월남에서 일했던 남자였다고 말했다. 할머니가 무릎을 쳤다.

"아! 임 선장 말하는갑다. 문어바리 임 선장."

할머니가 깊은 한숨을 쉬더니 손가락으로 등대 쪽을 가리켰다. 린은 고개를 숙이고 고맙다고 말했다.

할아버지의 집으로 향하는 길은 오르막이었다. 하늘을 향해 뻗은 가파른 오르막.

숨이 가빴다. 터벅터벅 발자국 소리가 골목을 울렸다.

주인 없는 빈집들을 지나다 주인 잃은 강아지를 만났다. 햇볕을 쬐던 강아지가 꼬리를 치며 린의 손등을 핥았다. 강아지의 검은 코가 햇빛에 반짝거렸다. 린은 손바닥을 강아지의 코에 갖다 댔다. 촉촉하고 차가웠다.

구불구불한 골목길을 계속 올랐다. 골목길이 끝나고 탁 트인 작은 광장이 나왔다. 광장 너머 저편에 등대가 보였다. 등대 옆 양지바른 작은 광장에 한 남자가 몸을 말고 모로 누워 있었다. 남자의 옆에 빈 소주병이 굴러다녔다. 린은 남자 옆에 쪼그리고 앉았다. 남자를 흔들어 깨웠다. 거친 수염의 남자가 게슴츠레 실눈을 뜨고 린을 쳐다봤다.

"집에 가서 주무세요. 추워요."

린이 다정하게 말했다.

남자가 주섬주섬 몸을 일으키더니 손등으로 침을 닦았다. 못이 박힌 딱딱한 손바닥으로 옷을 툭툭 털었다. 남자가 린에게 고개를 끄덕였다. 여전히 쪼그려 앉아 있던 린이 남자를 향해 고개를 끄덕였다. 구부정한 등판의 남자가 등대 아래로 터벅터벅 걸어갔다. 어디선가 나타난 차가운 코를 가진 강아지가 남자의 뒤를 졸졸 따랐다. 반가운 듯 꼬리를 흔들며.

등대 옆에 섰다.

묵호를 내려다봤다.

출렁이는 파도에 묵호항이 흔들리는 것 같았다. 저 멀리 커다란 배들이 꼼짝도 하지 않고 바다 한가운데 서 있었다. 린은 흔들리는 바다를 한참이나 내려다봤다.

할머니가 일러준 집을 찾았다. 야트막한 담장 사이 대문이 살짝 열려 있었다. 린은 고개를 내밀고 집 안으로 슬쩍 들어갔다. 마당 한 구석 수돗가에 등이 굽은 노파가 뭔가를 씻고 있었다. 얼굴에 주름이 가득한 노파가 린을 쳐다봤다.

"누구요?"

고무장갑을 벗으며 노파가 린에게 물었다. 린은 할아버지의 이름을 댔다.

"맞는데, 색시는 누구요?"

노파가 린을 찬찬히 뜯어보며 다시 물었다. 린은 아무 말도 없이 한참을 그대로 서 있었다.

"월남에서 왔어요."

린이 말했다.

노파가 주저앉았다. 주름진 노파의 눈에서 차가운 눈물이 흘러내렸다.

"우리 영감하고 많이 닮았네. 아이고, 아이고. 이를 어째."

노파가 지저분한 수건으로 눈가를 닦으며 말했다.

우는 노파를 바라보며 린은 월남의 할머니를 생각했다. 손가락에 할아버지를 새긴 어리석은 할머니.

집 안에서 중년 여자가 나왔다. 부수수한 머리에 화장하지 않은 얼굴. 화장독이 오른 볼에 주독으로 붉어진 코를 가진 여자였다.

"누구세요?"

중년의 여자가 물었다. 주저앉았던 노파가 주섬주섬 몸을 일으키며 손짓을 했다. 집으로 들어가자는 손짓이었다. 주독과 화장독이 오른 붉은 뺨과 빨간 코를 가진 여자를 바라보며 린은 달랏의 엄마를 생각했다. 할아버지가 뿌린 씨앗들을.

할아버지는 어부였다. 2톤짜리 문어잡이 어선을 모는 선장 겸 어부라고 했다. 월남에 여자가 있었다는 말을 들었다고 했다. 딸과 손녀가 있으리라곤 상상도 못했다고 노파가 린에게 읊조렸다.

할아버지는 사라지고 없었다. 석 달 전이라고 했다. 새벽 3시에 조업을 나갔다가 사라졌다고 했다. 할아버지의 작은 배는 엔진이

켜진 채 바다를 떠돌고 있었고, 배 안에 있어야 할 할아버지가 없어졌다는 것이 노파의 말이었다.

시신도 찾지 못했다고 했다. 경찰과 동료 어부들이 3일 동안 수색을 했지만, 아무런 흔적도 찾지 못했다며 노파는 흐느꼈다.

주독이 오른 코를 가진 중년 여자가 린을 아래위로 훑어봤다. 윤기 흐르는 검고 긴 머리카락, 딱 붙는 스웨터 속에 숨겨진 터질 듯 봉긋한 가슴, 묵호의 바다처럼 깊고 검은 린의 눈동자를 쳐다보는 눈에 질투가 어렸다. 어찌하지 못하는 무력한 질투로 가득한 눈동자였다.

"다시 연락드려도 될까요?"

린이 울음을 멈춘 노파에게 물었다.

"그쪽 편할 대로 해요."

빨간 코 여자가 대답했다. 노파는 아무 말도 하지 않았다.

할아버지의 집을 나왔다. 파랗던 하늘이 잿빛으로 변했다. 푸른 바다는 먹빛으로 변했다. 먹빛의 바다에 수천수만의 하얀 꽃이 핀 것처럼 보였다. 거센 바람이 바다를 마구 할퀴고 있었다.

가파른 내리막 골목길 곳곳에 더러운 얼음이 쌓여 있었다. 올라올 때는 보지 못한 얼음투성이의 골목길. 린은 묵호의 골목길을 조심조심 내려갔다. 쓰레기 더미가 바람에 휘날렸다.

다시 어판장이 나왔다. 술을 마시던 위태로운 사내들은 어디론가 사라지고 없었다. 어판장 깊숙이 들어갔다. 낡은 밧줄에 매달린 작은 어선들이 보였다. 어선 너머로 먹빛의 바다는 손에 잡힐 듯 가까웠다.

하얀 꽃이 만발한 먹빛 바다를 쳐다보던 린이 고개를 들었다. 잿빛 하늘에서 하얀 눈송이가 쏟아져 내렸다. 난생 처음 만나는 하얀 눈은 먹빛 바다 위에 핀 하얀 꽃 속으로 사정없이 추락했다.

차가운 눈송이가 린의 검은 눈꺼풀을 적셨다. 낡은 어선 갑판에 하얀 눈송이가 소리 없이 쌓였다.

린은 주머니에서 반지를 꺼냈다. 달랏의 할머니가 준 도금 반지였다. 묵호의 할아버지가 할머니에게 건넸다는 사랑의 징표.

린은 군데군데 벗겨진 도금 반지를 먹빛 바다를 향해 힘차게 던져버렸다. 린은 텅 빈 작은 주먹을 꽉 쥐었다. 손바닥은 차가웠다. 린은 더 차가운 손등으로 검은 눈을 닦았다. 하얀 눈이 적신 깊고 검은 눈을.

바람이 불고 눈발이 휘날렸다.

린은 걸었다.

불 꺼진 건어물 가게를 지나쳤다. 가게의 유리창은 금이 가 있었다. 쩍쩍 금이 간 유리창에 누런 테이프가 붙어 있었다.

부처님처럼 앉아 있는 노파를 지나쳤다. 좌판을 펼쳐놓은 노파의 머리에 하얀 눈이 쌓이고 있었다. 하얀 눈송이를 머리에 얹은 노파가 린을 물끄러미 바라봤다.

허름한 술집의 먼지 낀 창문 너머에 묵묵히 앉아 있는 창녀를 지나쳤다. 냉대에 익숙한 애처로운 눈빛의 늙은 창녀는 눈발을 헤치고 걷는 린을 무심하게 쳐다봤다.

아무도 없는 텅 빈 대합실이 전부인 작은 기차역을 지나쳤다. 제복을 입은 역무원도, 보따리를 인 허름한 행색의 떠돌이 상인도, 활활 타오르는 톱밥 난로도 없는 썰렁한 기차역을 지키는 것은 먼지 낀 푸르른 형광등이었다. 린은 텅 빈 기차역의 간판을 바라보았다.

린은 작은 가방에서 기차표를 꺼냈다. 기차표의 출발지는 동해역. 여기는 묵호역. 눈발을 뚫고 달리던 화물 열차가 신경질적인 경적을 울리며 기차역을 지나쳤다.

눈발이 더욱 거세졌다. 잿빛 하늘이 어느덧 검게 변했다. 검은 하늘에서 퍼붓듯 함박눈이 쏟아졌다. 하얀 눈이 묵호를 덮었다. 아무도 범하지 않은 순결한 눈송이가 묵호의 더러운 길을 덮고 있었다.

아무도 없는 묵호역 앞 작은 광장. 택시 몇 대가 오지 않는 손님을 기다리며 한가로이 불을 밝히고 있었다. 린은 택시를 잡아탔다.

"어라? 낮에 본 그 예쁜 아가씨네."

택시 운전사가 뒷좌석의 린을 돌아보며 반가운 듯 말했다. 린이 고개를 끄덕였다.

"동해역까지 얼마나 걸려요?"

린이 운전사에게 물었다.

"금방 가요. 그런데 눈이 보통 눈이 아닌데……."

택시 운전사가 기지개를 켜며 말했다.

택시는 엉금엉금 기었다. 린은 고개를 돌려 차창 밖을 내다봤다. 바다였다. 눈 내리는 검은 바다. 검은 바다가 하얗게 보였다. 거대한 함박눈이 바다 위에 펑펑 소리 없이 쏟아져 내렸다.

도로 위에 떨어진 눈송이는 곧바로 얼어붙었다. 얼어붙은 길 위에 또다시 눈송이가 퍼부었다. 하얗게 변한 도로는 노란 가로등 불빛을 받아 반짝반짝 빛났다. 라디오에서 다급한 아나운서의 목소리가 들렸다. 영동 지방에 사상 유례없는 폭설이 내리고 있다는 다급한 외침이었다.

해안도로 옆 인도에 사람들이 보였다. 허벅지까지 쌓인 눈을 헤치고 힘겹게 걷는 사람들. 얼어붙은 하얀 차도에 주인 잃은 자동차 몇 대가 나뒹굴고 있었다. 주인에게 버림받은 자동차 사이를 택시가 미끄러지듯 빠져나갔다.

아무도 예상치 못한 엄청난 폭설이라고 했다. 아이 주먹만 한 함박눈은 여전히 미친 듯이 쏟아졌다. 묵호역을 출발한 택시는 한 시간이 넘도록 눈으로 뒤덮인 도로를 엉금엉금 힘겹게 기었다.

택시가 아무도 없는 길에 멈췄다.

"갈 수가 없어요, 아가씨."

운전사가 린에게 말했다.

"그럼 어떡해요?"

린이 물었다.

"할 수 없지. 여기서 동해역까지 1킬로만 가면 되는데……. 나랑 같이 걸어서 갑시다. 우리 집이 그 근방이거든. 내가 바래다줄게요. 괜찮아요?"

린은 고개를 끄덕였다.

운전사는 택시를 버렸다. 눈 쌓인 도로 한복판에 우뚝 멈춘 택시가 외롭게 보였다. 택시 운전사가 길을 트며 전진했다. 허리까지 빠지는 눈더미였다. 린은 그 뒤를 따랐다. 허벅지로 눈더미의 감촉을 느꼈다. 하염없이 내리는 눈이 운전사와 린의 머리에 수북이 쌓였다. 린은 머리를 털며 걸었다.

거리엔 아무도 없었다. 제설 차량도, 교통경찰도, 눈싸움을 하는 아이들도 보이지 않았다. 운전사의 등판을 보며 린은 한 시간여를 걸었다. 허리까지 빠지는 눈을 헤치며 가까스로 동해역에 도착했다. 기차 시간에 늦지는 않았다.

"여기요, 동해역이."

눈사람처럼 변한 운전사가 기쁜 눈빛으로 린에게 말했다.

"고맙습니다."

"잘 가요, 예쁜 아가씨."

청량리행 기차는 오지 않았다. 폭설에 철로가 끊어졌다고 했다. 기차를 기다리던 사람 몇몇이 망연자실한 눈빛으로 역무원을 노려봤다.

"기차는 언제 오나요?"

린이 역무원에게 물었다.

"내일까지 안 옵니다. 이런 눈은 처음이에요. 글쎄 두 시간 동안 1미터가 왔지 뭡니까. 살다 보니 이런 눈도 오네요."

역무원이 허탈한 눈빛으로 말했다.

린은 동해역 밖으로 나왔다. 볼과 손이 꽁꽁 얼었다. 발은 감각이 없었다. 할아버지의 고향, 도식의 고향 묵호에서 린은 조난당한 느낌이 들었다. 막막하기 그지없었다.

린은 걸었다. 함박눈이 눈보라로 변했다. 거센 눈보라에 앞도 잘 보이지 않았다. 린은 걷고 또 걸었다. 묵호를 벗어나고 싶었다. 길엔 인기척이 없었다.

하얗게 변해버린 저 너머로 붉게 불을 밝힌 네온사인 간판이 보였다. 붉은 간판엔 러시아 문자가 적혀 있었다. 고등학교 시절 배운 낯익은 러시아 문자. 한국의 작은 동네 묵호에서 러시아어 간판을 본 린은 고개를 갸웃거렸다.

허리까지 쌓인 눈을 헤치며 린은 러시아어 간판 쪽으로 향했다. 감각이 없는 손으로 차가운 유리문을 열고 들어갔다. 수박만 한 가슴을 가진 금발의 여자와 표독스러운 눈빛의 동양 여자가 린을 빤히 쳐다봤다. 얼어붙은 눈송이를 주렁주렁 온몸에 단 린은 허름한 소파에 털썩 주저앉았다.

수박 가슴의 금발 여자가 메뉴판을 들고 왔다. 린은 보드카 한 잔을 주문했다. 독한 술로 얼어붙은 몸을 녹이고 싶었다.

린은 젖은 머리를 털었다. 딱딱한 눈 뭉치가 린의 머리에서 뚝뚝 쏟아져 내렸다. 수박 가슴이 바닥의 눈 뭉치를 치웠다. 머리를 털고 손을 녹이는 린을 바라보던 수박 가슴이 다정하게 웃었다. 린도 다정하게 웃었다.

가게 한 구석에서 건장한 체구의 러시아 남자가 불쑥 모습을 드러냈다. 대머리에 푸른 눈을 가진 남자였다. 젖은 린을 내려다보던 남자가 공손한 어투로 합석해도 되겠냐고 말을 꺼냈다. 묵호의 푸른 바다를 닮은 눈동자의 대머리 남자는 러시아어와 영어를 절반씩 섞어가며 말했다.

린은 처음 보는 러시아 남자와 보드카를 홀짝였다. 수박 가슴도 합세했다. 러시아 남자는 린에게 어디서 왔냐고 물었다. 린은 서투른 러시아말로 베트남의 호찌민시티에서 왔다고 답했다. 러시아 남자가 동그랗게 눈을 뜨며, 자기도 베트남에서 며칠 전에 왔다고 말했다. 호찌민에서 일을 처리하고 묵호로 왔다는 러시아 남자는 며칠 후면 블라디보스토크행 배를 탄다고 말했다.

러시아 남자가 연신 보드카를 들이켰다. 러시아 남자는 취하지 않았다. 린은 보드카를 홀짝였다. 수박 가슴도 보드카를 홀짝였다. 표독스런 표정의 동양 여자가 뜨끈한 국물을 내왔다.

가게의 한쪽 구석에 놓인 TV에서 뉴스 속보가 나왔다. 기상 관측 이래 최대의 폭설이 영동 지방을 강타하고 있다는 다급한 목소리가 흘러나왔다. 동해 지역에 다섯 시간 동안 2미터의 눈이 내렸다고 아나운서가 말했다.

테이블 위에 두 병째 보드카가 놓여졌다. 얼굴이 약간 붉어진 러시아 남자가 주머니에서 꼬깃꼬깃한 종이 한 장을 꺼냈다. 남자가 린에게 불쑥 종이를 내밀었다. 무슨 말인지 알 수 있느냐고 물었다. 린은 종이를 들여다봤다. 익숙한 필체. 린의 눈이 동그래졌다.

흐엉의 필체였다. 한눈에 린은 흐엉의 편지라는 걸 알 수 있었다. 린에게 한국말을 배우며 한 자 한 자 정성껏 한글을 쓰던 흐엉의 필체였다.

린은 편지를 천천히 읽었다. 김기승, 김대수, 오순철, 양도식, 세희의 이름이 편지에 적혀 있었다. 갑자기 러시아 남자가 편지를 낚아채듯 가져갔다. 편지를 쓴 사람이 누구냐고 린은 러시아 남자에게 물었다. 러시아 남자는 호탕하게 웃으며 그건 자기도 모른다고 답했다. 사이공에서 만난 남자에게 얻은 편지라는 것이 러시아 남자의 말이었다.

러시아 남자와 수박 가슴과 린은 보드카 세 병을 비웠다. 러시아 남자를 쳐다보던 린이 얼굴을 숙이고는 기습적으로 입을 맞췄다. 린은 천천히 입술을 활짝 열었다. 입술을 뗀 러시아 남자가 린을 보며 활짝 웃었다.

"오늘 밤 날 안아줘요."

다정한 눈빛으로 린이 말했다. 러시아 남자가 벌떡 일어나더니 큼지막한 손으로 린의 빰을 어루만졌다. 수박 가슴이 린에게 욕설을 내뱉었다. 러시아 남자가 수박 가슴을 노려봤다. 수박 가슴이 이내 입을 꾹 다물었다.

린과 러시아 남자는 가게 앞의 허름한 모텔로 향했다. 러시아 남자가 황급히 옷을 벗었다. 린이 샤워실로 러시아 남자를 떠밀었다. 러시아 남자가 욕실로 뛰었다. 린은 러시아 남자의 바지에서 흐엉의 편지를 꺼냈다.

대수 씨. 당신은 너무 멀리 있었어요. 당신이 멀어요. 당신이 너무 멀어요. 하지만 나는 사랑해요. 당신을 사랑했어요. 당신과 나의 딸을 사랑해요.

대수 씨. 나는 무서워요. 내 남편 기승이 무서워요. 그가 모든 것을 안 것 같아요. 나는 기승이 너무나 무서워요. 하지만 나는 사랑해요. 내 남편 기승을 영원히 사랑할 거예요. 사랑하고 싶고 사랑받고 싶어요.

대수 씨. 나는 추워요. 기승이 없는 사이공이 추워요. 내 딸이 없는 이 도시가 추워요.

대수 씨. 나는 무서워요. 순철 씨도 무섭고 도식 씨도 무서워요. 당신도 무서워요. 하지만 그 무엇보다 무서운 건 돈이에요. 돈, 망할 놈의 돈, 그놈의 돈이 무서워요. 돈이 내 모든 것을 앗아갔어요. 당신의 돈, 순철의 돈, 도식의 돈. 그 돈, 돈, 돈들이 내 모든 것을 빼앗아 갔어요.

대수 씨. 당신은 모를 거예요. 몰라도 돼요. 알 필요도 없어요. 그 옛날, 나를 구한 것은 당신의 돈이었어요. 당신의 돈으로 나는 기승 씨를 만났어요. 당신의 돈으로 사랑하는 딸을 얻었어요. 언제나 나를 웃음 짓게 만드는 행복한 가정을 가졌어요. 꿈에도 생각하지 못했던 행복한 가정.

대수 씨. 이제는 당신의 돈을 돌려주고 싶어요. 아…… 미안해요. 내 마음을 제대로 전하지 못하겠어요. 나의 마음을 당신이 알까요? 여기 이 돈으로 내 마음을 전할게요. 당신의 돈을 제발 가져가세요.

마지막 부탁이 있어요. 내 딸을 부탁해요. 내 남편의 딸, 나의 딸, 내 심장보다 더 귀한 내 딸이 위험해요. 엎드려 부탁드려요. 이 돈을 드릴게요. 내 딸을 보살펴주세요. 내 딸. 기승 씨의 딸. 그 아이가 위태로워요. 당신 돈을 가지고 빨리 가세요. 난 이제 저 멀리 떠날 거예요. 더 이상 기승 씨를 볼 수 없어요. 순철 씨도 도식 씨도 볼 수 없어요.

하지만 당신은 한 번 보고 싶었어요. 내 딸, 위험에 처한 내 딸, 그 아이는 당신의 딸이기도 하니까요. 부탁드려요. 내 돈을 가지고 그 아이를 구해줘요. 제발, 제발, 대수 씨. 나의 아이, 기승 씨의 아이, 당신의 아이를 구해줘요. 마지막 부탁이에요. 아래 주소로 가면 그 아이가 있을 거예요. 빨리 가야 해요. 그가 와요. 그가 오기 전에 빨리 가세요…….

꼬깃꼬깃한 편지에는 검붉은 얼룩이 선명했다. 귓가에 흐엉의 목소리가 들리는 것 같았다. 린은 편지를 가방에 넣었다. 젖은 옷을 모두 벗었다.

린은 흐엉의 편지를 가지고 있던 러시아 남자와 몸을 섞었다. 엄청난 눈과 거센 바람에 얼어붙은 몸이 순식간에 녹아내렸다. 커다란 기쁨이 몸속을 파고들었다.

린이 부르르 몸을 떨면서 중얼거렸다.

'이 남자는 누구를 죽인 걸까. 이 남자가 김기승과 흐엉을 죽였을까. 아니, 오순철을 살해한 게 이자인가.'

린의 작고 가는 손가락이 러시아 남자의 탄탄한 엉덩이를 움켜쥐었다. 린의 촉촉한 입술이 남자의 억센 젖꼭지를 힘겹게 물었다.

"아 임 해피. 아 임 해피!"

린이 러시아 남자의 얼굴을 똑바로 쳐다보며 말했다.

린의 배 위에서 헐떡이던 푸른 눈의 러시아 남자가 멍청하게 웃었다. 러시아 남자의 푸른 눈을 똑바로 쳐다보던 린의 검은 눈이 반짝 빛났다.

작가의 말

사이공, 아바나, 마닐라, 홍콩, 서울 하면 떠오르는 이미지가 있다. 그 옛날 식민지 도시의 이미지는 이렇다.

부끄러움과 죄악으로 가득한 거리의 낮이 저물고 있다. 부끄러운 낮이 막 저무는 찰나, 빨주노초파남보의 무지개가 새빨간 열대의 석양을 수놓는다. 죄악의 낮과 거칠고 황폐한 밤의 가교 역할을 하는 유독성의 무지개.

무지개는 순식간에 사라지고 열대의 밤이 도시를 방문한다. 벼락처럼 찾아와 도시를 짓누르는, 검디검은 밤. 검은 밤에게 잠시 자리를 양보한, 죄악 가득한 낮을 찾아 헤매는 사람들이 밤의 공기 속을 꾸역꾸역 서성댄다. 시체들과 왕과 공주와 구걸꾼과 얼간이와 염탐꾼이 활보하는 검은 밤.

이제는 마음속에만 남아 있을 것이 분명한, '그 옛날 식민지 거리의 검은 밤'을 소설로 그려내고 싶었다. 그 도시는 꼭 사이공이 아니어도 좋았다.

사이공, 아바나, 마닐라, 홍콩, 서울 하면 떠오르는 얼굴들이 있다. 그 얼굴의 주인공은 이렇다.

장대비에 속수무책으로 녹아내리는 한여름 밤의 눈사람 같은 몰골을 한 중년 남자, 살인 청부업자의 신호를 애타게 기다리는 용감무쌍한 젊은이들, 성녀 같은 눈빛을 가진 자비심 가득한 늙은 매춘부, 파산한 왕년의 은행가, 새끼를 잃고 그렁그렁 우는 무표정한 암표범, 더 이상 글을 쓰지 못하게 된 베스트셀러 작가, 친구 하나 없는 가난한 영혼의 소유자, 단 한 번도 자신의 배를 가진 적 없는 베테랑 선장.

결코 잊히지 않을 그 '얼굴들'을 소설로 그려내고 싶었다. 아마도 그 얼굴들은 자신의 혹은 누구나의 얼굴이리라.

『사이공 나이트』의 구상과 집필에 큰 힘이 되어준 분들께 감사드린다. 일일이 이름을 열거하지 못해 죄송할 따름이다. 또 세계문학상 관계자 분들과 출판사 분들의 도움과 친절과 배려가 없었다면

『사이공 나이트』는 세상에 나올 수 없었을 것이다. 모두에게 감사의 말을 전한다.

마지막으로, 사이공의 밤거리와 강원도 동해, 특히 묵호의 밤거리를 구성하는 모든 사물과 사람들에게 큰 빚을 졌다. 그 빚을 이 소설을 통해 조금이나마 갚았으면 좋겠다는 생각이다.

2013년 10월 동해에서

정 민

사이공 나이트

초판 1쇄 인쇄 2013년 9월 26일
초판 2쇄 발행 2013년 10월 21일

지은이 정민　펴낸이 이수철　펴낸곳 나무옆의자

출판등록 2001년 10월 15일 제03-01326호
주소 (410-834) 경기도 고양시 일산동구 장항동 622-19
전화 02) 706-2367　팩스 02) 718-5752

공급처 현문미디어
전화 02) 703-2367　팩스 02) 718-5752
홈페이지 www.hmbooks.co.kr
인쇄 제본 현문자현　종이 월드페이퍼

값 13,000원 © 정민, 2013
ISBN 978-89-97962-14-3 03810

* 나무옆의자는 출판인쇄그룹 현문의 자회사입니다.
* 잘못된 책은 바꿔드립니다.
* 이 책의 전부 또는 일부 내용을 재사용하려면
사전에 저작권자와 도서출판 나무옆의자의 동의를 받아야 합니다.

국립중앙도서관 출판시도서목록(CIP)

사이공 나이트 = Saigon night : 정민 장편소설 / 지은이
: 정민. — 고양 : 나무옆의자, 2013
p. ; cm

수상 : 제9회 세계문학상 우수상
ISBN 978-89-97962-14-3 03810 : ₩13000

한국 현대 소설 [韓國現代小說]

813.7-KDC5
895.735-DDC21　　　　CIP2013018536